Werner Kehrer

Reutlinger Schwarzgeld

Schwabenkrimi

Oertel+Spörer

Jedes Mal, wenn Hans Hörmann die Filiale der Credit Suisse in der Bahnhofstraße in Schaffhausen am Rheinfall betrat, schwitzte er ein bisschen. Obwohl er den Schalterbeamten inzwischen sehr gut kannte, misstraute er ihm trotzdem. Es ging schließlich um Geld, sehr viel Geld. Er hatte den Mann bei einem Beratungstermin so weit gebracht, dass er ohne große Formalitäten Tranchen von 250 000 Schweizer Franken an ihn ausbezahlte. Dafür aber steckte der Mann einen Gefälligkeitsbeitrag ein. Hörmann hatte vor einigen Jahren seine florierende Firma an einen Schweizer Investor verkauft. Der bezahlte offiziell zwei Millionen Euro in Deutschland, welche Hörmann brav versteuerte, überwies aber weitere drei Millionen Euro auf ein Nummernkonto bei der Credit Suisse, welche durch den deutschen Fiskus nicht einsehbar waren. In letzter Zeit waren aber die Nummernkonten in der Schweiz keineswegs mehr sicher, nachdem Hacker in die Banksysteme eingedrungen waren und reihenweise Datenträger mit den Namen der Kontoinhaber an die Steuerbehörden in Deutschland verkauft hatten. Nun wollte Hans Hörmann das Restvermögen unauffällig zunächst nach Deutschland und dann nach Luxemburg oder Malta schaffen. Diese beiden Staaten waren zwar Mitglied in der EU, galten aber als sichere Länder um Vermögen zu verbergen. Die ganze Summe abzuheben, war Hörmann zu risikoreich, denn

er musste das Geld diskret über die Schweizer Grenze schaffen. Hans Hörmann war ein schrulliger Zeitgenosse. Er war nie verheiratet gewesen, hatte die Firma von seinem Vater übernommen und weiterentwickelt, das war seine Welt. Er spezialisierte sich auf hochpräzise Messeinrichtungen in der Maschinebauindustrie und bediente dort eine Nische, die von den Japanern und Chinesen nicht erreicht werden konnte. Somit häufte sich ein schönes Vermögen an. Eigentlich galt er als bescheiden. Das einzige Hobby, das er pflegte, waren schnelle aber möglichst nicht auffällige Autos. Seine neuste Anschaffung war ein Brabus E 700, der sich von einer Serien-E-Klasse von Mercedes-Benz kaum unterschied, aber einen Motor mit über 600 PS besaß. Außer einer Schwester hatte er keine Verwandte. Als Hörmann die Firma von seinem Vater in den achtziger Jahren des vergangenen Jahrhunderts übernahm, zahlte er seine Schwester aus. Dazu musste er einen Kredit aufnehmen, der ihn jahrelang schwer belastete. Deren beiden Söhne waren kurzzeitig im Unternehmen beschäftigt. Aber außer mit Verhältnissen zu diversen weiblichen Angestellten, glänzten sie nicht durch Leistung im Sinne des Unternehmens. Deshalb war das Verhältnis zu seiner Schwester nicht besonders gut, zumal sie ihm auch noch nach der Veräußerung an den Schweizer Inverstor vorwarf, seinerzeit hereingelegt worden zu sein. Um seine liebe Ruhe zu haben, bekam sie vom Erlös in Deutschland einen gewissen Anteil. Vom Geld in der Schweiz wusste sie zum Glück nichts.
Nun betrat er also, nach vorheriger telefonischer Anmeldung, die Bankfiliale. Urs Knäbler, der Bankangestellte, erwartete ihn bereits und öffnete sofort eine Seitentür, die zu einem der Beratungsräume führte.

»Ischt alles in Ordnung gegangen mit der letzten Zahlung?«, fragte Knäbler geschäftig.

»Ja, sehr sogar. Die Baustelle am Bodensee-Ufer schreitet zügig voran, sodass wir mit einem Erstbezug Ende des Jahres rechnen können!«, log Hörmann.

Er hatte dem Bankangestellten erzählt, dass er am Bau eines exklusiven Seniorenzentrums am Schweizer Ufer des Bodensees beteiligt sei. Die Kosten des Projekts beliefen sich auf mehrere Millionen Schweizer Franken. Da er aber Angst hatte, vom Bauträger hereingelegt zu werden, überwies Hörmann das Geld nur nach erfolgtem Baufortschritt, eine reine Vorsichtsmaßnahme also. Knäbler glaubte Hörmann natürlich kein Wort, denn er hatte sich über Investitionsobjekte am Bodensee-Ufer informiert, aber kein derartiges gefunden. Er spielte das Spiel einfach mit, weil für ihn am Ende ebenfalls eine nicht unbedeutende Summe abfiel. Das Geld hatte er bitter nötig, denn so konnte er seine Spielsucht finanzieren.

Nachdem Hörmann das Geld übernommen hatte, quittierte er den Empfang. Er hatte sich ausschließlich Banknoten mit Tausend-Franken-Scheinen ausbezahlen lassen, denn er wollte das Geld am Körper verstecken. Da es aber zumeist gebrauchte Scheine waren, musste er es auf zwei Häufchen aufteilen. Er verstaute das Geld zunächst in einem kleinen Aktenkoffer und verließ dann diskret die Bank. Davor wartete sein Fahrer Georg Iaschwilli auf dem Bushaltestreifen vor dem Gebäude. Hörmann hatte den gebürtigen Georgier auf Empfehlung eines Freundes eingestellt, weil Iaschwilli in seiner Heimat als Personenschützer ausgebildet und eingesetzt war. Alleine war es Hörmann zu gefährlich, mit so viel Geld in der Gegend herumzufahren. Außerdem hatte er einen Trick auf Lager, wie er die Zollkontrollen an der Schweizer Grenze umgehen konnte. Iaschwilli steuerte die Limousine aus der Stadt in Richtung Grenze. Er fuhr aber nicht auf direktem Weg zum Grenzübergang Bietingen, über den er dann auf die A81 in Richtung Heimat käme, sondern blieb auf der Schweizer Seite. Dort folgte er der Schnellstraße in Richtung Kreuzlingen. Kurz vor dem Grenzübergang auf Höhe der Ortschaft Gottlieben ließ Hörmann anhalten und machte sich zu Fuß auf den Weg zur Grenze. Der Fahrer Iaschwilli fuhr weiter zur Grenze, wo er mit Sicherheit aufs Schärfste gefilzt wurde. Hans Hörmann dagegen machte sich auf den Weg an das nahe Bodensee-Ufer. Nach etwas weniger als einem Kilometer kam er bei einer Süßwarenfabrik vorbei, in der die bekannten Gottlieber Hüppen, mit Schokolade gefüllte Waffeln, hergestellt wurden. Er ging in den Werksverkaufsladen hinein und kaufte eine schöne Blechdose, die mit der Spezialität gefüllt war. Dann schlenderte er den Uferweg entlang zur Grenze. Er hatte zur Tarnung Wanderkleidung angelegt und einen Rucksack auf dem Rücken. In dem befand sich eine Flasche Wasser und besagte Blechdose mit den Waffeln. Das Geld hatte er sich mit Klebeband am Körper befestigt, was so langsam mächtig juckte. Er hatte auf diese Weise schon fast eine Million Schweizer Franken außer Landes geschafft. Immer wieder sah er sich um, ob ihm jemand folgte. Zeitweise war er ganz alleine auf dem schönen Weg direkt am Ufer des Bodensees unterwegs. An einem großen Gehöft bog der Weg links ab und traf wieder auf die Schnellstraße. Für die fast vier Kilometer benötigte er etwa eine Stunde. Schon kam das Gebäude der Grenzstation Tägerwilen in Sicht. Auf dem rechten

Fahrbahnrand abgestellt und von Zollbeamten umringt, stand sein Auto. Sämtliche Türen, die Motorhaube und die Kofferraumklappe waren geöffnet. Gelangweilt lehnte Georg Iaschwilli am Fahrzeug und versuchte den Beamten Rede und Antwort zu stehen. Je näher Hörmann dem Fahrzeug kam, desto nervöser wurde er. Jetzt galt es, Coolness zu bewahren. Er schlenderte an dem Fahrzeug vorbei, ohne sich um die ganze Szenerie zu kümmern. Nach wenigen Metern überquerte er die B 33 über eine Brücke und ging weiter in Richtung Innenstadt von Konstanz. Iaschwilli hatte die Order erhalten, ins Einkaufszentrum Lago in der Nähe des Bahnhofes zu fahren und dort das Fahrzeug zu parken. Dann sollte er sich auf den Weg zum Hafen machen, wo Hörmann ihn in der Hafenhalle erwartete. Auf der Toilette des Biergartens entfernte Hörmann die Geldscheine von seinem Oberkörper. Das Jucken war kaum mehr auszuhalten. Er verstaute das Geld in einer Plastiktüte und stopfte diese in den Rucksack. Wenig später entdeckte er seinen Fahrer, wie er suchend im Biergarten umherstreifte. Beide setzten sich an einen Tisch und tranken schweigend eine Tasse Kaffee. Wieder war der Geldschmuggel erfolgreich durchgeführt worden.

Im dezent beleuchteten Saal der Spielbank Stuttgart saß Burghard Raiser an einem der Roulettetische. Er hatte soeben tausend Euro auf Nummer und Farbe gesetzt und verfolgte nun gebannt die Bewegung der Kugel im

Roulettekessel. Seinem Nebenmann standen sichtbar Schweißperlen auf der Stirn. Raiser spielte emotionslos, denn es war nicht sein Geld, das er verspielte. Es stammte aus einem Raubüberfall, den er am Vortag verübt hatte. Dabei hatte er einem Gebrauchtwagenhändler zwanzigtausend Euro abgenommen. Obwohl er erst seit wenigen Wochen wieder aus dem Knast entlassen worden war, wo er wegen desselben Deliktes eingesessen hatte, konnte er nicht aufhören. Außerdem hatte er noch alte Schulden, die er abzahlen musste. Dann kam doch tatsächlich der große Moment. Die Kugel kullerte genau in das Loch, auf das er gesetzt hatte. Da er der Einzige war, der gewonnen hatte, wurde ihm alles was auf dem Tisch lag, zugeschoben. Die neidischen und verärgerten Blicke der Mitspieler störten ihn nicht. In aller Ruhe sortierte er die Chips, gab dem Croupier ein Trinkgeld und erhob sich, um an die Bar zu gehen und ein Gläschen zu trinken. Kaum hatte er sich gesetzt und einen Bourbon bestellt, da gesellte sich der Mann, der neben ihm am Roulettetisch gesessen hatte, dazu.

»Heute isch wohl der Tag der Glückssträhne, was?«, fragte der mit deutlichem Schweizer Akzent.

»Kann man wohl sagen. Man muss nur wissen, wann man aufhört, sonst ist alles wieder weg!«, antwortete Raiser.

»Und höret Sie auf?«

»Klar, ich hab ja genug für heute!«

»Das kann ich nicht sagen, ich hab gar nichts mehr für heute.«

»Wie alles verzockt?«

»Ja so kann man es sagen.«

Raiser schob dem Mann einen Chip hin und sagte:

»Jetzt gehst Du rüber und setzt das auf vierundzwanzig Schwarz!«

»Und wenn ich verlier?«

Raiser zuckte nur schweigend mit der Schulter. Der Mann eilte zum Spieltisch und setzte, wie von Raiser geraten auf die schwarze Vierundzwanzig. Wenig später hörte man ein Raunen vom Spieltisch. Tatsächlich hatte der Schweizer gewonnen und kam freudestrahlend zurück an die Bar.

»Hey Mann, wir sollten ein Team bilden, dann nehmen wir den Laden auseinander, Gottfriedstutz noch einmal!«, rief der Schweizer und klopfte Raiser auf die Schulter.

»Nicht jeden Tag hat man so viel Glück. In der Summe steckt man immer mehr rein, als man gewinnt!«, beruhigte Raiser den Mann.

»Ich bin der Urs, Urs Knäbler, wie du schon sicher bemerkt hast, bin ich aus der Schweiz.«

»Ich bin der Franz!«, log Raiser. Er hatte keine Lust dem Mann seinen richtigen Namen zu nennen, man wusste ja nie.

»Bist du öfter hier?«, fragte Knäbler.

»Früher schon, aber in letzter Zeit nicht mehr.«

Knäbler gab Raiser den Chip zurück, den er als Einsatz bekommen hatte. Dann trank auch er einen Whiskey und prostete Raiser freundlich zu. Es blieb nicht bei dem einen und so stellte sich nach einiger Zeit die Wirkung des Alkohols ein. Knäbler war sichtlich angetrunken, was die Lockerung seiner Zunge zur Folge hatte.

»Also wenn ich mal ehrlich sein darf«, begann er, »du siehst mir nicht gerade wie ein Geschäftsmann aus!«

Raiser schwieg zunächst, dann nahm er einen kleinen

Schluck Whiskey und sah langsam zu seinem Nebenmann hinüber.

»Woran sieht man das deiner Meinung nach?«

»Ich weiß nicht, aber ich habe mit Kunden zu tun. Jeden Tag, und da bekommt man ein Gespür für so was!«

»So, so, was verkaufst du denn?«

»Nichts, ich arbeite bei einer Bank!«

»Naja, dann bist du ja von Berufswegen auf das Erkennen von Ganoven trainiert! Was machst du bei der Bank?«

»In der Verwaltung, Kontenverwaltung«, log Knäbler.

Urs Knäbler war zwar mit der Kontoverwaltung in einer Credit-Suisse-Filiale vertraut, aber in erster Linie war er für die Auszahlung und Überweisung großer Summen an Geschäftskunden im In- und Ausland zuständig.

Er lebte privat auf großem Fuß, genau genommen über seine Verhältnisse. Eigentlich sollte er schon längst zum Filialleiter aufsteigen, aber dieser Karriereschritt war ihm zum wiederholten Male verwehrt worden. Um seinen Lebenswandel finanzieren zu können, bediente er sich einiger Kundeneinlagen, die er auf ein Konto im Ausland verschob. Anschließend schönte er die Bücher, um bei einer Revision nicht aufzufallen. Bei seinen Opfern handelte es sich in der Mehrheit um ältere Leute, auf deren Konten über Jahre hinweg keine Geldbewegungen mehr stattgefunden hatten. Bei seinem letzten Coup handelte es sich um eine alte Dame, die immer wieder zu ihm kam, um die Zinsen ihres Guthabens in ihr Sparbuch eintragen zu lassen. Knäbler erschlich sich das Vertrauen der alten Dame und schob ihr bei ihren Bankbesuchen immer wieder ein Blankoformular unter, auf der die Dame eine Unterschrift leistete. Er überredete sie, ihr Sparbuch im Tresor der Bank zu deponieren. Als sie dann einige Zeit nicht mehr auftauchte, durchsuchte Knäbler die Tageszeitungen nach gemeldeten Todesfällen. Und tatsächlich war die alte Dame in ihrer Wohnung von ihren Nachbarn tot aufgefunden worden. Da auch nach Wochen kein Angehöriger auftauchte und Anspruch auf das Sparbuch anmeldete, nahm Knäbler eines der unterschriebenen Blankoformulare, datierte es vor den Todestag zurück und tätigte eine Barauszahlung. Immerhin wanderten so zweihunderttausend Schweizer Franken auf sein Konto in Luxemburg. Nun aber war das Geld aufgebraucht und er musste sich langsam nach einer neuen Einnahmequelle umschauen. Als er so neben diesem Ganoven saß, kam ihm eine Idee.

»Und, in welcher Branche bist du unterwegs?«, fragte Knäbler vorsichtig.

»Im Augenblick in keiner, ich versuche gerade, einen Lottogewinn zu vermehren«, antwortete Raiser.

Knäbler glaubte ihm kein Wort. Dass der Mann neben ihm das Geld ehrlich verdient oder gar gewonnen hatte, glaubte er nicht. Aber vielleicht war er genau der richtige Mann für sein Vorhaben.

»Ich weiß, wie man ohne großes Aufsehen an viel Geld kommen kann!«, murmelte Knäbler leise und sah sich dabei um, ob auch niemand anderer mithören konnte.

»Ach ja? Das klingt interessant. Lass hören!«

»In unregelmäßigen Abständen kommt ein Mann zu mir auf die Bank und holt jedes Mal eine größere Summe Bargeld. Es sagt zwar immer, dass er das Geld brauche, weil er sich in einem Altenzentrum auf der Schweizer Seite des Bodensees eingekauft habe. Das stimmt aber nicht, weil ich das nachgeprüft habe. Man hat da so seine Connections. Ich glaube eher, dass er das Geld über die Grenze schmuggelt.«

»Um wie viel handelt es sich dabei?

»Zweihundertfünfzigtausend Schweizer Franken. Jedes Mal.«

»Klingt interessant. Und woher weiß ich, dass du kein Bullenspitzel bist?«

Knäbler grinste und antwortete dann: »Das könnte sein, ja. Aber dann wäre der Mann schon längst aufgeflogen und das Geld wäre vom Zoll beschlagnahmt worden.«

»Und wie viel hat der Mann noch auf dem Konto?«

»Etwa zwei Millionen.«

Raiser verschlug es den Atem. Wenn er an das Geld kommen könnte, wäre er saniert. Zumindest für ein paar Jahre. Trotzdem traute er diesem Schweizer nicht.

»Und wie stellst du dir das vor? Ich gehe einfach in eure Bank rein und hole mir die Kohle in dem Augenblick, in dem du sie übergibst?«

»Quatsch, das wäre zu auffällig. Der Mann wird nach der Geldübergabe von einem Fahrer abgeholt. Er fährt einen Brabus, kennst du solch ein Auto?«

»Nein, Autos sind nicht so meine Leidenschaft.«

»Solch ein Auto kostet locker eine halbe Million. Das Auto fällt einem Kenner sofort auf, wenn es auf der Straße bewegt wird. Man müsste eine Panne vortäuschen und den Fahrer dadurch zum Anhalten zwingen. Das Ganze müsste aber in der Schweiz passieren, denn er will die Summe immer in Schweizer Franken.«

»Das spielt doch keine Rolle. Wenn man dem das Geld in Deutschland abnehmen würde, wäre es doch schon über die Grenze geschmuggelt«, wandte Raiser ein.

»Das stimmt schon, aber geh mal in Deutschland auf eine Bank und wechsele einen Tausender, da schrillen doch sofort die Alarmglocken!«

»Was sollen wir dann mit dem Geld anfangen?«

»Ich kann das in Euros tauschen, ohne dass es groß auffällt. Du kommst mit dem Geld zu mir und bekommst deinen Anteil in Euro ausbezahlt.«

»Und wie viel ist das?«

»Die Hälfte natürlich!«

»Das bedeutet, wir beide würden die Sache durchziehen!«

»Nein, ich kann da nicht mitmachen, der Verdacht fällt doch ohnehin sofort auf mich.«

»Das kann ich nicht alleine durchziehen, da muss ich mir ein paar Leute an die Seite holen.«

»Das ist dann dein Problem. Ich will die Hälfte.«

»Okay, ich überlege mir die Sache, wie kann ich dich erreichen?«

»Nur über diese Handynummer. Aus Sicherheitsgründen.«

Raiser notierte sich die Nummer und tätigte einen Probeanruf. Dann tranken beide »Geschäftspartner« noch ein Gläschen auf die zukünftige Zusammenarbeit.

Zwei Tage später saß Burghard Raiser im Intercity nach Schaffhausen. Er wollte sich davon überzeugen, dass dieser Knäbler tatsächlich bei der Credit Suisse beschäftigt war. Da er im Moment kein Auto besaß, blieb ihm nur die Bahn als Reisemittel übrig. Er war nach elf Uhr in Reutlingen abgefahren und sollte planmäßig gegen drei viertel drei Uhr in Schaffhausen ankommen. Nachdem er sich von der Richtigkeit der Angaben Knäblers überzeugt hatte, wollte er mit dem nächsten Zug wieder zurückfahren. Während der Fahrt döste Raiser vor sich hin. Wenn dieser Knäbler recht hatte, dann konnte er dieses Mal einen richtig dicken Fisch an Land ziehen. Natürlich hatte Raiser nicht die Absicht, mit diesem Schweizer Trottel zu teilen. Der wusste ja nicht einmal seinen richtigen Namen, ziemlich naiv der Kerl. Mit dem Geld wollte er in den Süden gehen, um sich dort irgendwo niederzulassen und das Leben zu genießen. Was ihm mehr Sorge bereitete, war die Tatsache, dass er noch einen Komplizen an Bord nehmen musste. Er hatte auch schon so seine Kandidaten herausgesucht, aber mit denen musste er erst einmal in Kontakt treten. Der Zug unterquerte gerade die Autobahn 81, dann bremste er scharf ab. Von draußen hörte man das Signalhorn der Lok unaufhörlich hupen. Schließlich kam der Zug zum Stillstand. Überall hörte man, wie heruntergefallene Gegenstände aufgesammelt wurden. Raiser schob das Fenster herunter und sah hinaus. Über einen Feldweg, der parallel zum Bahngleis führte, sah er einen Mann weglaufen. Es gab keinerlei Durchsage, weshalb diese Notbremsung durchgeführt worden war. Nach etwa zehn Minuten kam von der nahen Bundesstraße her ein Polizeifahrzeug angefahren. Dann folgten weitere. Raiser wurde es langsam mulmig. Die werden ihm doch nicht schon auf die Schliche gekommen sein, dachte er noch. Dann aber sah er, wie der Mann, den er vorhin weglaufen sehen hatte, abgeführt wurde. Langsam setzte er sich wieder. Wenn das noch eine Weile dauerte, kam er zu spät, um diesen Knäbler zu beobachten. Dann endlich setzte sich der Zug wieder in Bewegung. Kurz vor dem Bahnhof in Rottweil kam die Durchsage, dass der ungeplante Stopp aufgrund einer Personenfahndung notwendig geworden war. Die Ankunft des Zuges in Schaffhausen würde sich um eine halbe Stunde verschieben. Raisers Glück war, dass sich die Filiale der Credit Suisse in Schaffhausen genau gegenüber vom Bahnhof befand. Er musste also nicht durch die halbe Stadt irren und nach der Bank suchen. Innerlich war er schon ein wenig angespannt, denn es ging um richtig viel Geld. Er hatte sich überlegt, den Alten, der das Geld holte, zu kidnappen, um ihm sein Restvermögen auch noch abzunehmen. Dazu brauchte er aber zu viele Helfer, mit denen er teilen musste. Vielleicht fiel ihm doch noch eine andere Lösung ein. Zwei Millionen, oder waren es drei? Er wusste es nicht mehr. Mit dem vielen Geld würde er sofort nach Italien oder besser noch, über den Teich nach Südamerika fliegen. Er wurde in seinen Gedanken aufgeschreckt, weil plötzlich der Schaffner erschien. Raiser reichte dem Mann seinen Fahrschein. Der Schaffner musterte Raiser auffällig, so als würde er ihn kennen.

»Ist etwas nicht in Ordnung?«, fragte Raiser.

»Nein, nein, alles bestens«, antwortete der Mann.

Er tippte an seine Mütze und ging weiter. Raiser sah dem Mann nach. Der ging von Sitzreihe zu Sitzreihe, um die Tickets zu kontrollieren. Nachdem der Schaffner den Wagen verlassen hatte, folgte ihm Raiser, um zu sehen, ob er eventuell telefonierte. Zu seiner Erleichterung sah er, dass der Mann einfach seinen Job erledigte. Also kehrte Raiser wieder an seinen Platz zurück. Er war plötzlich nervös, so etwas kannte er vorher gar nicht. Beim Halt in Rottweil checkte er genau ab, wer sich zu ihm in das Abteil gesetzt hatte. Bullen roch er normalerweise schon einige Kilometer gegen den Wind. Er hatte aber den Eindruck, dass sich unter den Passagieren, die zugestiegen waren, keine Schnüffler befanden. Die meisten waren wohl Tagesausflügler, die an den Bodensee wollten. Viele erkundigten sich beim Schaffner nach den Verbindungen in Richtung Konstanz, da der Zug ja etwa eine halbe Stunde Verspätung hatte. Ein lautes Stimmengewirr machte sich im Wagen breit. Heftig wurde wegen der Verspätung mit dem Schaffner diskutiert, der arme Kerl konnte einem richtig leidtun. In Tuttlingen stiegen weitere Personen zu, sodass es im Wagen langsam eng wurde. Einige der Passagiere mussten sogar stehen. Eine junge Frau hatte sich zu ihm gesetzt und tippte flink auf ihrem Smartphone. Hin und wieder grinste sie, wenn sie eine Nachricht erhalten hatte. Im Augenwinkel sah Raiser, dass sie unseriöse Bilder erhalten hatte. Erschrocken blickte sie sich um. Dann löschte sie den Inhalt der Nachricht schnell wieder. Sie war ziemlich leicht gekleidet, ihr üppiger Busen quoll beinahe aus ihrem T-Shirt. Raiser musste sich zwingen, nicht dauernd hinüber zu schauen. Eine halbe Stunde später traf der Zug in Singen ein. Nun leerte sich der Wagen schlagartig. Draußen auf dem Bahnsteig fand ein Gerenne statt, weil ein Anschlusszug schon wartete. Dann gab es einen leichten Ruck und der Zug fuhr in Richtung Schweiz weiter. Etwa eine drei viertel Stunde später fuhr der Zug in den Bahnhof Schaffhausen ein. Es war kurz vor halb vier Uhr als Raiser die Bahnhofshalle verließ und sich unsicher umschaute. Auf der gegenüberliegenden Straßenseite erkannte er sofort die Filiale der Credit Suisse. Er überquerte die Straße und setzte sich auf eine Wartebank an einer Bushaltestelle unmittelbar vor dem Eingang der Bank. So konnte er den Eingang sehr gut beobachten. Als er die Filiale so beobachtete, kamen ihm Zweifel auf, dass dort so viel Geld auf einmal ausbezahlt werden konnte. Summen, wie die von diesem Knäbler genannten zweihundertfünfzigtausend Franken, musste sicherlich erst bei der Zentrale vorbestellt werden. Langsam kamen ihm Zweifel an der Realisierung des Unternehmens. Am liebsten wäre er in die Bank gegangen und hätte nach diesem Knäbler gefragt. Das war aber gefährlich, da sicherlich alles auf Video aufgezeichnet wurde. Von Zeit zu Zeit gingen Kunden in die Bank, die nicht wirklich ärmlich aussahen. Immer wieder hielt eine Limousine vor dem Eingang und ein gut gekleideter Mann entstieg, um in die Bank zu gehen. Jeder hatte zumindest einen Aktenkoffer dabei, andere sogar zwei. Das war schon dubios, was da vorging. Die Mehrzahl der Fahrzeuge, die vor der Bank hielten, trugen deutsche Kennzeichen. Und plötzlich, da sah er ihn! Mit einem sommerlichen Anzug bekleidet kam Knäbler aus der Bank und verabschiedete einen älteren Mann per Handschlag. Also arbeitete er tatsächlich bei der Credit Suisse. Während der Zugfahrt nach Schaffhausen hatte sich Raiser nach dem Wohnort von Knäbler erkundigt. Er suchte dafür auf der Seite der Lokal.ch. Seine Recherche ergab, dass Knäbler in Schlatt, einem Vorort von Schaffhausen wohnte. Von oben im Google Earth betrachtet, besaß er ein ziemlich großes Anwesen mit Pool. Entweder er verdiente gut oder er machte nebenher krumme Geschäfte. Raiser glaubte nun eher an die zweite Möglichkeit, denn wie sonst sollte der Kerl auch noch seine Spielsucht finanzieren. Er machte noch ein paar Bilder vom Bahnhofsvorplatz und ging dann hinter den Gebäudekomplex, um zu sehen, ob es einen Hinterausgang gab. Diesen konnte er aber nicht finden, deshalb ging er wieder zurück in den Bahnhof und wartete auf den Zug, der ihn wieder zurück nach Reutlingen bringen sollte.

Hans Hörmann saß auf der Terrasse seines Landhauses auf dem Göllesberg, einem Teilort der Gemeinde Lichtenstein und telefonierte mit seinem Bankberater bei der Credit Suisse. Er hatte vor, in den nächsten Tagen eine weitere Tranche seines Vermögens abzuheben. Die Sache wollte er in diesem Sommer noch über die Bühne bringen, denn im Herbst oder im Winter wollte er nicht am Bodensee entlang laufen. Die Story mit dem Wanderer würde ihm kein Mensch mehr glauben. Den Weg, über den er das Geld nach Deutschland schmuggelte, war er schon viele Male im Urlaub gewandert. Dabei war er mit dem Schiff von der Insel Reichenau zu dem am Schweizer Ufer liegenden Mannenbach übergesetzt und dann über Gottlieben nach Konstanz gegangen. In Gottlieben kaufte er dann immer die bekannten Hüppen. Dabei war er immer über die Grenze in der Gottlieber Straße nach Konstanz gegangen. Ein paarmal wurde er von den Beamten kontrolliert, hatte aber nichts anderes als eine Flasche Wasser und ein paar von diesen Hüppen dabei. Er tischte den Zöllnern die Story mit den Enkeln auf, die diese Süßigkeiten doch so gerne bei ihrem Opa aßen. Er zeigte dann den Beamten Bilder von zwei süßen kleinen Kindern. Hörmann hatte aber weder Kinder noch Enkel. Inzwischen wurde er nicht mehr kontrolliert, er wurde sogar beauftragt den Enkeln von den Onkeln an der Grenze einen Gruß zu sagen, was er dann auch zu tun versprach. Nun telefonierte er also mit Urs Knäbler, seinem Bankberater. Dieser gab ihm zur Auskunft, das Geld frühestens in einer Woche bereitstellen zu können. Er musste es in Blöcken bei der Zentrale bestellen, sonst kam noch jemand auf die Idee, eine Revision durchzuführen. Dann wäre Knäbler fällig gewesen. Er hatte es bisher immer geschafft, die Bücher bis zum Jahresabschluss zu bereinigen. Daher brauchte auch keine Revision vonseiten der Zentrale durchgeführt werden. Hörmann beendete das Gespräch und goss sich einen teuren schottischen Whiskey ein. Er trank ihn pur und in kleinen Schlucken. Er genoss dabei das rauchige Aroma. Dann drückte er auf einen Knopf. Wenig später kam Georg, sein Fahrer und Bodyguard lautlos aus dem Haus und trat hinter Hörmann.

»Sie haben gerufen?«, fragte er mit deutlichem Akzent.

»Eine neue Fahrt steht an, vielleicht nächste Woche. Wir sollten vorher vielleicht noch mal die Verkehrslage checken. Nicht, dass es unvorhergesehene Hindernisse, wie Baustellen und dergleichen gibt.«

»Ich schaue sofort danach, kein Problem!«, sagte Georg Iaschwilli.

Iaschwilli war Georgier. Er hatte im Bürgerkrieg gegen die Russen gekämpft. Zuvor war er aber bei der russischen Armee zum Fallschirmspringer und Einzelkämpfer ausgebildet worden. Die Ausbildung half ihm im Westen bei der Jobsuche. Er kam ohne Probleme im Türstehermilieu unter. Dort arbeitete er mehrere Jahre, bevor er sich dann als Personenschützer ausbilden ließ. Dabei geriet er auf die schiefe Bahn. Sein Chef war ein Bordellbesitzer, der es mit den Gesetzen nicht so ernst nahm. Iaschwilli geriet in eine Auseinandersetzung zwischen Zuhältern, wobei er einen der Männer zum Krüppel schlug. Da die Justiz seine Schuld nicht eindeutig nachweisen konnte, wurde er wegen Beihilfe zur schweren Körperverletzung zu einer Bewährungsstrafe verurteilt. Nun war er auf Empfehlung eines Bekannten bei Hans Hörmann untergekommen. Für den Georgier ein Traumjob. Er fuhr eines der teuersten Autos in Deutschland und verdiente nicht schlecht. Deshalb war er seinem jetzigen Chef sehr dankbar.

»Es gibt keine verkehrsbedingten Probleme auf unserer Strecke«, sagte Iaschwilli wenig später, nachdem er sich im Internet kundig gemacht hatte.

»Und auf den Ausweichstrecken B und C?«

»Auch nicht, keine Probleme.«

»Gut, sehr gut!«, sagte Hörmann, und nippte noch einmal an seinem Glas. Dann fragte er: »Willst du auch einen?«

»Nein, ich trinke keinen Alkohol. Sie wissen doch. Mein Opa sagte immer: Alkohol macht Birne hohl!«

»Manchmal schon! Das stimmt.«

Iaschwilli zog sich wieder diskret zurück. Die Ausweichstrecken, wie Hörmann die Fahrtrouten nannte, hatten Hörmann und sein Fahrer ausgekundschaftet. Sie sollten befahren werden, wenn es zu unerwarteten Schwierigkeiten kommen sollte. Wobei die Route A diejenige war, welche von Schaffhausen direkt nach

Konstanz führte. Die Route B führte am Rhein entlang bis Stein am Rhein und dann weiter bis Konstanz, mit der Option jederzeit in ein Schiff der Bodensee-Flotte einzusteigen und bis zu einer deutschen Anlegestelle zu fahren. Strecke C führte direkt von Schaffhausen über die Grenze bei Thayngen und dann über die A81 direkt zurück. Das war der auch schnellste Weg.

Im Schatten eines Baumes im Biergarten gegenüber dem Hauptbahnhof in Reutlingen saß Burghard Raiser und versuchte, alte Weggefährten per Handy zu erreichen. Bei einigen hatte es auch geklappt, aber bisher sagten ihm alle ab, als er ihnen den Plan für sein neues Projekt unterbreitete. Er war enttäuscht, denn eigentlich erwartete er Begeisterung statt einer Absage. Langsam aber sicher gingen ihm die Ideen aus, wen er noch für den Überfall gewinnen konnte. Vor allem hätte er sich auf die, die er schon gefragt hatte hundertprozentig verlassen können. Alle anderen, die er noch kannte, waren ihm nicht vertrauensvoll genug. Alleine konnte er das Ding nicht durchziehen, das war ihm klar. Sollte der Plan etwa an Personalmangel scheitern? Einer seiner früheren Kumpane nannte ihm einen Namen, den er vor früher zwar kannte, aber mit dem hatte er noch nie eine Sache durchgezogen. In der Szene galt dieser Barny als eiskalter Killer. Dementsprechend gefährlich war es, mit ihm zusammenzuarbeiten. Das nächste Problem bestand darin, an diesen Barny heranzukommen. Der Informant gab ihm einen Tipp, wo er den Mann treffen konnte. Es handelte sich dabei um einen Klub in Stuttgart, wo nicht jedermann willkommen war. Mitten in seine Überlegungen hinein klingelte sein Handy. Vielleicht hatte es sich doch der ein oder andere überlegt mitzumachen.

»Raiser«, meldete er sich.

»Hier spricht ein guter Bekannter aus der Spielbank«, sagte der andere.

Raiser erkannte am Schweizer Dialekt sofort, dass es sich nur um Knäbler, den Schweizer Banker handeln konnte.

»Was gibt es zu berichten?«

»Im Laufe der nächsten Woche könnte wieder ein Gewinn abgeholt werden. Den genauen Zeitpunkt teil ich dann noch rechtzeitig mit!«, sagte der Schweizer und legte sofort wieder auf.

Schweißperlen bildeten sich auf Raisers Stirn. Jetzt musste er handeln. Er rief seinen Tippgeber an und erkundigte sich, wie er an diesen Barny herankommen konnte. Dieser nannte ihm einen weiteren Namen, dabei handelte es sich um eine Frau, die diesem Barny ziemlich nahestand. Sie bediente in einer Kneipe in der Reutlinger Innenstadt. Raiser bezahlte sein Weizenbier und machte sich sofort auf den Weg. Die Kneipe befand sich unweit des Rathauses. Raiser ging hinein und sah sich nach einer Bedienung um. Zunächst sah er aber keine, sondern nur Männer. Deshalb ging er an die Theke und fragte nach dieser Sandra.

»Bedient bei euch eine gewisse Sandra?«, fragte er den Mann an der Theke.

»Ja, aber die hat gerade Pause. Die ist kurz weggegangen, müsste aber in fünfzehn Minuten wieder da sein. Soll ich ihr was ausrichten?«, sagte der Mann und polierte dabei lustlos frisch gespülte Gläser.

»Nö, ich warte am besten auf sie. Kann ich mich irgendwo setzen?«

»Ja, klar! Bedienung kommt gleich!«

Raiser setzte sich an einen Tisch, von dem er aus die Straße beobachten konnte. Wenig später kam ein Ober und fragte ihn, was er zu trinken haben wollte. Er bestellte sich ein Bier und einen kleinen Imbiss, da er Hunger verspürte. Kaum hatte an dem Bier genippt, da tauchte eine Frau neben ihm auf, die er von früher her kannte. Na klar! Das konnte nur diese Sandy sein. Sie hatte in verschiedenen Kneipen gearbeitet, in denen er vor seiner Inhaftierung verkehrte. Sie war ein ziemlich heißer Feger, auch heute noch.

»Na biste wieder draußen?«, fragte sie ohne Umschweife.

»Ja, schon eine Weile. Sag mal, weißt du, wo ich den Barny erreichen kann?«

»Was willst du denn von dem?«

»Ich muss mit ihm was Geschäftliches bereden.«

Die Frau hob vielsagend die Augenbraue.

»Du wirst doch nicht schon wieder Geschäfte machen?«

»Das lass mal meine Sorge sein!«

»Wenn du ein wenig Geduld hast, kannst du Barny noch sprechen. Der wollte nachher noch vorbeikommen.«

»Okay, dann warte ich. Nett von dir, dass du mir helfen willst.«

»Ich möchte nichts damit zu tun haben«, sagte sie, und wandte sich ab, um ihre Arbeit wieder aufzunehmen.

Zum Zeitvertreib spielte Raiser auf dem Handy ein Ballerspiel. Hin und wieder blickte er um sich, aber diesen Barny sah er nicht. Er war sich auch nicht mehr sicher, ob er den Mann wiedererkennen würde. Raiser hatte ihn seit Jahren nicht mehr gesehen. Früher lief der Kerl immer mit einer Sonnenbrille in den Haaren herum. Außerdem fuhr er gerne aufgemotzte und laute Autos. Raiser bestellte sich ein weiteres Bier. So langsam spürte er die Wirkung des Alkohols. Was sollte er machen, wenn ihm auch Barny eine Absage erteilte? Er stand auf und ging zur Theke, um sich eine Zeitschrift zu holen. In dem Automagazin wurden exklusive Sportwagen vorgestellt. Solch einen Porsche zu fahren, war schon immer ein Traum von ihm. Vielleicht sollte dieser Traum bald in Erfüllung gehen. Plötzlich wurde ein Schlüsselbund vor ihm auf den Tisch gelegt. Sofort erkannte er das Emblem der Firma Porsche. Raiser blickte auf und sah in das lachende Gesicht von Barny. Er sah immer noch gleich aus. Immer noch die Sonnenbrille in den Haaren. Immer noch einen Dreitagebart.

»Was gibt es zu besprechen?«, fragte er belustigt.

»Geschäftliches!«

»Gut, dann gehen wir!«, sagte Barny und machte eine Geste, die bedeutete, dass er ihm folgen sollte.

Raiser trank das Bier leer und zahlte. Dann trottete er Barny hinterher. Der hatte seinen schwarzen Porsche Boxster hinter dem Rathaus im Halteverbot geparkt. Davor stand eine städtische Politesse und schrieb gerade einen Strafzettel. Barny setzte sich seine Sonnenbrille auf und ging lächelnd auf die Frau zu.

»Das können Sie doch nicht machen, schöne Frau!«, schmeichelte er ihr.

Die ging überhaupt nicht auf das Gesülze ein und überreichte Barny wortlos die Verwarnung. Der nahm den Zettel lächelnd an und bedankte sich artig. Dann stieg er in den Sportwagen ein. Raiser folgte ihm und fiel in den Beifahrersitz, denn die Sitzposition war sehr tief.

»Hässliche Schlampe!«, schimpfte er und betrachtete dabei den Strafzettel. »Naja zehn Euro, das geht noch! So, was gibt es denn so Wichtiges zu besprechen?«

»Ich bin an einer großen Sache dran, die ich nicht alleine durchziehen kann!«, begann Raiser, während Barny den Motor startete und losfuhr.

»Was springt dabei heraus?«

»Etwa dreihunderttausend«

Barny pfiff durch die Zähne.

»Das ist mal eine Ansage. Durch wie viel?«

»Drei. Ich muss mit einem Informanten teilen.«

»Das heißt, hunderttausend für jeden?«

»Ja. Aber es ist noch mehr drin, viel mehr. Vielleicht zwei Millionen.«

»Hört sich interessant an. Was muss ich dabei tun?«

»Eigentlich nur fahren.«

»Du willst doch nicht etwa eine Bank überfallen, oder?«

»Nein, natürlich nicht, auch keinen Geldtransport. Obwohl indirekt hat es damit zu tun«

»Details bitte!«

»Also, da gibt es einen alten Mann, der schmuggelt sein Schwarzgeld regelmäßig über die Schweizer Grenze. Ich weiß, wann er das Geld abholt. Wir müssen ihn nur verfolgen und ihm die Kohle abnehmen.«

»Ach so und der holt jedes Mal dreihunderttausend ab.«

»Richtig. Der hat noch etwa zwei Millionen deponiert.«

»Das heißt, wir schnappen den Kerl und nehmen ihm den Rest auch noch ab! Und woher weißt du das Ganze?«

»Ich habe einen Informanten in der Bank.«

»Klingt gut. Wann soll die Sache starten?«

»Nächste Woche. Ich bekomme noch den genauen Termin mitgeteilt.«

»Okay, klingt nicht schlecht. Das Ganze will aber gut geplant sein. Hier ist meine Nummer, wenn du den genauen Termin weißt, ruf mich an!«

Barny gab Raiser eine Visitenkarte, auf der lediglich eine Handynummer aufgedruckt war. Dann hielt er vor dem Kaufhaus Galeria Kaufhof an und ließ Raiser aussteigen. Der hatte einige Mühe sich aus dem Autositz herauszuschälen.

Soeben hatte Urs Knäbler aus der Schweiz angerufen und Bescheid gegeben, dass Hörmann am kommenden Dienstag vorbeikommen und das Geld mitnehmen könne. Das hörte sich gut an, denn anschließend wollte er die Summe, die sich in seinem Tresor angesammelt hatte, nach Luxemburg bringen. Er hatte ein ungutes Gefühl, mit so viel Geld im Haus. Wenn einer seiner Neffen Wind von der Sache bekam, stand dieser oder dessen Bruder sofort auf der Matte. Hörmann spielte nach außen den bescheidenen Bürger. Mit seinem Brabus fuhr er, wenn überhaupt, nur in die Schweiz. Sonst benutzte er einen alten Golf. Nur seine nächsten Nachbarn kannten den Luxusschlitten, die aber behielten das Wissen für sich. Seine Verwandtschaft ließ er im Glauben, dass er nur noch von einem geringen Einkommen lebte. Hans Hörmann ging in die Küche, um sich einen Kaffee zu machen. Er hatte noch eine altertümliche Kaffeemaschine, die fauchend und zischend ihre Arbeit verrichtete. Durch das Fenster sah er, wie Georg Iaschwilli den Brabus liebevoll polierte. Der Georgier war ein netter Junge, aber trauen wollte ihm Hörmann nicht. Solange er ihn gut bezahlte, gab es mit Sicherheit keine Probleme. Sobald aber das Geld aus der Schweiz nach Luxemburg transferiert war, brauchte er die Hilfe von Iaschwilli nicht mehr. Bei dem Gedanken, diesem Mann mitzuteilen, dass er entlassen sei, wurde Hörmann mulmig im Magen. Wie er wohl darauf reagieren wird? Bis zu dem Zeitpunkt mussten alle Spuren verwischt und das Geld in Sicherheit sein. Er ging mit seiner Kaffeetasse ins Wohnzimmer und schaltete den Fernseher ein. Eigentlich schaute er gar nicht auf den Bildschirm, sondern nahm sich die Financial Times zur Hand und blätterte darin. Doch dann wurde er plötzlich hellhörig. Der Moderator vom Lokalfernsehen las eine Nachricht vor, die ihn höchst beunruhigte. Wieder einmal waren Daten-CDs aus der Schweiz aufgetaucht, die die Namen von Steuersündern enthielten. Das Besondere an der aktuellen CD war, dass ausschließlich Personen aus dem Südwesten betroffen waren, darunter auch namhafte Unternehmer aus dem Raum Reutlingen. Hörmann begann augenblicklich zu schwitzen. Dann nahm er das Telefon in die Hand und wählte die Nummer der Filiale der

Credit Suisse in Schaffhausen. Es klingelte unendlich lange, bis endlich abgehoben wurde. Eine müde Stimme meldete sich mit dem üblichen Ansagespruch. Hörmann verlangte Urs Knäbler zu sprechen. Die wenig freundliche Stimme am anderen Ende erklärte Hörmann, das der Herr Knäbler sich in einem Kundengespräch befinde und im Augenblick nicht gestört werden wollte. Er solle es in einer halben Stunde noch einmal versuchen. Hörmann bestand darauf, bei nächster Gelegenheit von Knäbler zurückgerufen zu werden. Grußlos wurde von der Schweiz aus aufgelegt. Hörmann ging nun aufgeregt hin und her. Tausende Gedanken rotierten nun in seinem Kopf. Er musste das ganze Geld so schnell wie möglich aus der Schweiz herausholen. Dies ließ sich aber nicht mehr über den Grenzübergang bei Konstanz bewerkstelligen. Wenn er das Geld am Körper tragen wollte, so sah er plötzlich aus, als hätte er zwanzig Kilo zugenommen. Dies würde den Grenzern natürlich sofort auffallen, denn sie kannten ihn als den schlanken, sportlich fitten Opa. Zweihunderttausend Schweizer Franken in Tausenderscheinen gaben zwei Stapel mit etwa zwei Zentimeter Höhe. Zwei Millionen hingegen schon zwanzig Zentimeter, vom Gewicht ganz zu schweigen.

Also musste er eine andere Route wählen, über die er das Geld schmuggeln konnte. Er betrachtete auf einer Wanderkarte des westlichen Bodensees mögliche Ausweichstrecken. Die über die Insel Reichenau kannte er von seinen früheren Urlauben her. Eine weitere Möglichkeit wäre, bei Stein am Rhein nach Öhningen zu gelangen. Direkt am See entlang führte der Bodensee-Rundwanderweg entlang über die Grenze. Aber er wusste nicht, ob sich dort Zollbeamte aufhielten. Georg, sein Fahrer könnte ihn dann in Wangen aufnehmen. Eine ganz andere Möglichkeit bestand, über die Burg Hohenklingen nach Schienen zu wandern. Von dort wusste er, dass niemand an der Grenze stationiert war. Dieser Weg war zwar anstrengend, aber nach seiner Auffassung der sicherste. Zunächst einmal wollte er aber von Knäbler wissen, wie es um das Bankgeheimnis bei der Credit Suisse und in der Schweiz stand. Der aber meldete sich nicht, auch nicht nach einer halben Stunde. Um sich zu beruhigen, nahm sich Hörmann einen alten Whiskey aus dem Schrank. Der Alkohol entfaltete nach kurzer Zeit seine wohltuende Wirkung, sodass er wieder langsam aber sicher auf den Boden zurückkam. Hans Hörmann wurde sogar ein wenig müde, ließ sich in einem der bequemen Sessel nieder und schloss die Augen. Wie lange er so geschlafen hatte wusste er nicht, aber mehr wie eine Stunde war es wohl, denn es war inzwischen dunkel geworden. Plötzlich wurde er durch das Summen des Telefons geweckt. Er hatte es beim Kaffeemachen in der Küche liegen gelassen, also mühte er sich schlaftrunken aus dem Wohnzimmer.

»Hörmann«, meldete er sich kurz.

»Ja, Knäbler, Sie wollten mich sprechen?«

»Ja genau! Haben Sie mitbekommen, dass man schon wieder eine CD mit Namen von Kunden Ihrer Bank bekommen hat?«

»Herr Hörmann, die Nachricht von einer angeblichen CD, die Namen unserer Kunden beinhalten soll, ist ein Fake! Alle CDs, die bisher aufgetaucht sind, betreffen keine Kunden unseres Hauses. Es handelt sich ausschließlich um Bankhäuser, die den Amerikanern ermöglicht haben, Gelder zu verschieben. Wir haben uns daran nicht beteiligt, deshalb lassen die uns auch in Ruhe. Sie können beruhigt sein, Ihr Name wird nirgendwo auftauchen, dafür haben wir gesorgt. Dasselbe habe ich heute schon den ganzen Tag besorgten Kunden aus Deutschland mitgeteilt.«

»Wäre es trotzdem möglich, das Restvermögen am Dienstag abzuholen?«

»Nein, unmöglich! Ich bekomme, ohne dass etwas auffällt, eine so große Summe in so kurzer Zeit nicht unter, das geht nicht!«

»Gut, dann vielleicht zum nächsten Termin?«

»Das wird sehr schwer, aber ich will es versuchen. Aber dann müssen wir über die Tantiemen reden, verstehen Sie?«

»Ja, ja, natürlich!«

»Schönen Abend noch!«, verabschiedete sich Knäbler.

Konnte er diesem Schweizer trauen? Hatte der nicht vielleicht selber so eine CD verkauft. Dass der Mann bestechlich war, bewies doch das Vorgehen in seinem Fall. Knäbler ließ sich ordentlich dafür bezahlen, dass er Hörmann das Geld besorgt hatte. Hans Hörmann war total verunsichert. Er rief bei einigen Bekannten an, die sich in derselben Situation befanden, konnte aber nichts Neues von ihnen erfahren. Schlafen konnte er in dieser Nacht nur, nachdem er noch einige Whiskeys zu sich genommen hatte.

Es war schon sehr früh, für Barny eigentlich zu früh, als er mit Burghard Raiser nach Schaffhausen startete. Urs Knäbler hatte Raiser am gestrigen Abend angerufen und ihm mitgeteilt, dass es heute zur Geldübergabe kommen würde. Die genaue Uhrzeit konnte er nicht sagen, da es vom Eintreffen seines Kunden abhängig war. Geplant war aber etwa zehn Uhr. Dann hatte Raiser sofort diesem Barny Bescheid gegeben. Der schlug vor, um sieben Uhr zu starten, um etwaige Staus einzuberechnen. Nun befanden sie sich also auf der Autobahn Richtung Singen. Barny gab seinem Porsche die Sporen, sobald es die Verkehrslage zuließ. Raiser sah diskret auf den Tacho. Dabei sah er, dass die mit etwa zweihundert Stundenkilometern unterwegs waren. Das Interieur des Sportwagens hatte auch schon bessere Zeiten gesehen. An manchen Stellen war das helle Leder dunkel angelaufen, was von mangelnder Pflege zeugte. Der Aschenbecher quoll über von Zigarettenstummeln. Nach etwa anderthalb Stunden erreichten sie das Autobahndreieck Singen. Barny fuhr weiter bis zum Autobahnende bei Bietingen. Sie folgten nun nach einem Kreisverkehr mit einer seltsamen Stele der Bundesstraße 34 bis zur Zollanlage Singen. Nun ging es zäh voran. Nervös blickte Barny auf die Uhr.

»Kurz vor neun Uhr, bis wir in Schaffhausen sind, vergeht bestimmt noch eine halbe Stunde. Hoffentlich verpassen wir den Kerl nicht!«, brummte Barny.

»Glaub ich nicht, der hat mit den gleichen Problemen zu kämpfen wie wir«, antwortete Raiser ruhig.

»Kommt darauf an, aus welcher Ecke der kommt.«

»Der muss in unserer Gegend wohnen. Mein Informant sagte das wenigstens. Außerdem wolle er mich unmittelbar nach der Geldübergabe anrufen. Falls wir keinen Parkplatz vor der Bank finden.«

»Das beruhigt mich ungemein.«

Die Grenzabfertigung ging sehr schnell vonstatten, denn alle Autos wurden durchgewunken. Wenig später erreichten sie die Stadtgrenze von Schaffhausen. Barny hielt alle Geschwindigkeitsbegrenzungen peinlich genau ein, denn er wollte keinen Strafzettel riskieren. Die Orientierung war nicht sehr schwierig, denn auf der rechten Seite der Straße führten Bahngleise entlang. Diese würden über kurz oder lang zum Bahnhof führen. Und dort befand sich auch die Filiale der Credit Suisse. Als sie das Bahnhofsgelände erreichten fuhr Barny sehr langsam, um sich nach der Bankfiliale umzusehen. Und da war sie! Schräg gegenüber des Haupteingangs des Bahnhofs befand sich ein Gebäude mit einer modern gestalteten Fassade. Sie hatten ihr Ziel erreicht. Vor dem Eingang der Bank war es nicht möglich zu parken. Überall befanden sich Bushaltestellen. Barny fuhr geradeaus weiter bis zu einem Kreisverkehr.

»Ich fahr jetzt wieder zurück und lass dich hier aussteigen. Du postierst dich irgendwo, von wo aus du den Eingang der Bank beobachten kannst. Ich versuche, da unten einen Parkplatz zu kriegen. Wenn der Kerl in die Bank geht, rufst du mich an, okay?«

»Ja, okay.«

Barny fuhr eine Runde im Kreisverkehr und hielt danach an, um Raiser aussteigen zulassen. Der hatte wieder alle Mühe aus dem tiefen Sitz des Sportwagens herauszukommen. Dann überquerte er die Straße und ging auf den Bahnhof zu. Im Gebäude befanden sich eine Brasserie und davor ein paar Tische und Stühle. Genau der richtige Platz für seine Überwachung. Es setzte sich an einen der Tische, und zwar so, dass er den Eingang zur Bank gut einsehen konnte. Dann bestellte er bei der Bedienung einen Kaffee, den er sofort bezahlte. Dann tat er so, als würde er auf seinem Handy eine Nachricht schreiben. Immer wieder schweifte sein Blick hinüber zur Bank. Er sah auf die Uhr, es war kurz vor zehn. Langsam wurde er nervös. Nun konnte es nicht mehr lange dauern, bis das spätere Opfer eintraf. Ob alles nach Plan klappte? Es ging bei diesem Coup um viel Geld. Nicht so, wie bei dem Autoverkäufer, dem er zwanzigtausend Euro abgenommen hatte. Der Kaffee schmeckte ausnehmend gut. Er nippte vorsichtig daran, denn er war sehr heiß. Dann plötzlich hörte er das Brummen eines großvolumigen Motors. Wenig später rollte eine schwarze Limousine mit Reutlinger Kennzeichen am Bahnhof vorbei, die Straße entlang. Raiser griff sofort zum Telefon, um Barny Bescheid zu geben. Dabei fiel ihm vor lauter Aufregung beinahe das Handy aus der Hand. Er zwang sich zur Ruhe, um nicht aufzufallen.

»Ja«, meldete sich Barny.

»Ich glaube, es geht gleich los. Ein schwarzer Mercedes mit Reutlinger Nummer ist gerade vorbeigefahren. Jetzt kommt er wieder die Straße herunter. Er hält vor der Bank auf dem Busstreifen. Ein alter Mann steigt aus und geht in die Bank. Der Mercedes fährt weiter in deine Richtung!«

»Ich hab ihn gesehen. Zu deiner Info: Das ist kein Mercedes, das ist ein Brabus. Das ist ein großer Unterschied. Da haben wir einen dicken Fisch an der Angel. Ich hab den in Reutlingen noch nie gesehen. Ich sehe ihn, da kommt er. Wie günstig, der parkt nicht weit weg von mir. Wenn der nachher startet, folge ich ihm und nehme dich auf.«

»Okay«, antwortete Raiser, der total nervös war.

So etwas kannte er gar nicht an sich. Bisher hatte er immer alleine gearbeitet. Deshalb musste er sich auf niemand verlassen. Jetzt war das anders. Er war Barny ausgeliefert. Wenn der ihn nicht wieder einsammelte und die Sache auf eigene Faust durchzog, war er der Gelackmeierte. Gespannt verfolgte er jede Bewegung am Eingang der Bankfiliale.

Um halb acht Uhr war Hans Hörmann auf dem Göllesberg in den Brabus eingestiegen und ließ sich von seinem Fahrer Georg Iaschwilli in Richtung Schweiz chauffieren. Iaschwilli wählte die Route über die Alb, denn eigentlich hatten es die beiden nicht eilig. Ob sie nun um zehn oder um halb elf Uhr bei Knäbler auftauchten, war Hörmann egal. Der Banker hatte ihm zu gehorchen, denn er war ja schließlich der Kunde. Für den Geldschmuggel hatte er wieder ein paar Beutel präpariert, die er später an seinen Körper kleben wollte. Er wollte die Transfergeschichte so schnell wie möglich beenden. Die Geschichte mit der Daten-CD beunruhigte ihn zusehends. Er hatte fest vor, Knäbler dazu zu zwingen, ihm sein Restvermögen beim nächsten Termin auszuzahlen. Die Fahrt über die Alb gestaltete sich trotz der frühen Uhrzeit als sehr zäh. Immer wieder überholte Iaschwilli Lastwagen und ließ dabei den Motor des Brabus aufbrüllen. Dabei wurde Hörmann in den Sitz gedrückt, sodass er sich kaum aufrichten konnte. Vom verbrauchten Benzin ganz zu schweigen. Der Georgier hatte eine diebische Freude daran, das Auto über die Straße zu jagen. Bei Stockach fuhr er auf die A 98 auf und dann weiter in Richtung Singen. Da auf diesem Abschnitt der Autobahn wenig los war, beschleunigte Iaschwilli den Brabus in die Nähe der dreihundert Stunden-Kilometer-Grenze. Das Ganze hatte ein Ende, als er die A 81 erreicht hatte, denn vor der Schweizer Grenze staute sich der Verkehr. Trotzdem wurden sie zügig abgefertigt. Iaschwilli musste anhalten, weil der Zollbeamte sehen wollte, wer sich im Fond der Limousine befand. Wenig später erreichten sie Schaffhausen. Iaschwilli fuhr langsam am Bahnhof der Stadt entlang und wendete dann im Kreisverkehr danach. Dann fuhr er direkt vor den Eingang der Filiale der Credit Suisse und ließ Hans Hörmann aussteigen. Dieser eilte direkt auf den Eingang zu und entschwand ins Innere, während Iaschwilli nach einem Parkplatz Ausschau hielt. Urs Knäbler wartete schon und rieb sich geschäftig die Hände.

»Grüezi, Herr Hörmann, hattet Sie eine gute Reise?«, fragte er überfreundlich.

»Ja ja, wie gewohnt, danke!«

»Wenn Sie mir dann folgen wollen!«, sagte Knäbler und öffnete eine der Türen.

Knäbler schloss eilig die Tür und bot Hörmann an Platz zu nehmen. Dann ging er zu seinem Schreibtisch und holte aus der Schublade einen Stapel Geldscheine hervor.

»Das sind nur zweihunderttausend. Sie glauben gar nicht, was ich für eine Mühe habe, diese Menge Geld herbeizuschaffen, ohne dass es eine Rückfrage von der Zentrale gibt.«

Hörmann sah sein Gegenüber ruhig an und sagte dann: »Ich bin doch sicherlich nicht der Einzige, der eine solche Summe von Ihrer Bank holt. Das können Sie mir nicht erzählen!«

»Nein, sicherlich nicht. Aber nicht auf diese Weise, oder? Alle anderen Kunden lassen sich das Geld mit einem professionellen Transporteur schicken, verstehen Sie? Man nimmt nicht einfach so zweihunderttausend Schweizer Franken in der Tasche mit, oder? Das birgt immer ein Risiko, überfallen zu werden! Außerdem macht es den Eindruck, dass dieses Geld über die Grenze geschmuggelt werden soll. Ich habe große Mühe einen solchen Betrag zu stückeln und anderen Geschäftsvorgängen unterzuschieben. Und jetzt wollen Sie auch noch das Restguthaben gänzlich ausgezahlt bekommen. Zwei Millionen, wissen Sie wie viele Scheine das sind?«

»Das Zehnfache von denen hier!«, antwortete Hörmann ruhig.

»Wie wollen sie die transportieren, ohne dass das auffällt? Sie benötigen da einen großen Koffer. Wenn Sie unser Haus verlassen, fällt das jedem Steuerfahnder, der gerade um unser Haus herumschnüffelt auf!«

»Ist denn das so oft der Fall?«

»Ich weiß es nicht, ich vermute es halt. Wir sind ja nicht weit von der Grenze weg, oder?«

»Bekomme ich jetzt mein Geld oder nicht?«

»Sagen wir es so, es dauert halt noch eine Weile. Das geht nicht kurzfristig. Ich muss mir einen Weg ausdenken, dann bekommen Sie Bescheid, Herr Hörmann.«

»Okay, das ist ein Wort!«, sagte Hörmann und stand auf.

Dann nahm Hörmann sein Handy in die Hand und gab seinem Fahrer Bescheid, dass er ihn abholen könne.

Er wartete in der Bank, bis Iaschwilli vorgefahren kam. Wenig später erschien die schwarze Limousine vor dem Eingang. Hörmann eilte hinaus und nahm sofort im Fond Platz. Dann fuhr Iaschwilli los.

»Die übliche Route?«, fragte er nur kurz.

»Ja, ich denke es spricht nichts dagegen.«

Iaschwilli nickte und steuerte das Auto aus Schaffhausen hinaus. Der Verkehr hatte nun deutlich zugenommen, sodass es nur im Schritttempo vorwärtsging. Mehrmals wurde die Bahnstrecke nach Konstanz unterquert. Während der Fahrt beobachtete Iaschwilli immer wieder die nachfolgenden Autos im Rückspiegel.

»Ich weiß nicht, ob ich mich täusche, aber uns folgt ein Porsche mit deutscher Zulassung. Der fiel mir schon auf dem Parkplatz am Bahnhof auf.«

»Bist du sicher? Gib mir mal das Bild der Rückfahrkamera auf den Monitor!«

Im Fond des Brabus war ein großer Monitor eingelassen, der bei Bedarf hochgefahren werden konnte. So geschah es nun auch. Es dauerte eine Weile, bis ein Bild darauf erschien. Dem Brabus folgten mehrere Autos, allesamt mit Schweizer Kennzeichen. In einer Kurve aber sah man einen Porsche, vier Autos hinter Iaschwilli. Das Kennzeichen war aus dieser Entfernung aber nicht zu erkennen, ebenfalls auch die darin befindlichen Personen nicht. Hörmann überlegte, was zu tun war. Solange sie sich auf Schweizer Boden befanden, konnte Iaschwilli nicht die Stärke des Brabus ausspielen. Außerdem ließ es der Verkehr im Augenblick nicht zu. Die vorher ausgemachte Ersatzroute, die über Singen führte, wollte Hörmann nicht nutzen. Also fuhren sie einfach weiter. Es würde sich schon noch eine Gelegenheit bieten, die vermuteten Verfolger näher anzuschauen. Hörmann war ein wenig aufgeregt, denn diese Situation hatte er nicht einberechnet. Sollten das etwa Steuerfahnder sein? Warum sollte die dann Steuersünder in der Schweiz abfangen? Außerdem konnten die doch leicht über das Kennzeichen des Fahrzeugs seinen Wohnort ausfindig machen. Zum anderen hatten Steuerbeamte keinen Porsche als Dienstfahrzeug. Also kamen nur Kriminelle in Betracht, dann wurde es aber heikel. Aber woher wollten die Bescheid wissen, dass er in diesem Augenblick eine größere Summe Geld mit sich führte? Das konnte dann nur bedeuten, dass der Schweizer Bankangestellte mit ihnen unter einer Decke steckte. Daran wollte Hörmann aber nicht glauben. Als sie die Stadtgrenze von Stein am Rhein erreicht hatten, kam Iaschwilli eine Idee.

»Da vorne kommt ein Kreisverkehr, darin drehe ich eine Ehrenrunde. Mal sehen, ob die uns dann folgen«, sagte er.

»Gute Idee, dann können wir uns die Herren einmal näher anschauen!«

Etwa einen Kilometer nach dem Ortseingang von Stein am Rhein kam der besagte Kreisverkehr. Der war ziemlich eng, sodass er sehr schnell durchfahren werden konnte. Die Runde im Kreisverkehr reichte nicht aus, dass sich der nachfolgende Porsche vor Iaschwilli einreihen konnte. Nach dreihundert Metern folgte der nächste Kreisverkehr. Auch hier fuhr Iaschwilli eine Runde. Dieses Mal klappte es und der Porsche fuhr plötzlich vor Iaschwilli.

»Kennst du die Typen?«, fragte Hörmann seinen Fahrer.

»Nein, ich habe nur den Beifahrer richtig gesehen, der andere hat eine Mütze auf und trägt eine Sonnenbrille.«

»Pass auf, wir machen noch einen Trick: Du fährst da vorne kurz vor der Ampel rechts ran. Die müssen dann über die Brücke fahren, und wir haben sie abgehängt.«

Um auf die deutsche Seite zu kommen, musste der Rhein auf einer Brücke überquert werden. Am anderen Ufer gab es in der Altstadt von Stein am Rhein eine Engstelle, die nur von einem Fahrzeug in eine Richtung passiert werden konnte. Deshalb befand sich vor der Rheinbrücke eine Ampel, die den Verkehr jeweils nur in einer Richtung über die Brücke zuließ. Kurz vor der Ampel befand sich auf der rechten Seite das Hotel zum Schwanen. Es war ein schönes altes Fachwerkgebäude. Vor dem Hotel gab es ein paar Parkplätze. Auf einen dieser Parkplätze fuhr Iaschwilli den Brabus. Die Ampel zeigte Grün und die Autos davor setzten sich in Bewegung, so auch der Porsche. Als die Ampel wieder auf Rot umschaltete, wendete Iaschwilli das Auto und fuhr wieder die Straße hinauf.

»Lass mich bitte am Bahnhof aussteigen. Ich fahre mit dem Zug weiter«, sagte Hörmann zu seinem Fahrer.

Der quittierte das Ganze mit Schulterzucken. Am Bahnhof angekommen, stieg Hörmann eilends aus. Dabei beobachtete er den Autoverkehr. Kein Porsche war zu sehen. Also ging er zum Bahnsteig und löste eine Fahrkarte nach Kreuzlingen. Er unterquerte die Bahngleise in einem völlig neu gestalteten Bahnsteig. Dann nahm er auf einer Bank Platz. Der Zug nach Kreuzlingen sollte in einer halben Stunde am Bahnsteig abfahren.

Noch bevor Burghard Raiser die Nummer von Barny auf sein Handy eingetippt hatte, sah er den Porsche die Straße herauffahren. Gegenüber war der Mann mit dem Geld soeben in die schwarze Limousine eingestiegen. Raiser beeilte sich beim Einsteigen in den Porsche. Da der schwarze Brabus an einer Ampel halten musste, holte Barny schnell auf. Fünf Autos vor ihm brabbelte der Motor deutlich hörbar. Da der Verkehr ziemlich dicht war, konnte Barny mühelos Anschluss halten.

»Wo die wohl hinfahren?«, fragte Raiser.

»Die nehmen einen kleinen Grenzübergang. Der nächste wäre Öhningen, dazu müssen sie durch Stein am Rhein. Ich möchte bloß wissen, wie der das Geld rüberschmuggelt, so ein Auto wird doch von den Grenzern mit Sicherheit gefilzt ohne Ende«, ergänzte Barny.

Dann erreichten sie die Stadtgrenze vor Stein am Rhein. Einige der Autos vor ihnen waren inzwischen abgebogen, sodass sie ziemlich nah am Brabus waren. Um nicht aufzufallen, hielt Barny Abstand zum Vordermann. Dann kam ein Kreisverkehr. Der Brabus drehte eine volle Runde, sodass Barny direkt dahinter in den Kreisverkehr einfuhr.

»Was soll denn das?«, schimpfte er.

»Meinst du, die haben uns bemerkt?«, fragte Raiser besorgt.

»Das glaube ich kaum, der Kerl ist wahrscheinlich übermütig!«

Unmittelbar danach folgte ein zweiter Kreisverkehr und der Brabus drehte erneut eine volle Runde. Nun befanden sich Barny und Burghard Raiser direkt vor der Limousine. Barny schaute in den Rückspiegel und sah den Fahrer mit der dunklen Sonnenbrille, der keine

Miene verzog. Die Straße ging nun zur Rheinbrücke hinunter, vor der sich eine Ampel befand, die gerade auf Rot umgesprungen war. Als die Ampel wieder Grün zeigte, sah Barny im Rückspiegel, wie der Brabus in eine Parkbucht einfuhr.

»Scheiße, was macht denn der Kerl!«

»Was ist?«, fragte Raiser, der sich in dem Sportsitz kaum bewegen konnte.

»Die haben angehalten und jetzt dreht er um!«

»Die haben doch was geschnallt! Was machen wir jetzt?«

»Ich dreh da vorne in der Altstadt um, ich hoffe, den holen wir wieder ein!«

Barny hatte es nun eilig, den Rhein zu überqueren. Das Wenden in den engen Gassen von Stein am Rhein war gar nicht so einfach. Er nutzte aber die Fairness der anderen Autofahrer gnadenlos aus und wendete einfach, um wieder auf die andere Rheinseite zu kommen.

»Was haben die vor?«, fragte Raiser.

»Vielleicht wollen die sichergehen, dass ihnen keiner folgt. Oder aber sie haben es sich mit der Grenze anders überlegt.«

Wieder zurück am anderen Ufer steuerte Barny den Porsche in Richtung Schaffhausen. Als sie am Bahnhof vorbeikamen, hatte Raiser eine Idee.

»Halt mal an, lass mich aussteigen. Ich glaube ich weiß, was die vorhaben. Der fährt mit der Bahn nach Konstanz und wird dort abgeholt. Im Zug wird der mit Sicherheit nicht kontrolliert, sowieso nicht in einer Regionalbahn. Fahr mal in Richtung Konstanz, vielleicht triffst du den wieder an der Grenze!«

»Okay, aber halt mich auf dem Laufenden!«

»Ja. Klar!«

Raiser quälte sich aus dem Sportwagen und überquerte den Bahnhofsvorplatz. Dann betrat er den Bahnsteig und hielt nach den dort wartenden Fahrgästen Ausschau. Am gegenüberliegenden Bahnsteig saß tatsächlich der Mann, den er vorher aus der Bank in Schaffhausen kommen sehen hatte. Der hatte einen Rucksack bei sich, aus dem eine Wasserflasche ragte. Er wollte also den Eindruck eines Wanderers erwecken. Raiser ging zum Fahrkartenautomat und löste eine Fahrkarte nach Kreuzlingen. Neben dem alten Mann befand sich noch eine Gruppe Frauen auf dem Bahnsteig, die offenbar mit demselben Zug fahren wollten. Er unterquerte die Gleise und rief sofort Barny an, um ihm Bescheid zu sagen. Auf dem Bahnsteig versteckte er sich hinter einer Werbewand. Er betrachtete von Zeit zu Zeit sein Opfer. So alt war der noch gar nicht, wie es den Anschein hatte. So wie er da saß, wirkte er unscheinbar. Aber Raiser wusste, dass er mindestens zweihunderttausend Franken bei sich hatte. Die Frauen unterhielten sich ziemlich laut, aber Raiser konnte nur Bruchstücke verstehen, weil sie einen starken Schweizer Dialekt sprachen. Er konnte nur so viel heraushören, dass sie ein Schloss besichtigen wollten, das sich unmittelbar am Bodensee-Ufer befand. Wenig später kam der Zug dann eingefahren. Raiser achtete darauf, dass er zwar denselben Wagen, aber einen anderen Einstieg als der Alte benutzte. Nachdem der Zug sich wieder in Bewegung gesetzt hatte, ging Raiser durch den Wagen und suchte sein Opfer. Er hatte Glück, denn zwei Sitzreihen dahinter war ein Platz am Fenster frei. So konnte er in der Spiegelung der Scheibe den Alten beobachten. Der zeigte keine Regung. Im Abteil saßen auch noch die

Frauen, die einen enormen Lärm verursachten. Eine von ihnen erklärte den anderen, dass sie noch zwei Stationen mitfuhren und dann aussteigen sollten. Raiser sah auf den Streckenplan, der an der Decke angebracht war. Wenn er richtig verstanden hatte, dann wollten die Frauen in Mannenbach aussteigen. Das war natürlich ideal, denn dann würde er mit seinem Opfer alleine im Abteil sitzen. Er wusste schon, wie er dem Kerl das Geld abnehmen wollte. Es war schließlich nicht das erste Mal, dass er eine solche Sache durchzog. Er konnte es kaum erwarten, bis diese elenden Quasselstrippen den Zug verlassen hatten. Kurz vor der Haltestelle Mannenbach kam auch noch ein Schaffner ins Abteil. Die Damen erklärten ihm, dass sie sowieso gleich aussteigen wollten, also kontrollierte er die Fahrkarte von dem Alten und kam dann auf Raiser zu. Der Zug hielt inzwischen an. Die Frauen verließen lärmend das Abteil. Der Schaffner musterte Raiser misstrauisch, was ihm gar nicht behagte. Dann verließ auch der Mann das Abteil. Nun konnte sich Raiser in aller Ruhe um den Alten kümmern. Er stand auf, sah sich um, ob auch niemand im Anmarsch war und ging nach vorne. Zu seinem Entsetzen war der Alte aber weg. Wie hatte der es geschafft, zu entkommen? Die kalte Wut stieg in Raiser auf. Der Kerl trieb doch tatsächlich ein Katz-und-Mausspiel mit ihm und Barny. Er ging zum Fenster und sah zurück auf den Bahnsteig. Tatsächlich spazierte da der Alte gemütlich in Richtung des Bodensee-Ufers. Sofort rief Raiser Barny an, um ihm sein Missgeschick mitzuteilen. Der war natürlich nicht besonders begeistert. Berichtete aber seinerseits, dass er hinter dem schwarzen Brabus am Grenzübergang stand. Wie erwartet, wurde die Limousine gründlich gefilzt. Er schlug

Raiser vor, das dieser bis nach Kreuzlingen weiterfahren solle. Dort würde er ihn dann nach dem Grenzübergang abholen. Der Fahrer des Autos würde den Alten sicherlich irgendwo auflesen, und so wie es aussah, sollte es die Insel Reichenau sein. Über den See fuhr ein Schiff der Schweizer Bodensee-Schifffahrt von Mannenbach ab, welches als Nächstes auf der Insel Reichenau anlegte. Die Zeit wollte nicht vergehen, bis der Zug den Bahnhof in Kreuzlingen erreicht hatte. Nachdem der Zug den Endhaltepunkt erreicht hatte, spurtete Raiser hinüber zum Grenzübergang. Ein Grenzbeamter bemerkte dies und hielt ihn auf.

»Wo prässiert's denn so schnell hin?«, fragte er Raiser, und stellte sich in den Weg.

»Mein Anschlusszug steht am Bahnhof Konstanz, wenn ich den verpasse, dann kann ich noch eine Stunde warten!«, log Raiser.

»Aha, dann beeilen Sie sich einmal!«, sagte der Schweizer.

»Arschloch, blödes!«, fluchte Raiser, als er außer der Hörweite des Schweizers war. Etwa hundert Meter nach dem Grenzübergang befand sich ein Kreisverkehr. Nicht weit davon sah er den Porsche von Barny mit laufendem Motor stehen. Eilig stieg er ein.

»Der Alte hat mich ganz schön gelinkt!«, schimpfte Raiser.

»Den kriegen wir! Ich hab im Internet nachgeschaut, wo der hingefahren sein könnte. Es gibt die Möglichkeit, dass er einen Zug später weiter gefahren ist. Das bedeutet, dass er in etwa einer Stunde hier auftaucht. Das wäre für uns blöd, weil wir den, solange er im Auto sitzt, nicht zu fassen kriegen. Ich glaube das auch nicht. Ich denke, dass der mit dem Kursschiff zur Insel Reichenau rüber fährt. Da musste er aber noch eine Stunde warten. Sein Fahrer stand bis vorhin noch an der Grenze, den nehmen die auseinander, nach allen Regeln der Kunst. Wir fahren jetzt hinüber zur Insel und schauen nach, ob wir den Alten irgendwo am Anleger sehen. Dann brauchen wir nur zu warten, bis sein Fahrer auftaucht. Günstiger wäre es, wenn wir ihm zuvor die Kohle abnehmen könnten!«

»Wir werden sehen!«

Der Verkehr auf der B 33 lief stadtauswärts sehr zäh. Barny musste aufpassen, dass er die Ausfahrt zur Insel Reichenau nicht verpasste. Das Navi im Auto wies ihn darauf hin, dass er in wenigen Minuten links abbiegen solle. Barny musste sich beherrschen, dass er nicht schneller, als die erlaubten Siebzig fuhr, denn die Straße, die auf dem Damm zur Insel führte, war schnurgerade. Als er die Insel erreichte, musste er sich erst einmal orientieren, wie der Weg zur Anlegestelle ging. Nach einem Gemüsestand und einem futuristischen Museumsbau ging eine Straße links ab. Dorthin zeigte auch ein Schild auf dem »zur Schiffslände« abgedruckt war. Die Straße führte nun durch ein Wohngebiet, das immer wieder durch Gewächshäuser unterbrochen wurde.

»Warst du hier schon mal?«, fragte Barny.

»Nö, hier gibt's doch nichts zu holen, lauter arme Gemüsebauern!«, antwortete Raiser lustlos.

»Früher war das anders. Da hatten die hier richtig Kohle.«

»Früher. Guck doch mal die alten Traktoren an, die hier rumstehen, alles Schrott!«

Nach etwa zwei Kilometern zweigte die Straße links

bergab. Dann war sie auch schon zu Ende. Die Schiffsanlegestelle war erreicht.

»Schau, schau, sogar hier gibst 'n Bullenrevier!«, bemerkte Barny, und suchte einen Parkplatz.

Da er neben dem Polizeirevier keinen fand, fuhr er einfach weiter und parkte auf einem Hotelparkplatz. Dann sondierte er die Umgebung. Durch das Anwesen des Hotels führte ein Weg, der nach etwa fünfzig Metern in dicht bewachsene Ufervegetation führte.

»Wenn wir den Kerl an der Anlegestelle abfangen und hierher bewegen, könnte es ganz gut klappen. Wenn keine Radfahrer kommen«, meinte Barny.

»Stimmt schon, aber du musst halt immer mit Wanderern rechnen.«

»Wir machen einen auf Steuerfahndung. Wir sagen dem Typ er solle kein Aufsehen machen und uns folgen. Sobald wir dann außer Sichtweite von etwaigen Zeugen sind, wird er erledigt. Ich denke, wenn wir den da runter ans Ufer legen, glaubt jeder, der macht ein Schläfchen. Es muss halt schnell gehen!«

»Das ist kein Problem. Also da kommt gerade ein Schiff, mal sehen, ob der Kerl unter den Passagieren ist!«

Tatsächlich legte gerade ein Schiff an. Ganz vorne am Anleger stand ein missmutig dreinschauender Angestellter der Schifffahrtsgesellschaft und schob eine Alu-Rehling an Bord des Schiffes. Am Anleger herrschte ein dichtes Gedränge von Radfahrern, die auf das Schiff wollten. Raiser und Barny lehnten am Geländer des Anlegers und beobachteten die aussteigenden Passagiere. In dem Gedränge hatten sie alle Mühe den Überblick zu behalten. Das Ganze dauerte etwa fünf Minuten, dann war der Spuk vorbei. So sehr sie sich auch bemühten, aber ihr Opfer war nicht auszumachen. Raiser schüttelte den Kopf.

»Das kann doch nicht sein! Scheiße elende! Hat der doch den nächsten Zug genommen? Oder fährt da etwa noch ein Schiff von drüben hierher?«

Ratlos gingen beide zurück zum Auto.

Hans Hörmann saß auf einer Bank am Bahnsteig und beobachtete seine Umgebung. Eine Frauengruppe unterhielt sich lautstark, die offenbar ebenfalls im Zug mitfahren wollte. Dann sah er diesen Typen drüben am Fahrkartenautomat. Der machte auf ihn einen sehr nervösen Eindruck, so als ob er verfolgt würde. Immer wieder blickte er um sich, als wolle er sicher gehen, dass ihm niemand nachging. Hin und wieder sah er auch zu ihm herüber. Hörmann beschloss, seine Reiseroute sicherheitshalber zu ändern. Über WhatsApp gab er seinem Fahrer Bescheid, dass er ihn nicht in Konstanz aufnehmen solle. Das neue Ziel war die Insel Reichenau, und zwar der Schiffsanleger, unweit des Hotels Löchnerhaus. Dort war Hörmann schon öfter abgestiegen, um ein paar schöne Tage am Bodensee zu verbringen. Sein Fahrer Georg Iaschwilli wusste also ganz genau, wo er hinfahren musste. Er sollte aber nicht direkt zur Insel kommen, sondern zuerst die B 33 Richtung Radolfzell fahren. Da auf dieser Straße wenig los war, sollte Iaschwilli etwaige Verfolger abhängen. Der Typ von Gegenüber löste eine Fahrkarte und verschwand in der Unterführung. Er fuhr also im gleichen Zug. Hörmann beobachtete genau jede Bewegung. Der Kerl verschwand, nachdem er den Bahnsteig erreicht hatte hinter einer Werbewand. Wenig später rollte der Zug heran. Hörmann stieg in den vordersten Wagen ein und suchte sich einen Platz am Fenster unweit des Ausgangs. Er wollte die Ruhe und die Aussicht auf den See während der Fahrt genießen. Doch damit war es wenig später vorbei. Die Frauen kamen allesamt ausgerechnet ins selbe Abteil. Dann sah er in der Scheibe, dass auch der Typ im selben Abteil saß. Hörmann glaubte zu erkennen, dass er beobachtet wurde. Aus den Gesprächen der Frauen konnte er heraushören, dass sie am selben Haltepunkt wie er den Zug verlassen wollten. Das war die Gelegenheit, ebenfalls unerkannt auszusteigen. Hörmann zwang sich zur Ruhe, deshalb tat er so, als würde er vor sich hindösen. Dabei schaute er aber durch die Augenschlitze immer wieder zur Scheibe. Der Typ war hinter ihm her, kein Zweifel. Sollte das etwa ein Zivilfahnder sein? Hörmann hatte mit solchen Leuten noch keinen Kontakt gehabt, Gott sei Dank! Im Fernsehen sahen die immer gut angezogen aus. Der da hinten war eher schlicht gekleidet, wenn nicht gar schäbig. Kurz vor seinem Ziel kam auch noch ein Schaffner, um die Fahrkarten zu kontrollieren. Er zeigte artig sein Ticket und lächelte dabei freundlich. Dann kam der Schaffner zu den Frauen, die einen Zirkus veranstalteten, weil sie befürchteten, nicht rechtzeitig aussteigen zu können. Der Zug hielt und die ersten Frauen strömten hinaus. Hörmann bückte sich kurz und zwängte sich lächelnd zwischen die Frauen. Dann verließ er mit ihnen den Zug. Wieder versteckte er sich hinter den Frauen, die auf ihre Begleiterinnen warteten. Als alle den Zug verlassen hatten, schloss sich die Tür und der Zug fuhr wieder an. Durch das Fenster des vorbeifahrenden Wagens sah Hörmann, wie der Schaffner sich mit dem verdächtigen Typen beschäftigte.

Hans Hörmann ging nun zufrieden den Bahnsteig entlang bis zu einer Bahnschranke, wo er die Gleise überquerte. An einem Hotel vorbei führte der Weg hinunter zum Bodensee-Ufer, wo in etwa einer Stunde ein Schiff ankam, das weiter hinüber zur Insel Reichenau fuhr. Eine Stunde war lange, der Typ, der ihn verfolgte, hatte genug Zeit, an der nächsten Haltestelle auszusteigen und mit dem Zug wieder hierher zu fahren. Deshalb zog es Hörmann vor, nicht am Anleger auf das Schiff zu warten, sondern den Bodensee-Rundweg Richtung Stein am Rhein entlang zu laufen. Vom Weg aus konnte er jederzeit sehen, ob sich das Kursschiff näherte. Immer wieder drehte er sich um. Dann kam ein Zug aus Kreuzlingen angefahren. In diesen konnte sein Verfolger nicht eingestiegen sein, denn die Strecke war eingleisig. Die nächste Ausweichstelle war in Ermatingen. Dort aus und in den Gegenzug wieder einsteigen, funktionierte nicht. Also hatte er mindestens eine halbe Stunde Zeit, bis der nächste Zug kam. Nach ein paar Hundert Metern drehte er wieder um und sah auf den See. Da kam ihm eine Idee. Etwa einen Kilometer vom Ufer entfernt bewegte sich die Solarfähre, die ebenfalls von Mannenbach zur Reichenau fuhr, auf die Anlegestelle zu. Das war die Lösung! Er hastete nun hinunter an das Ufer. Das Geld das an seinem Körper klebte, verursachte ein unangenehmes Jucken. Rechtzeitig erreichte er die Anlegestelle. Er drängte sich an ein paar Radfahrern vorbei nach vorne. Da die Plätze auf der Solarfähre begrenzt waren, drängte er sich rücksichtslos an den anderen Wartenden vorbei. Die murrten zwar, aber das war ihm egal, der Zweck heiligte schließlich die Mittel. Wenig später legte die Fähre ab und fuhr lautlos über den See. Hörmann genoss die Überfahrt. Alle an Bord waren ausschließlich Urlauber. Auch er, wenigstens gab er sich so mit seinem Rucksack und der Flasche Wasser darin. Während der Fahrt schickte er seinem Fahrer eine Nachricht mit der Bitte, doch in einer halben Stunde am Schiffsanleger zu sein. Solange würde die Überfahrt etwa dauern, schätzte Hörmann. Tatsächlich brauchte die Fähre nur zwanzig Minuten. Auf der Reichenau angekommen, sah sich Hörmann wieder um. Niemand von den Leuten, die sich hier tummelten, kam ihm verdächtig vor. Er überlegte, ob er in der Pizzeria, die sich etwa zwanzig Meter vom Anleger entfernt befand, einen Kaffee trinken sollte. Davon nahm er aber Abstand, denn er hörte das sonore Brummen eines großvolumigen Motors. Wenige Augenblicke später sah er dann auch Iaschwilli langsam die Straße herunterfahren. Hörmann stellte sich sichtbar an den Straßenrand. Die schwarze Limousine wendete von der Polizeistation und hielt dann an, um Hans Hörmann einsteigen zu lassen.

»Hat geklappt?«, fragte Iaschwilli nach hinten.

»Ja, hat alles prima geklappt!«, antwortete Hörmann, der wusste, dass ihm jetzt nichts mehr passieren konnte.

Ein paar Tage später war Urs Knäbler schon ein bisschen aufgeregt, als er den Telefonhörer in die Hand nahm, um nach Deutschland zu telefonieren. Nur, die Gegenseite nahm nicht ab. Hans Hörmann war nicht zu erreichen. Er hatte es doch tatsächlich geschafft, das Restvermögen von etwa zwei Millionen Schweizer Franken zu sich nach Schaffhausen zu transferieren. Die Abholung des Geldes musste in den nächsten Tagen erfolgen, denn dann standen die Revisoren aus Zürich auf der Matte. Zu diesem Zeitpunkt wollte Knäbler längst außer Landes sein. Nach der Übergabe des Geldes an Hörmann plante er sich den beiden Deutschen anzuschließen, um beim Überfall dabei zu sein. Unmittelbar danach sollte die Beute geteilt werden und jeder seines Weges gehen. Dann endlich, nach mehreren Versuchen nahm Hörmann ab.

»Ja«, sagte der nur.

»Guten Tag Herr Hörmann, hier spricht Urs Knäbler vor der CS«, antwortete Knäbler aufgeregt.

»Guten Tag, was können Sie mir berichten?«

»Ich habe gute Nachrichten für Sie. Ich konnte das restliche Guthaben akquirieren. Es ist abholbereit bei uns. Sollen wir Ihnen einen Begleitschutz organisieren?«

»Nein, danke. Ich mach es wie bisher, hat ja immer gut geklappt.«

»Aber Herr Hörmann, ich bin sehr besorgt um Sie. Jetzt, da sich unsere Geschäftsbeziehungen dem Ende entgegen neigen, glaube ich nicht, dass das Geld in der Schweiz bleibt.«

»Das hat Sie auch nicht zu interessieren, guter Mann. Aber zu Ihrer Beruhigung, ich habe sichere Wege gewählt und immer hat es geklappt. So wird es auch dieses Mal sein.«

»Ich meine ja nur, weil wir doch so gut miteinander gearbeitet haben, deshalb!«

»Sie werden nicht zu kurz kommen. Wissen Sie was, ich lade Sie zum Essen ein. Auf die Burg Hohenklingen, da waren wir doch schon einmal, wissen Sie noch?«

»Ja schon. Aber wann soll das sein?«

»Nachdem Sie mir das Geld übergeben haben. Machen Sie doch einfach den restlichen Tag frei!«

»Das ist sehr freundlich vor Ihnen, aber das geht nicht, da wir immer personell unterbesetzt sind. Außerdem würden die Kollegen Verdacht schöpfen.«

»Gut, wenn Sie nicht wollen. Wann kann ich also kommen?«

»So früh wie möglich. Es fällt dann doch auf, wenn so viel Geld im Tresor liegt!«

»Okay. Dann komme ich am Donnerstag! Sagen wir zehn Uhr?«

»Ja, das müsste gehen!«

»Dann bis Donnerstag!«

Knäbler legte auf. In seinem Kopf schwirrten die Gedanken nur so herum. Der Alte hatte ihm unfreiwillig den Weg verraten, auf dem er das Geld über die Grenze schaffen wollte. Nun hatte er alle Trümpfe in der Hand. Sollte er die Sache alleine durchziehen? Das ging nicht, denn er war nicht stark genug, um sich mit dem Bodyguard des Alten anzulegen. Dann hob er den Hörer ab und wählte die Nummer von Burghard Raiser.

»Was gibt's?«, meldete der sich schlaftrunken.

»Knäbler, ich hab Neuigkeiten. Am Donnerstag holt der Alte alles Geld. Um zehn Uhr. Ich weiß jetzt, wo er es über die Grenze bringt. Ich will dabei sein, wenn ihr es dem Alten abnehmt!«

»Toll, wie soll das gehen? Der Barny hat nur einen Zweisitzer!«, antwortete Raiser mit heiserer Stimme.

»Das ist euer Problem. Dieses Mal darf nichts schief gehen!«

»Wie konnten wir wissen, dass da so ein blödes Elektroschiff über den See pendelt? Das steht in keinem Fahrplan! Also, wo sollen wir dich dann auflesen?«

»Auf dem Parkplatz unweit vom Bahnhof.«

»Okay, ich sag Barny Bescheid. Wir melden uns morgen auf deinem Handy!«

»Ich warte dann!«

Knäbler beendete das Gespräch und dachte nach. Er wollte mit den beiden Deutschen direkt zur Burg hochfahren, um zu sehen, ob sich der Alte tatsächlich auf den Weg nach Deutschland machte. So war jedenfalls sein Plan. Den ganzen Tag war er unkonzentriert bei der Arbeit. Immer wieder schmiedete er neue Pläne, was er am Donnerstag machen wollte. Zu Hause hatte er schon seit einiger Zeit alles für einen schnellen Abschied bereitgestellt. Am Donnerstagnachmittag wollte er schon in Richtung Italien unterwegs sein. Bis dahin waren noch zwei Tage Zeit. Knäbler fuhr nach Feierabend nach Stein am Rhein, um die Umgebung der Burg Hohenklingen zu erkunden. Er parkte sein Auto auf dem großen Parkplatz unterhalb der Burg. Dann ging er den steilen Weg hinauf, der unterhalb der Burg vorbei zunächst zu einer großen Lichtung führte, die als Grillplatz genutzt wurde. An allen Grillstellen saßen Menschen und feierten den schönen Sommertag. Er folgte dem Forstweg, der immer noch steil bergauf ging. Nach etwa einem Kilometer musste die Grenze kommen, aber er fand keinen Hinweis darauf. Kein Zaun, kein Stein, gar nichts.

Das war also der ideale Weg, um Geld über die Grenze zu schmuggeln. Er sah sich um. Kein Mensch war in der Nähe. Der Baumbestand im Wald war locker, das hieß, man konnte sich hier nicht verstecken. Außerdem war eine größere Straße weit weg. Man müsste nach dem Überfall über Forstwege abfahren, was unnötig Zeit in Anspruch nahm. Knäbler ging wieder zurück und beschloss, von der deutschen Seite her zu laufen. Dazu musste er erst einmal eine App auf sein Handy laden, die die Wanderwege der Umgebung anzeigte. Auf dieser konnte er erkennen, dass vom Dorf Schienen aus ein Weg direkt zur Grenze führte. Also fuhr er los und überquerte die Grenze in Öhningen. Im Ort zweigte eine Straße in Richtung Schienen ab. Durch ein beschauliches Tal führte die Straße in den Ort Schienen. Kurz nach dem Ortseingang befand sich auf der linken Seite ein Parkplatz. Den steuerte Knäbler an. Unweit davon sah er einen Dorfladen, der aber geschlossen war. Dann zoomte er auf seinem Handy die Wanderkarte so groß, wie es ging. Er musste durch eine Wohnsiedlung am Hang hindurchfahren, um auf den Weg in die Schweiz zu gelangen. Wenig später befuhr er einen gut ausgebauten Feldweg in Richtung des Waldes. Nach etwa fünfhundert Metern sah er ein Schild, das bergab zeigte. Auf diesem stand das Ziel Stein am Rhein. Knäbler stieg aus, um sich den Weg genauer anzusehen. Er war nur zu Fuß begehbar und zudem ging es steil hinunter zu einem Bach. Der Forstweg führte über eine Kehre wieder zurück in Richtung Schienen. Hier war also nichts zu machen. Also fuhr er wieder zurück ins Dorf und schaute sich erneut das Wegenetz auf dem Handy an. Kurz nach dem Ortsausgang in Richtung Öhningen zweigte vor der

Landesstraße ein Weg zu einem Hof ab, der in seinem Verlauf genau auf den Wanderweg aus Stein am Rhein traf. Dieser Weg barg natürlich das Risiko, dass eventuelle Zeugen auf Knäbler und die anderen aufmerksam werden konnten. Aber er war sicher, dass er dabei nicht auffallen würde, da er sein Auto am Tag des Überfalls nicht in Deutschland benutzte. Wenig später bog Knäbler auf die Zufahrt zu dem Anwesen ein. Langsam fuhr er weiter am Hof vorbei in den Wald hinein. Auf dieser Seite der Grenze war der Wald dichter bewachsen. Das Unterholz bot ideale Versteckmöglichkeiten. Hier sollte der Überfall stattfinden. Es gab viele Stichwege, in denen man ein Auto verstecken konnte, ohne dass es vom Forstweg aus gesehen werden konnte. So stellte auch Knäbler sein Auto auf solch einem Weg ab und ging den Forstweg weiter in Richtung Grenze. Der Weg ging leicht bergab und konnte gut eingesehen werden. Zufrieden kehrte Knäbler zu seinem Auto zurück und fuhr nach Hause. Am Abend schmiedete er Pläne für die Durchführung des Überfalls. Er änderte sein Vorhaben, am Donnerstag nicht zur Arbeit zu gehen. Dies würde seinen Kunden Hörmann nur misstrauisch machen. Er beschloss, am Mittwochabend sein Auto auf dem Parkplatz der Burg Hohenklingen abzustellen. Dann wollte er hinunter in die Stadt zurückgehen und mit dem Zug nach Hause fahren. Nachdem die Beute aufgeteilt worden war, wollte er dann sofort in Richtung Italien abhauen. Zu seiner Sicherheit holte er eine Pistole aus einem Schrank, die er noch aus seiner Militärzeit besaß. Dann setzte er sich vor den Fernseher und schlief kurz danach ein.

Am frühen Donnerstagmorgen machten sich Hans Hörmann und sein Fahrer auf den Weg in die Schweiz. Der Weg war wieder derselbe wie beim letzten Mal. Alles lief reibungslos, sodass Hörmann kurz vor zehn Uhr in der Bankfiliale der Credit Suisse in Schaffhausen eintraf. Er musste warten, denn Urs Knäbler hatte wohl noch Kundschaft. Hörmann setzte sich auf einen Wartesessel und studierte die Immobilienangebote eines externen Maklers, die an einer Pinnwand angebracht worden waren. Die einzelnen Objekte waren mit Preisen angegeben, die sich ein normal Sterblicher nie im Leben leisten konnte. Offenbar war das Einkommen in der Schweiz wesentlich höher, als in Deutschland. Dann endlich wurde die Tür zum Büro von Urs Knäbler geöffnet. Heraus kam ein Mann mit dunkler Sonnenbrille und einem Aktenkoffer, der mit einer Kette am Handgelenk gesichert war. Er blickte nervös um sich, so als wolle er sich vergewissern, dass niemand der ihm verdächtig erschien, anwesend war. Dann verließ er hastig die Bank und stieg in ein wartendes Auto ein. Knäbler sah Hörmann an und nickte zum Zeichen, dass er nun an der Reihe sei. Also stand Hörmann auf und ging in das Büro.

»Haben Sie den Kunden soeben registriert?«, fragte Knäbler mit besorgter Miene.

»Ja, warum?«, fragte Hörmann unbeeindruckt.

»Er hat hunderttausend Schweizer Franken abgeholt. Haben sie die Sicherheitsmaßnahmen gesehen?«

»Na und? Dem sieht doch jeder von hundert Kilometern an, dass der einen Haufen Geld bei sich hat. Glauben Sie etwa, dass ein potenzieller Straftäter sich von einer Kette am Handgelenk von einem Überfall abschrecken lässt? Das war in meinen Augen ein aufgeblasenes Weichei, nichts anderes.«

Hörmann sah Knäbler streng an. Der wich seinem Blick aus und schaute aus dem Fenster.

»Ich habe also etwas mehr als zwei Millionen Schweizer Franken aus ihrem Restguthaben entnommen. Ich überreiche Ihnen diese Summe nun. Ich habe bei dieser Transaktion kein gutes Gefühl, müssen Sie wissen. Ich werde heute noch meinen Dienst in der Bank quittieren und verreisen. In den nächsten Tagen wird eine Revision hier im Haus stattfinden. Es ist also so gekommen, wie ich es befürchtet hatte.«

»Das heißt, Sie wollen mehr Geld für Ihre Dienste von mir haben? Also gut, Sie bekommen zwanzigtausend und ich lade Sie nachher zum Essen ein, so als Abschiedsgeschenk. Wir fahren gemütlich nach Stein am Rhein auf die Burg Hohenklingen. Na, wie wär's?«

»Das ist sehr nett von Ihnen, aber ich kann von Ihrem Angebot keinen Gebrauch machen. Ich muss meinen Dienst heute zu Ende bringen, da ein Kollege heute fehlt.«

»Okay, kein Problem. Dann wollen wir mal.«

Hörmann stand auf und folgte Knäbler zum Tresor, der in die Wand eingelassen war. Das Wetter kam Hörmann zu Hilfe, denn es war ein windiger kalter Tag draußen. Er hatte sich ein Unterhemd für diesen Tag hergerichtet, in dem er überall Taschen angebracht hatte, in denen er Geldbündel deponieren konnte. So begann er nun, alle diese Taschen zu füllen. Es waren acht Geldbündel von je zweihundertfünfzigtausend Schweizer Franken. Vier stopfte er in die Brusttaschen und weitere vier am Rücken. Urs Knäbler beobachtete das Tun

Hörmanns mit Kopfschütteln. Dann machte sich Hörmann sein Hemd zurecht und knöpfte es wieder zu. Grinsend sah er dabei Knäbler an. Dann warf er sich seinen Rucksack mit der obligatorischen Wasserflasche über und gab Knäbler die Hand.

»Ich wünsche Ihnen was!«, sagte Hörmann und verließ das Büro.

Knäbler erwiderte nichts, sondern sah dem verrückten Alten nur kopfschüttelnd hinterher. Dann schloss er die Tür und begann hektisch die letzten persönlichen Dinge aus seinem Schreibtisch zu entfernen. Wenig später hielt ein schwarzer VW-Golf GTI vor der Bankfiliale. Knäbler verließ eilends das Gebäude und stieg sofort auf den Beifahrersitz in das Fahrzeug. Am frühen Morgen hatte Raiser ihn angerufen und Bescheid gesagt, dass Barny ein anderes Auto organisiert hatte.

»Hat der Alte die Kohle bei sich?«, fragte Raiser.

»Ja, zwei Millionen und fünfundzwanzigtausend Schweizer Franken«, antwortete Knäbler.

Barny pfiff durch die Zähne.

»Wohin fahren wir jetzt?«, fragte Raiser, der hinter Knäbler auf der Rücksitzbank saß.

»Nach Stein am Rhein und dann direkt über die Grenze«, antwortete Knäbler, »der Alte will über einen Wanderweg nach Deutschland. Ich habe alles ausgekundschaftet. Wir müssen jetzt nur schauen, ob er auch die Wahrheit gesagt hat. Wir sollten also an ihm dran bleiben.«

»Da vorne sehe ich ihn!«, sagte Barny ruhig.

In etwa einem Kilometer Entfernung fuhr die schwarze Limousine in einer Fahrzeugschlange in Richtung Stein am Rhein. Wenig später erreichten sie den Stadtrand des alten Städtchens am Rhein. Dieses Mal fuhr der schwarze Brabus keine Ehrenrunde durch den Kreisverkehr, sondern direkt hinunter zur Rheinbrücke. Nachdem die Ampel auf Grün geschaltet hatte, überquerte die Fahrzeugkolonne den Rhein. Barny überfuhr die Ampel bei Rot, sonst hätte er nicht Anschluss an die vor ihm fahrenden Autos halten können. Über eine etwaige Strafe der Schweizer Behörden dachte er nicht nach.

Tatsächlich bog der Brabus unmittelbar nach der historischen Altstadt links ab. Ein Schild wies auf die Zufahrt zur Burg Hohenklingen hin.

»Tatsächlich!«, brach es aus Knäbler euphorisch hervor. »Also, dann fahren wir weiter zur Grenze!«

Die beiden anderen schwiegen. Kurz drauf passierten sie die Grenze bei Öhningen. Knäbler lotste Barny nun zur Einfahrt zum Kreuzhof und dann weiter in den Wald zu der Stelle, wo der Überfall stattfinden sollte. Barny fuhr den Golf rückwärts in einen Stichweg hinein, sodass er vom Forstweg aus nicht gesehen werden konnte. Er hatte die Seitenscheibe geöffnet, sodass man das Zwitschern der Vögel im Wald hören konnte.

»Sollte sich nicht einer von uns draußen irgendwo platzieren, um den Kerl kommen zu sehen?«, fragte Knäbler.

»Das hat doch noch Zeit! Wie weit ist es von hier zu der komischen Burg?«, fragte Raiser.

»Etwa vier Kilometer«, antwortete Knäbler.

»Na also. Für diese vier Kilometer braucht der Mann etwa eine Stunde. Wir sind jetzt etwa eine halbe Stunde seit dem Grenzübertritt unterwegs gewesen. Also denke ich, der taucht so in einer halben Stunde auf. Wenn einer von uns jetzt da drüben im Wald rumtanzt, wird er vielleicht noch von einem Zeugen gesehen und später wiedererkannt«, erklärte Barny und sah dabei in den Rückspiegel, um Augenkontakt mit Raiser zu suchen. Dieser schnellte nun ruckartig nach vorne und umklammerte Knäblers Hals, bis er keine Reaktion mehr zeigte. Der versuchte noch nach seiner Pistole zu greifen, aber es gelang ihm nicht mehr. Barny nahm die Pistole an sich und stieg aus. Er öffnete die Beifahrertür und sofort fiel Knäblers Leichnam auf den Boden. Raiser war ebenfalls ausgestiegen und öffnete den Kofferraum. Dort entnahm er einen großen Müllsack. Sie stopften den Toten in den Müllsack und verschlossen ihn mit Klebeband. Anschließend schleiften die beiden ihr Opfer tief in das Dickicht hinein. Dann kehrten sie zu ihrem Auto zurück.

»Gehst du nach vorne und schaust oder soll ich das machen?«, fragte Barny.

»Ich gehe, ich kenn den Typen ja!«

Also ging Raiser hinüber zum Forstweg. Er suchte sich einen Baum heraus hinter dem er sich verstecken konnte. Das war gar nicht so einfach, denn es gab in der nächsten Umgebung kein geeignetes Gehölz. Dann erspähte er etwas abseits vom Weg einen Baumstumpf. Der war ideal, denn er war fast zwei Meter hoch. Also lehnte er sich an dessen Rückseite an und beobachtete den Forstweg. Er sah dabei unentwegt auf die Uhr. Irgendwann in den nächsten Minuten musste der Mann auftauchen. Eigentlich hatte er Lust auf eine Zigarette, aber deren Geruch könnte ihn verraten.

Hans Hörmann hatte geplant, im Burgrestaurant essen zu gehen, aber das Geld, das er sich an den Körper gebunden hatte, verursachte ein starkes Hautjucken. Immer wieder zupfte er sein Hemd zurecht. So konnte er unter keinen Umständen unter die Leute gehen. Also machte er sich halt auf den Weg hinüber nach Deutschland. Zunächst stieg er den steilen Weg an der Burg vorbei hinauf zu einer großen Wiese. Dort befanden sich einige Grillstellen, die aber heute verwaist waren. Zu seinem Glück war das Wetter eher herbstlich, denn sonst hätte ihn die Papierlast schwer zum Schwitzen gebracht. Er folgte einem gut ausgebauten Forstweg immer geradeaus. Hin und wieder nahm er sein Handy und rief seinen Fahrer Georg Iaschwilli an. Er hatte das so mit ihm abgesprochen, zu seiner eigenen Sicherheit. Sollte irgendetwas Unvorhergesehenes geschehen, so sollte er Hörmann entgegenfahren. Als eigentlicher Treffpunkt war ein Bauernhof ausgemacht worden, der sich unmittelbar am Waldrand kurz vor dem Ort Schienen befand. Iaschwilli befand sich im Augenblick noch am Grenzübergang Öhningen, er war aber zuversichtlich in den nächsten zehn Minuten von dort wegzukommen. Immer wieder sah sich Hörmann um, aber niemand schien ihm zu folgen oder überhaupt im Wald unterwegs zu sein. Alles schien wie geplant zu laufen. Auf seinem Handy hatte er eine Wander-App installiert. Sie zeigte ihm an, wo er sich im Augenblick befand. Das Problem war allerdings, dass er immer wieder den Schweizer Provider deaktivieren musste, sonst würden die Gebühren unverhältnismäßig teuer werden. Offenbar hatte er die Schweizer Grenze schon längst passiert. Der Forstweg ging nun leicht bergab. Es konnte zum verabredeten Treffpunkt also nicht mehr weit sein.

Hinter der Baumwurzel wurde es für Burghard Raiser langsam unbequem. Er konnte zwar auf einem Ausläufer sitzen, aber es wurde doch langsam hart für sein Hinterteil. Gegenüber in Sichtweite hielt sich Barny bereit, auch der machte ein Gesicht, als ob ihm langsam die Geduld ausginge. Immer wieder spähte Raiser vorsichtig den Weg hinauf in Richtung Schweizer Grenze. Schulterzuckend gab er seinem Barny zu verstehen, dass er niemanden kommen sah. Weitere lange Minuten verrannen, ohne dass etwas geschah. Niemand schien zu dieser Zeit im Wald unterwegs zu sein. In der Ferne hörte man die Motorgeräusche einer Landmaschine. Nach ein paar Minuten machte Barny mit missmutiger Miene ein Handzeichen, dass er die Aktion abbrechen wollte. Noch einmal lugte Raiser den Weg hinauf. Da sah er ihn! Tatsächlich kam ein Mann mit einem Rucksack umgehängt den Weg heruntergelaufen. Er hatte den Blick auf sein Handy gesenkt, sodass er nicht sehen konnte, was vor ihm geschah. Der Mann war etwa noch hundert Meter von Raiser entfernt. Dieser steckte den Zeigefinger aufgeregt in die Höhe. Dies galt als Zeichen, dass es gleich losgehen sollte. Barny hatte sofort verstanden und zog sich, um nicht gesehen zu werden, weiter in das Unterholz zurück. Raiser wollte den Angriff alleine starten. Als das Opfer auf weniger als zehn Meter herangekommen war, machte sich Raiser bereit. Dann trat er plötzlich aus seinem Versteck hervor. Der Mann zuckte zwar kurz zusammen, dann aber bekam Raiser unvermittelt einen Faustschlag gegen sein rechtes Auge. Sofort ging er benommen zu Boden. Zunächst war es ihm nicht möglich, seine Sinne zu ordnen. Damit hatte er nicht gerechnet. Im Unterbewusstsein hörte er, wie ein Kampf stattfand. Dann nahm er ein Röcheln war. Wenig später trat wieder die Stille des Waldes ein. Raiser schüttelte den Kopf, um wieder sein volles Bewusstsein zu erlangen. Dann sah er, wie sich Barny über den am Boden liegenden Mann beugte, um ihn zu durchsuchen. Raisers rechte Gesichtshälfte schmerzte ungemein. Trotzdem trat er immer noch benommen zu Barny und half ihm den Rucksack vom Körper des Mannes herunterzustreifen. Zu beider Enttäuschung enthielt dieser außer einer Wasserflasche aber nichts.

»Scheiße, der wird uns doch nicht schon wieder hereingelegt haben!«, fluchte Raiser.

Er schleuderte die Wasserflasche in den Wald hinein. Dann tastete Barny den Körper des Mannes ab. Sein Grinsen verriet, dass er fündig geworden war. Hastig rissen die beiden das Hemd des Mannes auseinander. Dabei stöhnte das Opfer hörbar, also lebte der Mann noch! Nach und nach kamen die Geldbündel zum Vorschein. Barny stopfte diese eilends in den Rucksack. Raiser spähte immer wieder in die Umgebung, sah aber niemanden.

»Was machen wir jetzt mit dem?«, fragte Raiser.

»Der hat dich erkannt, Mann!«, sagte Barny, und zog plötzlich Knäblers Pistole hervor.

Dann nahm er das Hemd von Hörmann und wickelte es um den Lauf der Pistole. Im nächsten Augenblick schoss er seinem Opfer eine Kugel in den Kopf. Dann zogen beide den Leichnam in das Unterholz. Raiser holte aus dem Kofferraum des Golfs einen Müllsack und stülpte ihn über die Leiche. Wie schon zuvor mit Urs Knäbler geschehen, schleiften sie die so verpackte Leiche tiefer in das Dickicht hinein. Dabei riss der Müllsack auf, sodass eine Hand des Opfers herausragte. Als sie einen kleinen Abhang erreichten, der hinunter zum Schiener Bach führte, gaben sie dem Leichnam einen Tritt, sodass dieser hinunterrollte. An einem Baumstumpf blieb die Leiche hängen. Dann gingen die beiden zu der Stelle zurück, wo der Überfall stattgefunden hatte. Wieder sondierte Raiser die Lage, dann begann er Blutspuren mithilfe von Laub und Gras zu beseitigen. Wenig später startete Barny den Golf und fuhr aus dem Wald hinunter zur Landesstraße 193. Als Barny nach Schienen abbog, sah er im Rückspiegel den Brabus des Opfers heranfahren und in Richtung Wald abbiegen.

»Das war knapp! Aber dieses Mal hat es geklappt!«, brummte Barny zufrieden.

Raiser antwortete nicht, denn er hatte mit seiner Verletzung genug zu tun. Inzwischen war sein rechtes Auge zugeschwollen. Seine Wange verfärbte sich ins Blaue.

»Der hat dir aber ganz schön eine geknallt, was?«, sagte Barny. »Du musst wohl zu einem Arzt gehen, denn das sieht nach einem Bruch von deinem Jochbein aus!«

»Nix da, das geht wieder weg!«, antwortete Raiser trotzig.

Er hatte sich eine Cola-Dose auf die Schwellung gelegt, um diese ein wenig zu kühlen. Als Barny die Autobahn in Richtung Heimat erreichte, beschleunigte er den VW Golf.

Die Grenzkontrolle hatte Georg Iaschwilli unnötig lange aufgehalten. Der letzte Anruf seines Chefs hatte ihn vor gut einer halben Stunde erreicht. Eigentlich war es an der Zeit, dass er sich wieder meldete. Es konnte natürlich sein, dass es in diesem Gebiet nicht überall flächendeckend Empfang für ein Handy gab. Das Navi des Brabus forderte ihn auf, nach hundert Metern rechts abzubiegen. Von der Straße aus sah er einen Bauernhof. Von dort aus sollte ein Weg in den Wald führen, in dem er seinen Chef aufnehmen sollte. Unmittelbar vor ihm bog plötzlich ein VW Golf in die Straße ein und fuhr mit hoher Geschwindigkeit davon. Iaschwilli beschlich ein ungutes Gefühl. Trotzdem fuhr er langsam an dem Bauernhof vorbei in Richtung des Waldes. Zur Sicherheit hatte sein Chef das Handy, das er bei sich trug zur Peilung freigegeben. Während Iaschwilli langsam weiterfuhr, schaltete er den Monitor in der Mittelkonsole auf Kartenansicht um. Wenige Augenblicke später wurde der aktuelle Standort des Handys angezeigt. Iaschwilli bemerkte nach einiger Zeit, dass sich der Träger des Handys nicht bewegte. Langsam begann er zu schwitzen. Er beschleunigte seine Fahrt und kam wenig später zu der Stelle, wo sich das Handy befinden sollte. Er hielt an und stieg aus, um die Umgebung zu sondieren. Niemand war zu sehen und außer dem Vogelgezwitscher war nichts zu hören. Dann wählte er die Nummer des Telefons. Irgendwo im Dickicht hörte er einen Klingelton. Vorsichtig stapfte er vorwärts. Er wollte sich nicht die Kleidung durch das Gebüsch beschädigen. Nach wenigen Metern fand er das Handy am Boden liegend. Er nahm es zu sich und sah, dass das Gebüsch vor ihm niedergewalzt war. Er folgte der Spur und sah dann nach wenigen Metern, die in einem blutverschmierten Müllsack verstaute Leiche seines Chefs. Er erkannte den Leichnam an seinem Hemd und der auffälligen, kostbaren Uhr am Handgelenk. Im Hirn Iaschwillis arbeitete es nun fieberhaft. Kein Mensch würde ihm glauben, dass er nichts mit der Tat zu tun hatte. Er drehte um und ging zurück zum Wagen. Für ihn gab es nur eine Möglichkeit: Zurück nach Reutlingen und dann ab in Richtung Heimat. Er fuhr aus dem Wald hinaus und steuerte sofort in Richtung Autobahn. Obwohl Iaschwilli den Brabus über die Autobahn scheuchte, benötigte er doch fast zwei Stunden, bis er vor der Garage des Anwesens von Hans Hörmann ankam. Er öffnete sofort das Tor mit der Fernsteuerung und fuhr in die Garage hinein. Er beobachtete dabei im Rückspiegel das Nachbargrundstück. Dort war aber niemand zu sehen. Dann schloss er das Garagentor wieder und verließ erst dann den Wagen. Niemand sollte sehen, dass er alleine angekommen war. Iaschwilli ging sofort in seine Wohnung und packte seine wenigen Sachen zusammen. Er hatte immer bescheiden gelebt, deshalb passten seine persönlichen Gegenstände locker in eine Sporttasche. Immer wieder horchte er, ob sich ein Auto näherte. Es konnte ja sein, dass die Mörder seines Chefs die Adresse herausgefunden hatten und demnächst hier auftauchen würden. Für den Fall hatte er vorgesorgt, denn er besaß aus der Zeit, als er als Geldtransporter gearbeitet hatte, eine Pistole der Marke Glock. Er legte das Schulterhalfter an und verstaute die Waffe darin. Dann machte er sich auf den Weg in das Wohnzimmer seines Chefs. Sofort ging er auf den an der Wand stehenden Schrank zu und rückte ihn beiseite. Zum Vorschein kam ein großer Wandtresor. Iaschwilli kannte die Zahlenkombination, um den Schrank zu öffnen. Er wusste auch, was sich darin befand. Zu oft hatte er heimlich seinen Chef beobachtet, wie er darin Dokumente und Bargeld versteckte. Viel war allerdings nicht darin gelagert, denn Hörmann war es zu gefährlich gar zu viel Geld in diesem Tresor zu haben. Es konnte ja sein, dass die Steuerfahndung eines Tages auftauchte und alles durchsuchte. Iaschwilli nahm zwanzigtausend Euro und die Fahrzeugpapiere des Brabus aus dem Tresor und schloss ihn wieder. Das war das Benzingeld und Bestechungsgeld der Grenzer für die Fahrt in die Heimat. Der eigentliche Trick war, dass Hans Hörmann einen Tresor hinter dem Tresor einbauen ließ. Durch eine mechanische Verriegelung konnte man den vorderen Tresor nach vorne ziehen und dahinter kam dann ein weiterer zum Vorschein. In dem lag das Geld aus der Schweiz. Auch dafür wusste Iaschwilli die Zahlenkombination. Hastig öffnete er die Tür und entnahm das darin befindliche Geld, fast eine Million Schweizer Franken. Das Geld würde fürs Erste zum Leben reichen, dachte sich Iaschwilli. Er stopfte die Geldbündel in einen Rucksack und brachte alles wieder in den Urzustand. Dann verließ er das Wohnzimmer. Wenig später startete er den Motor des Brabus und öffnete das Garagentor. Immer noch war niemand der Nachbarn zu sehen. Das beruhigte ihn, so gab es keine Zeugen, die ihn erkennen konnten. Er fuhr nicht, wie immer, die Göllesberger Steige hinunter, sondern gleich am Stahlecker Hof vorbei nach Holzelfingen. Von dort aus steuerte er zunächst Österreich an.

Auch Barny benötigte fast zwei Stunden, bis er Reutlingen erreicht hatte. Er und Raiser hatten ausgemacht, dass sie zunächst nach Rommelsbach, einem Vorort von Reutlingen fahren wollten. Raiser wohnte dort bei seiner Mutter, bis er eine eigene Wohnung gefunden hatte. Die alte Frau war nicht mehr gut auf den Beinen und deshalb in einer Pflegeeinrichtung untergebracht. Somit war Raiser alleine im Haus. Das Gebäude befand sich am Ortsende von Rommelsbach in Richtung Metzingen. Es handelte sich dabei um ein altes Bauernhaus, das dringend sanierungsbedürftig war. Aber solange die alte Dame lebte, kam das nicht infrage. Barny parkte den Golf rückwärts im Hof vor dem Haus. Raiser stieg mühsam aus und ging sofort zur Haustür, damit er nicht von den Nachbarn gesehen werden konnte. Beide Männer betraten das Haus. Während Raiser sofort ins Bad ging, um sich einen nassen Waschlappen zu holen, ging Barny ins Wohnzimmer und breitete das erbeutete Geld auf dem Tisch aus. Er zählte die Scheine eines Bündels, dann legte er alle fein säuberlich nebeneinander. Es waren exakt zwei Millionen und fünfundzwanzigtausend Schweizer Franken. So viel Geld hatte er noch nie auf einem Haufen gesehen. Wenig später kam Burghard Raiser mit aufgequollenem und schmerzverzerrtem Gesicht in den Raum. Als er das Geld sah, versuchte er zu lächeln. Draußen mähte ein Nachbar den Rasen. Der Mäher machte einen Höllenlärm. Raiser nahm eines der Geldbündel in die Hand und zählte die Scheine. Barny hatte sich unmerklich hinter Raiser gestellt und schoss ihm mit der Waffe Knäblers in den Kopf. Der sank sofort auf die Knie und kippte nach vorne auf den Boden. Barny sammelte die Geldscheine ein und vergewisserte sich, ob jemand den Schuss gehört haben konnte. Der Nachbar lief völlig unbeeindruckt hinter seinem Mäher her. Barny verließ das Haus und setzte sich eine Baseball-Kappe und die Sonnenbrille auf. Dann stieg er in den Golf und fuhr davon. Es wäre ihm nie in den Sinn gekommen, mit dem Idioten Raiser auch nur einen Cent zu teilen.

Wenige Tage später fuhr ein Mann mit seinem VW-Bus in den Wald bei Schienen hinein. Es war schon Nacht. Nicht ohne Grund hatte er diese Tageszeit gewählt. Er wollte seine alten Möbel und anderen Müll illegal loswerden. Die Stelle, die er ausgesucht hatte, war ideal. Er fuhr mit seinem Fahrzeug rückwärts in einen Seitenweg hinein, sodass er vom Hauptweg nicht gesehen werden konnte. Dann öffnete er leise die Schiebetür und begann das Fahrzeug zu entladen. Müllsäcke mit Schuhen, Farbdosen, Plastikeimern und anderem Unrat warf er einfach ins Gebüsch. Dann folgten ein Schuhschrank, ein Sessel und mehrere Stühle. Als er fertig war, schloss er wieder leise die Tür. Zunächst horchte er, ob sich jemand in der Umgebung aufhielt. Dann startete er den Motor und fuhr wieder aus dem Wald hinaus. Unterwegs begegneten ihm ein paar Jogger. Er hoffte, dass sie sein Kennzeichen nicht erkannt und es sich gemerkt hatten.

Am anderen Morgen machte sich in aller Frühe der Rentner Robert Maier aus Schienen auf den Weg zu seinem täglichen Spaziergang in den Wald. Er ging diese Strecke, wenn es seine Gesundheit zuließ, täglich. Das war zuletzt nicht so, denn er hatte einen Gichtanfall in den Beinen. Nun also, da er wieder schmerzfrei war, strebte er dem Wanderweg in Richtung Schweiz entgegen. In früherer Zeit hatte er immer seinen Hund dabei, der war aber kürzlich altershalber verstorben. Es machte ihm Mühe den Weg hinab zum Schiener Bach und wieder auf der anderen Seite hinaufzusteigen. Maier musste diesen Weg aber nehmen, sonst konnte er nicht über den Elmenhof wieder zurücklaufen. Besagter Elmenhof befand sich am Waldrand oberhalb der Gemeinde Öhningen. Von dort aus ging ein Weg wieder zurück nach Schienen. Seit Kurzem war er im Besitz eines Handys. Lange hatten seine Kinder auf ihn eingeredet, sich ein solches Gerät zuzulegen. Das Risiko zu stürzen und nicht gefunden zu werden, war einfach zu groß. Deshalb ließ er sich breitschlagen und kaufte sich dann doch ein solches Gerät. Er hatte zwar immer noch Schwierigkeiten bei der Bedienung, aber er konnte jetzt zumindest telefonieren und Bilder machen. In den vergangenen Tagen war das Wetter für einen Sommer sehr kalt gewesen. Man hatte sogar die Befürchtung, in der Nacht könnte es in den Höhenlagen Frost geben. Die Gemeinde Schienen lag immerhin auf einer Höhe von sechshundert Metern. Es war nicht mehr weit, bis Maier nach links einem Waldweg folgen musste, der ihn zum Elmenhof brachte. Da entdeckte er eine im Wald liegende Wasserflasche. Und weiter im Gebüsch lag ein Müllsack. Er ging in das Gebüsch, um den Müll zu untersuchen. Er tat dies, weil er sich immer an der Aktion saubere Umwelt beteiligte. Bei dieser Aktion ging es darum, weggeworfene Gegenstände einzusammeln und zu entsorgen. Alle örtlichen Vereine beteiligten sich daran. Die Sammlung fand immer im Frühjahr statt. Der Waldabschnitt war zufällig auch sein zugewiesenes Gebiet. Maier sah sich den Müll an und ging wieder zurück auf den Weg.

»So eine gottverdammte Drecksau!«, schimpfte er.

Dann wählte er die Nummer eines Bekannten, der in der Gemeindeverwaltung angestellt war.

»Hallo Walter! I bin's, der Robert. Du, im Wald oberhalb vom Elmahof hot so a Wildsau sein Müll entsorgt. A ganze Menge Müllsäck und au Möbel!«, meldete Maier aufgebracht seine Entdeckung.

Der Mann am anderen Ende der Leitung versprach, sich um den Fall zu kümmern. So setzte Maier seinen Weg fort.

Wenig später befuhr eine Streife des Polizeipostens Öhningen den Waldweg in Richtung Schweizer Grenze. Sie waren vom Ordnungsamt angerufen worden, weil ein Rentner illegal abgelagerten Müll im Wald entdeckt hatte. Da die Ortsbeschreibung relativ genau war, fanden die beiden Polizeibeamten die Stelle recht schnell. Sie gingen in das nahe Gebüsch, um den Müll nach Spuren seiner Herkunft zu untersuchen. Dazu leerten sie die Müllsäcke, um nach Quittungen oder anderen Hinweisen zu suchen. Unter der Sitzfläche von einem der Stühle wurden sie dann fündig. Ein Aufkleber des Möbellieferanten verriet die Empfängeradresse. Das war immerhin einmal ein Anhaltspunkt. Einer der Beamten fotografierte den Müll. Um den ganzen Umfang des Umweltfrevels zu ermessen, gingen die beiden weiter in das Gebüsch hinein. So kamen sie an den Abhang, der hinunter bis zum Bach reichte. Bis dorthin hatte also der Umweltsünder seinen Müll geschleppt. Etwas oberhalb des Baches lag ein weiterer Müllsack. Als der Polizist auch diesen fotografieren wollte, machte er eine grausige Entdeckung: Aus dem Müllsack ragte eine menschliche Hand. Sofort eilten die beiden Beamten zurück zu ihrem Streifenwagen und verständigten die zuständige Kriminalpolizeidirektion in Friedrichshafen. Es dauerte nicht lange, da hörten sie das Martinshorn der Kollegen aus Radolfzell. Sofort wurde das Waldstück weiträumig abgesperrt, damit die aus Friedrichshafen kommenden Beamten der Spurensicherung möglichst viele Hinweise finden konnten. Bis diese letztendlich eintreffen sollten, würde etwa eine Stunde ins Land gehen. Inzwischen war ein Arzt eingetroffen, der die Leiche untersuchte. Dazu musste der Müllsack aufgetrennt werden. Die Polizisten aus Radolfzell halfen dem Arzt seine Arbeit zu tun. Einem der Beamten wurde beim Anblick der Leiche sichtlich übel. Da die Anfahrt der Beamten der zuständigen Kriminalinspektion Acht in Friedrichshafen zu lange dauern würde, übernahmen die Kollegen der Außenstelle Singen nach Absprache diesen Fall. Diese trafen zeitgleich mit dem Staatsanwalt aus Konstanz ein. Alle machten sich zunächst einmal ein Bild von der Lage. Wenig später hatte der Arzt seine Untersuchung beendet und ging zur Berichterstattung zu den Herren.

»Guten Tag, ich denke, dass Sie den Fall bearbeiten«, sagte Dr. Bucher, der schon mehrere Male mit den Kripobeamten beruflich zu tun gehabt hatte.

»Ja, da haben Sie recht, Herr Doktor. Was können Sie uns im Augenblick sagen?«, fragte der Staatsanwalt.

»Es handelt sich bei dem Toten um eine männliche Leiche. Alter zwischen sechzig und siebzig Jahre alt. Todesursache ist mit Sicherheit das Eindringen einer Kugel in den Hinterkopf. Merkwürdig sind sichtbare Hämatome im Halsbereich. Es sieht so aus, als wäre der Mann vor seinem Tod gewürgt worden. Ob der Tod primär durch Erwürgen oder letztendlich durch den Einschuss erfolgt ist, wird die Obduktion klären. Der Todeszeitpunkt kann nicht eindeutig festgelegt werden, liegt aber schon ein paar Tage zurück.«

»Ich danke Ihnen für Ihren Bericht, Herr Doktor«, sagte der Staatsanwalt und gab dem Arzt die Hand.

Inzwischen traf auch das Bestattungsunternehmen ein. Die Bediensteten fragten die Polizisten nach dem Fundort der Leiche. Einer der Streifenbeamten wies den Männern den Weg.

»So, meine Herren, ich habe das Nötigste gesehen. Bitte halten sie mich auf dem Laufenden!«, sagte der Staatsanwalt und verabschiedete sich von den Kripobeamten. Kriminalhauptkommissar Karl Heinz Tränkle und sein Kollege Kriminalkommissar Peter Rohrmoser untersuchten oberflächlich den im Wald herumliegenden Müll.

»Ich habe einen Hinweis auf den möglichen Verursacher der illegalen Müllentsorgung gefunden«, sagte einer der Öhninger Polizisten.

»Das ist gut, da haben wir wenigstens mal einen

Anhaltspunkt«, antwortete Rohrmoser mit seiner sonoren Stimme. Peter Rohrmoser war gebürtiger Bayer und war der Liebe wegen an den Bodensee gezogen. Er nahm einen handgeschriebenen Zettel von dem Streifenkollegen entgegen. Auf dem stand eine Adresse: Fritz Müller, Singen, Bohlinger Dorfstraße. Kriminalkommissar Peter Rohrmoser ging zum Dienstwagen und tippte die Adresse in seinen Tablet-Computer ein.

»Die Adresse stimmt, die ist noch aktuell. Der gemeldete Bewohner ist fünfundsiebzig Jahre alt. Ich denke, wir schauen uns dort erst einmal um, bevor wir dort mit großem Trara auftauchen, oder was meinst du?«, fragte er seinen Kollegen.

»Wenn der Todeszeitpunkt schon mehrere Tage zurückliegt, ist der Täter schon über alle Berge. Außerdem glaube ich gefühlsmäßig nicht, dass derjenige, der den Müll da abgeladen hat, auch der Täter ist. So blöd kann ja keiner sein«, antwortete Kriminalkommissar Karl Heinz Tränkle in seiner ruhigen Art. Tränkle stammte aus Radolfzell und sprach den deutlichen Dialekt der Gegend um den unteren Bodensee.

»Es könnte ja möglich sein, dass der Umweltsünder bei seinem Tun von dem Opfer überrascht wurde.«

»Mag sein, aber es ist eigentlich unüblich, dass so ein Kerl eine Waffe mit sich führt.«

»Und die Würgemale?«

»Da bin ich bei dir! Das könnte sein. Aber warum soll dann ein anderer dem Opfer in den Kopf schießen? Wir müssen die Obduktion abwarten, vorher ist alles andere Spekulation.«

Inzwischen trafen auch die Männer der Spurensicherung ein. Sie streiften sich ihre weißen Schutzanzüge über und begannen mit der Arbeit. Kriminalhauptkommissar Tränkle übermittelte erste Erkenntnisse zum Fall an die übergeordnete Dienststelle nach Friedrichshafen. Die Kollegen dort waren in anderen Fällen personell derart gebunden, dass sie froh waren, nicht zum Untersee fahren zu müssen. Trotzdem waren sie an dem weiteren Stand der Ermittlungen interessiert. Rohrmoser und Tränkle setzten sich in ihr Dienstfahrzeug, um nach Bohlingen zu fahren. Bohlingen war ein Vorort von Singen und lag unweit vom Bodensee-Ufer. Die besagte Adresse befand sich im Ortskern. Kriminalhauptkommissar Karl Heinz Tränkle fuhr langsam am Haus des Verdächtigen vorbei. Während er nicht zum Haus hinüberschaute, beobachtete sein Kollege Rohrmoser das Haus und die Umgebung.

»Da arbeitet einer im Garten, der könnte der Besitzer der Stühle sein. Er ist allein und sieht nicht nach einem Mörder aus«, sagte Rohrmoser zu seinem Kollegen.

Als altgedienter Kriminalbeamter hatte er ein Gespür für Menschen, die etwas ausgefressen hatten. Bei nächster Gelegenheit wendete Tränkle und fuhr wieder zurück. Genau vor der Einfahrt des Verdächtigen stellte er den Dienstwagen ab. Als die Kripobeamten ausstiegen, unterbrach der Mann seine Arbeit im Garten, um zu schauen, was da vor sich ging.

»Guten Tag!«, grüßte Tränkle. »Sind Sie der Herr Karl Maier?«

»Jo, worom, was isch passiert?«, fragte der Mann zurück.

»Waren Sie in letzter Zeit drüben im Schiener Wald?«

»Noi, was soll i dort? Wisset Sie, i bin a bissle schlecht z' Fuaß«, antwortete der Mann und ging humpelnd ein paar Schritte. »Mei Knia isch he. Und a neis ka i mir et leischda!«

»Dann können Sie uns vielleicht erklären, wie diese Stühle in den Wald von Schienen gekommen sind!«, sagte Rohrmoser und zeigte dem Mann ein Bild des Mülls aus dem Wald.

»Om Goddas Willa, die hab i ja schon vor mindestens fünf Johr verschenkt!«

»An wen, können Sie uns das sagen?«

»Hajo do vorne isch a Gebrauchtmöbelhändler, der hot's gnomma!«

»Okay, vielen Dank für die Auskunft!«

Die beiden Beamten stiegen in ihr Auto und fuhren ein paar Meter weiter. Dort befand sich tatsächlich ein Geschäft für Gebrauchtmöbel. Die beiden betraten den Laden und mussten sich einige Zeit gedulden, bis jemand zu ihnen kam. Eine Frau etwa Mitte fünfzig kam aus einer Türe und lächelte.

»Entschuldiget Sie bitte, ich war am Telefon, was kann ich für Sie tun?«

»Mein Name ist Tränkle und das ist mein Kollege Rohrmoser. Wir sind vor der Kripo und hätten eine Frage. Sie haben vor etwa fünf Jahren ein paar Stühle vor Ihrem Nachbarn übernommen. Können sie uns sagen, wo die hingekommen sind?«

Die Frau riss die Augen auf.

»Kriminalpolizei? Ja isch denn was Schlimmes passiert?«

»Darüber können wir Ihnen im Augenblick keine Auskunft geben!«

»Also die Stühl waret jo net wirklich in einem guten Zustand. Ich weiß nimmer genau, wer die damals gekauft hat. Da muss ich mal in meinem Ordner schauen. Vor fünf Jahren sagen sie?«

»So sagte es der Herr Maier, ja!«

Wieder verschwand die Frau durch die Tür. Rohrmoser sah sich um. Ein paar Möbel aus den Fünfzigern standen schön präsentiert in dem Raum.

»Wer stellt sich denn so was ins Wohnzimmer?«, fragte er seinen Kollegen.

»Das ist jetzt wieder in Mode. Nierentische und diese seltsame Kommode da werden wieder in den Möbelhäusern angeboten!«

»Graislich«, sagte Rohrmoser in seinem bayrischen Dialekt.

Eine ganze Weile später kam die Frau mit einem Ordner unter dem Arm zurück.

»Also das war vor acht Jahren, meine Herren. Aber ich habe keine Adresse des Käufers. Ich weiß noch ganz schwach, wie das damals war. Vielleicht komme ich wieder drauf, aber im Augenblick kann ich Ihnen leider nicht helfen.«

Rohrmoser gab der Frau seine Visitenkarte. Dann verließen die beiden das Geschäft wieder.

»Jetzt ist natürlich guter Rat teuer. Acht Jahre sind kein Scheiß. Hoffentlich fällt der Frau das wieder ein«, brummte Rohrmoser.

Sie wollten gerade in Richtung Dienststelle abfahren, da meldete sich das Diensthandy von Kriminalhauptkommissar Tränkle. Es war der Mann vor der Spurensuche. Er teilte mit, nachdem alle verwertbaren Spuren gesichert worden waren, habe er den Bediensteten des Gemeindebauhofes die Erlaubnis erteilt, den Müll aus dem Wald zu beseitigen. Dabei seien die Arbeiter auf eine weitere Leiche gestoßen. Tränkle und sein Kollege sollten also wieder zurück zum Tatort fahren. Also fuhren beide in den Schiener Wald. Einer der Kollegen wartete am Wegrand, um den Fundort der zweiten Leiche zu zeigen. Sie mussten viel tiefer in das Dickicht hineingehen. Dann sahen sie einen weiteren Müllsack liegen.

»Leiche, männlich. Etwa vierzig Jahre. Erdrosselt«, berichtete der Spurensucher.

»Ist der Arzt schon verständigt?«, fragte Tränkle.

»Ja, der war nicht so begeistert!«

»Gut, dann gebe ich der Staatsanwaltschaft Bescheid. Wir sollten das Gelände weiträumig absuchen lassen, nicht dass da noch mehr Leichen auftauchen!«

Tränkle telefonierte mit dem Staatsanwalt, der aber keine Zeit mehr hatte, wieder hierherzukommen. Er überließ Tränkle die weiteren Maßnahmen.

»Der Müllsack ist derselbe, wie beim anderen Opfer. Es müssen mindestens zwei Täter gewesen sein, denn eine Leiche soweit in den Wald zu schleifen ist alleine nicht möglich. Außerdem haben wir Reifenspuren gefunden. Das Merkwürdige daran ist, dass das Auto, das da vorne auf dem Weg gestanden haben muss, unterschiedliche Reifen aufgezogen hatte.«

»Wie hinten und vorne oder links und rechts?«, fragte Rohrmoser nach.

»Links und rechts«, antwortete der Kollege.

Wenig später traf der Arzt wieder ein. Er war nicht gerade begeistert von dem Umstand wieder hier zu sein. Er untersuchte den Toten und wendete sich dann den Kriminalbeamten zu.

»Also, Leiche, männlich, zwischen dreißig und vierzig Jahre alt. Der Tod trat durch Erdrosseln ein, das zeigen die Hämatome in der Halsgegend. Der Todeszeitpunkt könnte mit dem anderen Opfer identisch sein. Haben Sie noch weitere Leichen oder kann ich jetzt gehen?«

»Das kann ich Ihnen nicht sagen, Herr Doktor. Wir lassen jetzt den ganzen Wald durchsuchen!«

Tränkle hatte eine Hundertschaft der Bereitschaftspolizei aus Böblingen angefordert. Das war mit der Staatsanwaltschaft zuvor abgesprochen worden. Bis die Beamten eintreffen würden, sollten mindestens zwei Stunden vergehen. Das Polizeipräsidium in Konstanz wollte ebenfalls einige Beamte schicken. Zusätzlich hatte sich der Polizeipräsident angemeldet, um sich ein Bild der Lage vor Ort zu machen. Eine Stunde später wimmelte es nur so von Polizisten im Wald bei Schienen. Inzwischen hatten auch die Medien Wind von der Sache bekommen. Einige regionale Zeitungen schickten ihre Redakteure, aber auch die großen Fernsehsender tauchten plötzlich mit Übertragungswagen auf. Der ganze Trubel lockte nun auch die Bevölkerung der Umgebung an. Von allen Seiten strömten Menschen in den Wald, um nachzuschauen, was dort geschehen war. Am Rande der Sperrzone wurde eine improvisierte Pressekonferenz mit dem Polizeipräsidenten und dem nun doch anwesenden Staatsanwalt einberufen. Da die näheren Umstände der Tat noch nicht bekannt waren, konnten auch keine Auskünfte dazu erteilt werden. Dies gab natürlich viel Raum für alle möglichen Spekulationen. Als dann noch zwei Busse voll mit weiteren Polizisten eintrafen, war die Gerüchteküche voll am Kochen! Zum ersten Mal seit langer Zeit waren die Gastwirtschaften der Umgebung brechend voll. Jedermann verbreitete seine Version zum Hergang der mysteriösen Ereignisse im Wald von

Schienen. Da war von Terroropfern bis zu Mafiatoten alles dabei. Die Durchsuchung des Waldes dauerte bis in die späten Abendstunden hinein, ohne dass weitere Leichen oder gar neue Spuren gefunden werden konnten. So ging für die beiden Kriminalbeamten Peter Rohrmoser und Karl Heinz Tränkle ein ereignisreicher Tag kurz vor Mitternacht zu Ende.

Bärbel hatte heute keine Lust Gassi zu gehen. Das Wetter war natürlich auch entsprechend. Kriminalhauptkommissar Gerhard Meininger ging nach dem überraschenden Tod seiner Frau mit dem Hund jeden Morgen vor Dienstantritt eine halbe Stunde raus an die frische Luft. Seine Frau hatte den Hund aus dem Tierheim geholt, seither war er ein treuer Begleiter des Kriminalhauptkommissars. Renate Meininger war eines Abends beim Fernsehen plötzlich vom Sofa gekippt und auf den Boden gefallen. Da ihr Mann zu der Zeit schlief, hatte er zuerst nichts bemerkt. Erst als er erwachte, sah er seine Frau am Boden liegen. Er verständigte sofort den Notarzt, der seine Frau in die Klinik nach Tübingen einlieferte. Renate Meininger hatte in der Vergangenheit mehrfach über Kopfschmerzen geklagt. Sie schob den Auslöser dafür aber auf das ständig wechselnde Wetter und andere Begebenheiten. Nach einer intensiven Untersuchung wurde eine Aufnahme in der Magnetresonanztomografie gemacht. Dabei wurde festgestellt, dass sich im Gehirn von Renate Meininger ein schnell wachsender Tumor, ein sogenannter Glioblastom gebildet hatte. Nach Auskunft der Ärzte konnte dieser nicht operativ entfernt werden, ohne dass Bereiche der Motorik auf Dauer geschädigt würden. Das hieße, nach einer Operation wäre Renate Meininger vollständig gelähmt gewesen. Also entschied man sich für eine Chemotherapie. Zunächst schien es das Wachstum des Tumors bremsen zu können, doch dann wuchs er unvermittelt weiter. Nach nur vier Wochen verstarb Renate Meininger in der Klinik. Seither war das Leben des Kriminalhauptkommissars völlig durcheinandergeraten. Er musste durch ein Tal der Tränen und Enttäuschung. Tränen der Trauer, natürlich. Aber auch der Enttäuschung. Die größte Enttäuschung waren sein Sohn und seine Schwägerin. Sein Sohn und seine Schwiegertochter versprachen, ihn bei der Arbeit im Haushalt großzügig zu unterstützen. Allein beim Versprechen war es geblieben. Der Kriminalhauptkommissar hatte inzwischen das Bedienen der Waschmaschine und des Staubsaugers erlernt. Allein das Kochen machte ihm noch Probleme. Die nächste Enttäuschung war für ihn das Verhalten seiner Schwägerin, also Renate Meiningers Schwester. Er konnte sie ohnehin nicht besonders leiden, weshalb Renate Meininger immer alleine ein paar Tage zu ihr nach Hamburg fuhr, wo sie inzwischen wohnte. Schwägerin Irmgard tauchte wenige Tage nach dem Tode ihrer Schwester bei Meininger auf und forderte Einsicht in ein mögliches Testament. Meiningers hatten selbstverständlich ein Testament auf Gegenseitigkeit verfasst und bei einem befreundeten Notar hinterlegt. Schwägerin Irmgard zog in Erwägung, dass, falls es keine solche Verfügung gäbe, sie den Erbteil ihrer Schwester ausbezahlt haben wolle. Der Kriminalhauptkommissar packte seine

Schwägerin am Kragen und warf sie umgehend aus dem Haus, mit dem Hinweis, dass wenn sie noch einmal auftauchen sollte, sie mit körperlichen Konsequenzen rechnen müsse. Da kamen wieder Erinnerungen an den Tod seiner Eltern hoch. Sein Vater war ein ungerechter und strenger Mann. Als Kind wurde Gerhard Meininger von seinem älteren Bruder öfter verprügelt. Sein Bruder war nicht der intelligenteste und schaffte die Hauptschule gerade noch so. Da war Gerhard ein anderer. Er war aufgeweckt und an allem interessiert. Klar waren seine Schulnoten nicht überragend, aber sie hätten für eine weiterführende Schule gereicht. Weil sein Bruder aber für solch eine Schule ungeeignet war, durfte er auch nicht dorthin gehen. Sein Abitur holte er auf dem zweiten Bildungsweg nach. Auch seine Entscheidung, sich bei der Polizei zu bewerben, akzeptierte sein Vater nicht. Meininger ließ sich nach Reutlingen versetzen, um dem Einfluss seines Vaters zu entfliehen. Die Beziehung zu seinen Eltern brach der Kriminalhauptkommissar nach seiner Heirat ab, nachdem die Eltern seine Hochzeitsfeier boykottiert hatten. Als Konsequenz davon wurde er von seinem Vater enterbt. Als seine Eltern vor ein paar Jahren starben, gab es unter seinen zwei Schwestern und seinem Bruder ein Hauen und Stechen um das beträchtliche Erbe. Da seine Geschwister in ihrer blinden Gier glaubten, das Ererbte vervielfachen zu können, um endlich reich zu sein, investierten sie in Aktien und Staatsanleihen in Argentinien. Nach einem Börsencrash in New York waren dann die Aktien nicht einmal mehr das Papier wert. Gerhard Meininger verfolgte diese Entwicklung mit einer gewissen Genugtuung. Inzwischen versuchten seine Geschwister mehrfach mit ihm in Kontakt zu treten, was er aber vehement ablehnte. Wusste er doch zu gut, dass er nur als Objekt zum Abzocken herhalten sollte. All das musste er neben der Trauer um den Verlust seiner Frau und seinem Berufsleben verarbeiten. Er hatte sich nicht vom Dienst beurlauben lassen, sondern immer nur dann freigenommen, wenn er etwas Wichtiges zu erledigen hatte. Zu sehr hatte er Angst davor, zu Hause zu sitzen und in eine Depression zu fallen. Immer gelang ihm das nicht. Abends, wenn er alleine vor dem Fernseher saß, tat er so, als säße Renate neben ihm und sprach mit ihr. Er erzählte ihr von seinem Tagesablauf auf der Dienststelle und was sonst noch so passiert war. Und immer dann, wenn es ihm besonders schlecht ging, kam dieser Hund und saß ihm auf den Schoß. Bärbel sah ihn dann mit ihren großen Knopfaugen an und leckte seine Hand, so als wollte sie ihm sagen, dass er es schon schaffen würde. Natürlich musste er es schaffen, das Leben ging ja schließlich weiter. Kriminalhauptkommissar Gerhard Meininger hatte von seinem Vorgesetzten die Erlaubnis erhalten, seinen Hund mit ins Büro nehmen zu dürfen. Bärbel lag dort brav in einer Ecke in ihrem Körbchen und machte keinen Mucks. Der kleine Hund war die Attraktion im Revier. Vor allem die Frauen kamen oft vorbei, um den Hund zu streicheln und ihn mit Leckerli zu verwöhnen. Bei Außeneinsätzen blieb Bärbel immer im Dienstfahrzeug oder im Büro. Kurz vor neun Uhr machte sich der Kriminalhauptkommissar auf den Weg zur Dienststelle. Er wusste, dass an diesem Tag eine Hausdurchsuchung bei einem Steuersünder stattfinden sollte. Die Kollegen vom Finanzdezernat hatten um Mithilfe gebeten. Es ging um einen Mann, der vermutlich mehrere Millionen Euro aus einem Firmenverkauf vor den Steuerbehörden in der

Schweiz versteckt hatte. Das Land Baden-Württemberg hatte eine CD angekauft, auf dem die Adressen und die Kontoeinlagen von verschiedenen Banken in der Schweiz aufgelistet waren. Alleine in Reutlingen waren davon mehrere Personen betroffen. Einige vor ihnen entgingen einer Verhaftung, in dem sie Selbstanzeige erstatteten. Der Betroffene, um den es in aktuellen Fall ging, wählte diesen Weg nicht. Also starteten mehrere Fahrzeuge in Reutlingen, um nach Lichtenstein und auf den dortigen Göllesberg zu fahren. Bei dem Beschuldigten handelte es sich um einen gewissen Hans Hörmann. Er war der Inhaber einer Reutlinger Firma, die im Maschinenbau beheimatet war. Diese Firma hatte Hörmann an einen Schweizer Investor verkauft. Einen Teil des Erlöses hatte er in Deutschland versteuert, den größeren Teil aber wohl in der Schweiz vor dem Fiskus versteckt. Nun ging es darum, etwaige Unterlagen zum Verkauf des Unternehmens zu beschlagnahmen. Von den betroffenen Schweizer Banken konnten die Ermittlungsbehörden in Deutschland keine Unterstützung erhoffen. Deshalb waren sie auf die Durchsuchungen bei den Beschuldigten angewiesen. Kriminalhauptkommissar Gerhard Meininger wurde nicht nur von seinem Hund Bärbel, sondern auch von seinem langjährigen Kollegen Kriminalkommissar Christian Fromm begleitet. Des Weiteren folgten ihnen in einem anderen Fahrzeug zwei Steuerfahnder und ein Spezialist für Türschlösser. Nach etwa einer halben Stunde Fahrt kamen sie auf dem Göllesberg an. Das Wohngebiet Göllesberg gehörte zur Gemeinde Lichtenstein und wurde in den sechziger Jahren als Landhaussiedlung freigegeben. Dort sollten sich betuchte Unternehmer niederlassen und so in der Gemeinde Arbeitsplätze schaffen. Zum Teil gelang dies auch, aber die Mehrzahl der Bewohner waren einfach nur Naturliebhaber. Einer von den betuchten Unternehmern war Hans Hörmann, obwohl der Sitz seiner Firma in Reutlingen war. Hörmann wohnte am Ende des Forchenwegs. Er besaß das größte Anwesen in der Siedlung. Das Haus konnte nur schwer von der Straße aus eingesehen werden. Direkt am Weg befand sich eine große Garage, in der mehrere Autos Platz fanden. Die Ermittler parkten ihre Fahrzeuge direkt vor dem Garagentor, um eventuelle Fluchtversuche zu unterbinden. Kriminalhauptkommissar Gerhard Meininger betätigte mehrmals die Klingel neben dem Gartentor. Niemand öffnete. Aus dem Nachbarhaus kam eine ältere Frau heraus und beobachtete das Treiben von gegenüber.

»Ko mr Ihne helfa?«, fragte die Frau.

»Ist da niemand zu Hause?«, fragte einer der Steuerfahnder.

»Noi, der Herr Hörmann isch scho a baar Daag et do!«

»Wissen Sie, wohin er gereist ist?«

»Noi, wisset Se, mir redet net so arg viel mitanander! Der Herr Hörmann lebt arg zurückgezoga!«

»Sie wissen dann auch nicht, wann er wieder zurückkommt?«

»Ha noi! Er isch wohl weiters weg, weil er hot da schwarza Waga gnomma.«

»Okay, danke!«, sagte der Beamte und ging wieder zu den anderen.

»Was machen wir?«, fragte Meininger in die Runde.

»Wir gehen rein! Der Vogel ist wohl ausgeflogen!«

Der Schlossspezialist öffnete im Handumdrehen das Gartentor. Bei der Haustüre hingegen brauchte es sein ganzes Können. Mehrere Versuche misslangen, die Tür zu öffnen. Dann gingen die Beamten um das Haus herum und versuchten ihr Glück an der Terrassentür. Nach wenigen Sekunden war der Weg ins Innere des Hauses frei. Sofort begannen die Spezialisten nach Verstecken zu suchen. Jede Schublade wurde durchsucht, jedes Bild abgehängt. Doch kein verwertbares Material, noch ein Bild des Beschuldigten konnte gefunden werden. Dann untersuchte einer der Männer einen Bauernschrank. Er bewegte ihn leicht und schon kam ein Tresor, der in die Wand eingelassen worden war, zum Vorschein. Der Spezialist für Schlösser notierte sich das Modell und telefonierte mit einem seiner Kollegen. Nach einigen Minuten kam er wieder zurück und machte sich an dem Tresor zu schaffen. Wiederum dauerte das Ganze fast eine halbe Stunde, bis sich die Tresortür öffnen ließ. Sofort wurden die darin befindlichen Dokumente gesichtet. Zur Enttäuschung der Fahnder war aber darin zunächst nichts zu finden, was für eine Anklage reichen konnte. Als der Spezialist die Tür des Tresors wieder verschloss, bemerkte er eine seltsame Vorrichtung am Boden. Er begann daran zu ziehen und plötzlich bewegte sich der Tresor. Er zog den Tresor aus der Wand heraus, dann kam ein zweiter zum Vorschein. Der war allerdings sehr leicht zu knacken, da es sich um ein billiges Model handelte. Jetzt endlich wurden die Ermittler fündig. Ihnen fielen detaillierte Aufzeichnungen über Finanztransaktionen zwischen dem Beschuldigten Hans Hörmann und der Credit Suisse in die Hände. Zufrieden machten sich die Ermittler danach auf den Rückweg nach Reutlingen.

Kurz vor der rumänischen Grenze verstaute Georg Iaschwilli seine Pistole und das Geld in einem Seitenfach der Limousine. Er hatte schon bei seinen Grenzübertritten aus der Schweiz nach Deutschland geringe Mengen Bargeld dort deponiert, um zu testen, ob die Grenzer diese Versteckmöglichkeit entdecken konnten. Eigentlich hatten die Grenzbehörden Kataloge von den meisten Kraftfahrzeugen, in denen Hohlräume, die als Schmuggeldepots geeignet waren, detailliert aufgeführt waren. Der Brabus aber war solch ein Exot, dass für ihn solche Unterlagen nicht existierten. Er wurde zwar auf Basis der Mercedes-Benz E-Klasse gefertigt, hatte aber eine völlig andere Innenausstattung, vom Motor ganz zu schweigen. So versteckte Georg Iaschwilli also seine Waffe, das Geld und andere Dokumente in dem Seitenfach im Fond des Fahrzeugs. Iaschwilli hatte in Wien übernachtet, um dann in einem Rutsch bis nach Georgien durchfahren zu können. Er wollte weder in der Slowakei noch in Rumänien eine unnötige Pause einlegen, denn die Gefahr war zu groß, dass ihm das Auto gestohlen wurde. Als er die Stadt Braila kurz vor der Grenze zur Ukraine passiert hatte, musste er die Schnellstraße verlassen, weil diese wegen eines Unfalls gesperrt worden war. Das Navi an Bord des Brabus funktionierte in Rumänien nicht mehr, er musste sich also auf die Beschilderung der Straßen verlassen. Jetzt befuhr er eine Landstraße, die direkt am Ufer der Donau entlang führte. Iaschwilli hielt sich an die vorgeschriebene Geschwindigkeit, dass er nicht angehalten werden konnte. Zu gut kannte er die rumänische Polizei aus früheren Begegnungen. So langsam machten sich die Strapazen der letzten Tage bemerkbar. Iaschwilli kämpfte zunehmend mit der

Erschöpfung. Noch wenige Kilometer, dann passierte er die Grenze. In der Ukraine hatte er aus alten Zeiten viele Bekannte. Einen davon wollte er besuchen. Dort wollte er auch den Brabus unterstellen, um ihn dann später zu verkaufen. Auf der Landstraße herrschte um diese Zeit, es war spät am Abend, kaum Verkehr. Hin und wieder kam ihm ein Lastwagen entgegen. Er war gerade in Gedanken, als er bemerkte, wie sich ein Polizeiauto mit Blaulicht von hinten näherte. Ruhig fuhr er mit vorgeschriebener Geschwindigkeit weiter. Das Polizeiauto überholte und wenig später wurde auch schon eine Kelle zur Seitenscheibe hinausgehalten, die ihn aufforderte, anzuhalten. Was jetzt folgte, kannte er nur zu gut aus seiner Zeit als Personenschützer. Er hielt hinter dem Polizeifahrzeug, an ließ aber den Motor weiter laufen. Ein fettleibiger Mann mit einer schlampigen Uniform entstieg dem Polizeifahrzeug und baute sich neben der Fahrertür von Iaschwilli auf. Mit der Hand machte er eine Geste, das Iaschwilli das Fenster herunterlassen solle. Er folgte der Anweisung des Mannes.

»Give me your papers!«, sagte er mit einem schlechten Englisch.

Inzwischen war auch der andere Polizist ausgestiegen und lehnte sich an den vorderen Kotflügel des Brabus. Dabei berührten seine am Gürtel angehängten Handschellen den Lack des Autos. Das konnte Iaschwilli überhaupt nicht leiden. Nachdem der dicke Polizist den Ausweis Iaschwillis begutachtet hatte, sagte er zu seinem Kollegen: »Russki«

»This is a German Passport, not a Russian!«, antwortete Iaschwilli.

»Shut up, come out!«, schrie ihn der Dicke an.

Was jetzt passieren würde, wusste er. Es war der alte Trick, denn die korrupten Polizisten im Ostblock oft praktizierten. Das Auto wurde aus einem nichtigen Grund beschlagnahmt und verschwand dann spurlos. Iaschwilli tat so, als wolle er den Sicherheitsgurt lösen. Dann zog er plötzlich seine Waffe, die er kurz nach der Grenze wieder hervorgeholt hatte, und schoss dem Dicken mitten ins Gesicht. Noch ehe der andere reagieren konnte, wurde auch er von einer Kugel getroffen und sank in sich zusammen. Iaschwilli stieg aus und rollte zunächst den Körper des dicken Polizisten in den Straßengraben. Wenig später folgte der Zweite. Dann lief er zum Polizeiauto und öffnete die Motorhaube, um eine Panne vorzutäuschen. Dies hatte den Zweck, dass alle Fahrzeuge, die an dieser Stelle vorbeikommen würden, nicht anhielten. Rumäniens Autofahrer hatten nämlich eine diebische Freude, wenn die Polizei einmal eine Panne hatte. Dann stieg er wieder ein und fuhr weiter, dieses Mal aber mit sehr hoher Geschwindigkeit, denn er wollte so schnell wie möglich über die Grenze. Der Vorfall hatte ihn zumindest zeitweise wieder aus seinem Dämmerzustand erweckt. Aber nach wenigen Minuten kam die Erschöpfung mit aller Macht zurück. Bei der hohen Geschwindigkeit, die er fuhr, war dies äußerst gefährlich. Kurz vor der Grenze nickte er einen Moment ein und verlor die Kontrolle über das Fahrzeug. Er schleuderte von einer Straßenseite zur anderen und prallte schließlich seitlich mit voller Wucht gegen einen Baum. Der Brabus wurde durch den Aufprall in zwei Teile zerrissen. Georg Iaschwilli hatte keine Überlebenschance.

Gleich nach der Ankunft in der Dienststelle läutete das Telefon von Kriminalhauptkommissar Gerhard Meininger. Es ging um ein Amtshilfeersuchen des Kriminalkommissariats in Konstanz. Sein dortiger Kollege kündigte an, dass er mit einem weiteren Ermittler nach Reutlingen kommen wollte, um eine Festnahme zu tätigen. Es ging um den zweifachen Mord im Schiener Wald. Meininger hatte davon in den Nachrichten gehört. Die Akten zu dem Fall hatte Kriminalhauptkommissar Karl Heinz Tränkle aus Konstanz schon per E-Mail nach Reutlingen geschickt. Aus den Unterlagen ging hervor, dass ein gewisser Burghard Raiser wohnhaft in der Ermstalstraße in Rommelsbach verdächtig wird, diese beiden Morde begangen zu haben. An einem der Opfer konnten Blutreste gesichert werden, die nach einer DNA-Analyse diesem Raiser zugeordnet werden konnten. Burghard Raiser war mehrfach vorbestraft und erst kürzlich aus dem Vollzug entlassen worden. Die Ermstalstraße war die letzte Wohnanschrift, bevor er in das Gefängnis eingeliefert wurde. Es war gleichzeitig auch der Wohnort seiner Mutter. Meininger begann sofort, die Lage des Wohnhauses im Google anzuschauen. Es war eines der letzten Gebäude an der Straße in Richtung Metzingen. Hinter dem Haus befand sich ein großer Garten, der eine ideale Fluchtmöglichkeit bot. Es mussten also einige Beamte der Streifenpolizei bei der Festnahme dazu beordert werden. Da eines der Opfer erschossen worden war, war anzunehmen, dass der Beschuldigte bewaffnet war. Vorsorglich forderte der Kriminalhauptkommissar eine Sondereinheit aus Göppingen an. Da die Kollegen aus Konstanz etwa zwei Stunden an Fahrzeit vor sich hatten, würde die Göppinger Einheit vorher in Reutlingen eintreffen. Dies gab Meininger die Gelegenheit, die Göppinger Kollegen mit den Gegebenheiten vor Ort vertraut zu machen. Zur Lagebesprechung wurde der große Konferenzraum hergerichtet. Die Kriminalhauptmeister Carsten Dombrowski und Willi Früh machten sich auf den Weg nach Rommelsbach, um die Umgebung des Wohnhauses von Raiser diskret zu sondieren. Dort angekommen, parkten die Beamten direkt vor einer Metzgereifiliale, die sich genau gegenüber vom Raiserschen Wohnhaus befand. Um nicht aufzufallen, gingen die beiden in den Laden und kauften sich Leberkäsweckle von der Heißtheke. An der Kasse hatte sich ein Stau gebildet, sodass sich die beiden das Haus gegenüber in aller Ruhe betrachten konnten. Während der ganzen Wartezeit an der Kasse regte sich gegenüber nichts. Dann stiegen Dombrowski und Früh in ihren Dienstwagen und fuhren Richtung Oferdingen. Kurz nach einer scharfen S-Kurve bog Dombrowski rechts ab zum Friedhof. Vor dem Friedhof zweigte ein Weg rechts ab. Früh stieg aus und ging den Weg entlang. Auf einem Schild stand: »Im Pfarrhof«. Dieser Weg grenzte unmittelbar an die Gärten der Häuser, die an die Ermstalstraße gebaut worden waren. Alles war still, eine richtige ländliche Idylle herrschte hier. Von hier aus sah man an den rückwärtigen Teil des Hauses vom Verdächtigen. Und auch von hier sah man keine Regung, nichts. Früh ging den Weg einfach weiter und fand sich wenig später in der scharfen S-Kurve oberhalb der Kirche wieder. Er folgte also der Straße in Richtung Oferdingen und kam wenig später wieder zurück zum Parkplatz am Friedhof. Dort wartete Dombrowski im Auto auf ihn.

»Nichts Verdächtiges festzustellen. Ich glaube, der

Vogel ist ausgeflogen!«, berichtete Früh seinem Kollegen.

»Wäre schön, ja. Wir haben genug anderen Scheiß an der Backe. Trotzdem müssen wir vorsichtig sein. Wie hieß der Weg noch mal?«

»Pfarrgasse.«

»Okay, dann fahr ich mal weiter bis zur nächsten Gelegenheit rechts.«

Dombrowski startete den Motor und fuhr weiter. Nach ein paar Metern zweigte eine Straße nach rechts ab. Dombrowski folgte ihr.

»Tegernseestraße«, sagte Früh.

»Die müsste eigentlich wieder in die Hauptstraße münden!«, ergänzte Dombrowski.

Und so war es auch. Nach etwa hundert Metern erreichten sie wieder die Ermstalstraße.

»Wir könnten ja noch mal ein paar Leberkäsweckle holen. Ich hätte grad Lust darauf!«

»Schau auf deine Wampe, Mann!«, brummte Dombrowski nur und fuhr an der Metzgereifiliale vorüber.

Tatsächlich hatte Willi Früh in letzter Zeit mächtig zugelegt. Seit er mit dem Rauchen aufgehört hatte, musste er seinen unstillbaren Appetit zügeln, denn er hatte mehr als fünf Kilo zugenommen. Dementsprechend waren die Kommentare der Kollegen zu seinem Aussehen. Inzwischen war das SEK aus Göppingen, bestehend aus fünf Mann, eingetroffen. Alle Kollegen saßen nun im Konferenzraum und warteten auf das Eintreffen der Ermittler aus Konstanz. An der Wand war die Luftaufnahme der Umgebung des Hauses in der Ermstalstraße in Rommelsbach zu sehen. Dombrowski und Früh berichteten von ihren Beobachtungen. So wurde entschieden, dass drei Mann des SEK vom Friedhof her und die zwei anderen direkt auf den Hauseingang vorrücken sollten. Begleitet werden sollten sie von mehreren Streifenbeamten und der diensthabenden Kripo. Schwierigkeiten bildete dabei die weiträumige Absperrung des Einsatzortes. Die gegenüberliegende Metzgereifiliale war von Kunden stark frequentiert. Das bedeutete, dass ein großes Aufkommen von Passanten nicht ausgeschlossen werden konnte. Deshalb sollte der Zugriff schnell und ohne große Absperrmaßnahmen erfolgen. Dann endlich trafen auch Karl Heinz Tränkle und Peter Rohrmoser von der Konstanzer Kripo ein. Kriminalhauptkommissar Tränkle weihte die Anwesenden über den Sachverhalt ein.

»Am Donnerstag vergangener Woche bekamen wir die Meldung, dass im Wald bei Schienen von einem Mitarbeiter der Gemeinde Öhningen beim Beseitigen von illegal abgelagertem Müll zunächst eine männliche Leiche gefunden wurde. Die Obduktion der Leiche hat ergeben, dass der Mann zwischen sechzig und siebzig Jahren alt war. Er hatte dort schon mehrere Tage gelegen. Getötet wurde er durch einen Schuss in den Kopf, und zwar von hinten und aus nächster Nähe. Vor seinem Tod muss ein Kampf stattgefunden haben, denn es waren Blutspuren, die nicht vom Opfer stammten an den Knöcheln der rechten Hand gefunden worden. In der Halsgegend zeigten sich Hämatome, die von einem Würgevorgang stammen mussten. Der Mann war also vermutlich zuerst bewusstlos gewürgt und dann erschossen worden. Es gibt bei dem Toten, dessen Identität bisher nicht bekannt ist, ein paar Ungereimtheiten. Zunächst einmal trug er merkwürdige Unterwäsche. Sein Unterhemd hatte aufgenähte Taschen. Zur jetzigen Jahreszeit und der warmen Wetterlage trägt kaum jemand ein Unterhemd und dann noch mit aufgenähten Taschen. Der Verdacht liegt nahe, dass dieser Mann Bargeld über die Grenze geschmuggelt hatte. Entsprechende Spuren konnten bei der Untersuchung des Hemdes gefunden werden. Nach Analyse der Farbpartikel bei der KTU handelte es sich bei den geschmuggelten Banknoten um Schweizer Franken, und zwar um Tausend-Franken-Scheine. Die KTU vermutet, dass es sich bei dem geschmuggelten Geld um eine Summe von etwa ein bis zwei Millionen Schweizer Franken handeln musste. Von dem Geld fehlt jede Spur, sodass wir annehmen müssen, dass der Mann Opfer eines Raubüberfalls geworden war. Ob der Fundort, gleich der Tatort ist, konnte nicht gesichert nachgewiesen werden. Sollte der Fundort tatsächlich auch der Tatort sein, so fehlt mir jegliche logische Erklärung. Denn wer läuft schon mit mindestens einer Million Franken durch den Wald? Nach Abschluss der Spurensuche am Fundort und der Beseitigung des Mülls, wurde dann in der weiteren Umgebung eine weitere Leiche in einem Müllsack entdeckt. Auch dieser Tote konnte bis jetzt nicht identifiziert werden. Wir vermuten aber, dass es sich dabei um einen Schweizer Staatsbürger handelt, da seine Kleidung von dort stammte. Wir sind im Moment mit den Kollegen in Kontakt, sind aber bis jetzt nicht weitergekommen, da auch in der Schweiz keine Vermisstenmeldung vorliegt. Auch bei ihm wurden Würgemale im Halsbereich festgestellt und der Todeszeitraum deckt sich in etwa mit dem des ersten Opfers. Eindeutig konnten wir aber DNA-Spuren an beiden Opfern feststellen, die auf den Verdächtigen Burghard Raiser als Täter hinweisen. Unsere Nachforschungen haben ergeben, dass Raiser bei seiner Mutter hier in Reutlingen leben soll. Bei der verwendeten Waffe handelt es sich um eine mit dem Kaliber neun Millimeter. Ich denke also, wir müssen mit der Gegenwehr des Täters beim Zugriff rechnen!«

»Dann würde ich als Zeitpunkt des Zugriffs den frühen Nachmittag vorschlagen. Dann ist in der Metzgerei nicht so viel los!«, ergänzte Meininger.

Man einigte sich darauf, um drei Uhr nach Rommelsbach zu fahren, um diesen Raiser zu verhaften. Die Kriminalhauptmeister Dombrowski und Früh wurden zum Einsatzort hinbeordert, um eine eventuelle vorzeitige Flucht des Täters zu melden. Sie postierten sich auf dem Parkplatz eines nahen Supermarktes, von wo sie aus das Haus Raisers gut einsehen konnten. Sie meldeten, dass sich gegenüber nichts Verdächtiges ereignete.

Punkt drei Uhr fuhren ein Teil der Zivilfahrzeuge und Streifenwagen von Reutlingen her in die Ermstalstraße ein und der andere Teil weiter in Richtung Oferdingen. Ein Streifenwagen blockierte die Zufahrt zum Haus von Raiser. Die Zivilfahrzeuge parkten quer zur Straße, sodass kein Durchkommen mehr war. Streifenbeamte sperrten die Abfahrt in Richtung Metzingen am Kreisverkehr. Dann machte sich das Kommando vom SEK daran, das Haus zu stürmen. Ihm folgten Gerhard Meininger und Karl Heinz Tränkle. Von der Rückseite her stürmte der Rest des Kommandos über den Garten. In deren Gefolge Christian Fromm und Peter Rohrmoser.

Im angrenzenden Garten arbeitete ein Mann mit der Hacke. Als er die anstürmenden Beamten sah, unterbrach er seine Arbeit und stützte sein Kinn auf den Stiel des Werkzeuges.

»Was sich denn jetztad los? Send Ihr vom Sieddeitscha Rondfonk? Verschdehen Sie Schbass, mit em Kurt Felix?«, rief der Mann herüber und rollte dabei das »r«.

Fromm ging zu dem Mann hinüber und zeigte ihm den Dienstausweis. Der beachtete diesen nicht, sondern plapperte einfach weiter.

»Wisset Se, i hör das ganza Daag da Siedeitscha Rondfonk. Dia machet oifach a schees Programm.«

»Guter Mann, wir sind nicht vom Radio, hier läuft gerade ...«, versuchte Fromm den Mann zu überzeugen.

Der ließ sich aber nicht überzeugen und erzählte weiter.

»Kennat se da Günter Freind? Der hot doch äwell dui Schlagersendung gmacht. ›Sie winschen, wir schbielen‹. Ha narr, do isch ällaweil a klasse Musik komma! Des wissat ihr Jonge nadierlich nemme, mit uirem Haschgedudel, des Beatglomp do!«

Fromm ließ den Mann einfach stehen und folgte den Kollegen. Jetzt konnte sowieso nichts mehr schiefgehen, denn vom Hof her hörte er, wie die Haustüre aufgebrochen wurde. Er und die Kollegen vom SEK hatten die Aufgabe, den rückwärtigen Teil des Hauses abzusichern. Kriminalhauptkommissar Gerhard Meininger hingegen stürmte in das Innere des Hauses, nachdem das SEK die Haustür gewaltsam geöffnet hatte. Das Kommando durchsuchte zuerst die unteren Räume. Nachdem sich dort niemand aufhielt, stiegen sie vorsichtig die alte Treppe hinauf, die mächtig knarrte. Mit jeder Stufe, die die Männer nach oben vordrangen, verstärkte sich ein unangenehmer Geruch. Zudem schwirrten ihnen Tausende von Fliegen entgegen. Das Treppenhaus war schon einige Zeit nicht mehr gereinigt worden, denn überall an den Wänden befanden sich Spinnweben. Ein SEK-Mann trat eine Türe ein, die wohl ins Wohnzimmer führte. Sofort kam ihm ein bestialischer Gestank und erneut ein Schwarm Fliegen entgegen. Der Einsatzführer machte ein Zeichen zum Rückzug und hielt sich dabei die Nase zu. Meininger holte ein Taschentuch aus der Hose und hielt es ebenfalls vor die Nase. Dann öffnete er alle Fenster. Auf dem Boden lag eine männliche Leiche. Meininger verließ den Raum sofort wieder und ging nach unten vor die Haustür. Die Männer des Einsatzkommandos hatten sich ihrer Schutzkleidung entledigt und atmeten tief durch. Über ein Mikrofon gab der Einsatzleiter das Ende des Einsatzes bekannt. Nach wenigen Augenblicken sammelten sich die Einsatzkräfte im Hof des Anwesens.

»Könnte der Tote unser Mann sein?«, fragte Meininger seinen Kollegen aus Konstanz.

Der holte aus dem Einsatzwagen einen Hefter mit verschiedenen Fotos. Meininger betrachtete diese und rümpfte die Nase.

»Also, ich gehe nicht noch mal da rauf und schau mir den Kerl an. Von der Größe her könnte es passen. Ich sehe gerade hier auf dem Bild eine Tätowierung am linken Unterarm, ist die jemandem aufgefallen?«, fragte Meininger in die Runde.

»Bei dem Gestank gab es nur eines, so schnell wie möglich raus!«, antwortete der Einsatzleiter des SEK.

»Ich war noch nicht da oben, dann schau ich halt nach!«, meldete sich Christian Fromm.

»Nimm dein Taschentuch, sonst verkotzt du alles!«, riet Meininger seinem Kollegen.

Da dieser aber kein Taschentuch bei sich hatte, nahm er ein Erfrischungstuch aus einem der Einsatzfahrzeuge. So ausgerüstet machte sich Christian Fromm auf den Weg nach oben. Selbst durch das Erfrischungstuch war der Leichengeruch unerträglich. Tapfer gegen die Übelkeit kämpfend ging er zu dem am Boden liegenden Toten. Zu seinem Glück war der Mann nach vorne gefallen. Seine beiden Arme lagen vor dem Kopf, sodass Fromm die entsprechende Tätowierung entdecken konnte. Sofort verließ er wieder den Raum.

»Die Tätowierung ist eindeutig erkennbar!«, berichtete Fromm, als er wieder unten angekommen war.

»Okay, dann ist unser Auftrag erledigt!«, sagte der Einsatzleiter des SEK.

»Vielen Dank für die Unterstützung, bis zum nächsten Mal!«, bedankte sich Meininger.

Inzwischen hatte sich eine Menschenmenge in sicherem Abstand zum Einsatzort gebildet. Die meisten der Neugierigen hielten ihre Handys in die Höhe und filmten fleißig das Geschehen. Nach und nach wurde die Sperre aufgehoben, sodass der Verkehr wieder fließen konnte. Inzwischen waren auch die ersten Vertreter der Medien eingetroffen und versuchten vom einen oder anderen Polizeibeamten Informationen über den Einsatz herauszubekommen. Ein Vertreter der Staatsanwaltschaft war ebenfalls vor Ort und erkundigte sich nach der Sachlage. Nachdem er von vom Konstanzer Kriminalhauptkommissar Karl Heinz Tränkle ausführlich in Kenntnis gesetzt worden war, telefonierte er mit der Staatsanwaltschaft in Konstanz, um sich über das weitere

Vorgehen abzusprechen. Das Telefonat ergab, dass sowohl in Reutlingen als auch in Konstanz zu einem späteren Zeitpunkt eine Presseerklärung herausgegeben werden sollte. Dies teilte der Staatsanwalt der versammelten Presse mit. Natürlich waren die angereisten Journalisten mit dieser Auskunft nicht zufrieden und begannen hinter dem Rücken der Ermittler mit der Befragung der umstehenden Schaulustigen. Dabei kam es zu abenteuerlichen Spekulationen, denen Tür und Tor weit geöffnet worden waren. Da war von einem Terroreinsatz bis zum Selbstmord die Rede.

Christian Fromm teilte den umstehenden Kollegen mit, dass der seltsame Nachbar unter Umständen als Zeuge infrage käme. Vor dessen Vernehmung aber warnte Fromm seine Kollegen. Gerhard Meininger und Karl Heinz Tränkle machten sich also auf den Weg zu dem schrulligen Nachbarn. Zum Leidwesen der beiden Ermittler war der Nachbar bereits in ein Gespräch mit einem Reporter vertieft. Wie Fromm es berichtete, erzählte der Mann auch dem Reporter die Geschichte mit dem Süddeutschen Rundfunk. Als die beiden Kripobeamten hinzutraten, winkte der Reporter ab und ging kopfschüttelnd von dannen. Kriminalhauptkommissar Meininger zückte seinen Dienstausweis und hielt ihn dem Mann unter die Nase.

»Ich bin Kriminalhauptkommissar Meininger und das ist mein Kollege Tränkle. Wir sind nicht vom Rundfunk und der Günter Freund ist schon seit 2010 tot! Wir sind von der Kripo, begreifen Sie das? Wie heißen Sie?«

»Klar begreife i des, i be jo ett bled! Zomendeschda ett ganz! Also i hois Karl Kern. Was isch denn aber au los? Hot denn d' Paula äbbas bosget?«

»Wer ist die Paula?«, fragte Meininger.

»Ha d Paula, derra ghert des Haus doch!«

»Aha. Die Paula ist aber nicht da, oder wir haben sie nicht gefunden!«

»Dui kennat ihr au ett fenda. Dui hot d'r Jong ens Heim dau!«

»Sie meinen den Sohn von dieser Paula. Wie heißt der?«

»Der hot so an vornehma Nama, Burghard. Den hent se en dr Schual emmer ghänselt, wega seim Nama. Des klengt au bled, wenn ma »Burghardle komm zom Essa« scheit.«

»Wann haben Sie diesen Burghard Raiser zum letzten Mal gesehen?«

»Des wois i ett. Wissat Se, des isch oiner, dem got ma am beschda ausem Weg! Was hot der wieder ogschdellt, der isch doch erschd aus em Knaschd komma?«

»Das werden Sie noch rechtzeitig erfahren! Also haben sie den Mann nun in letzter Zeit gesehen oder nicht?«

»Wa hoißt gsea, jo. I wois nemme, isch s ledscha Dooschdich gwea oder am Freidich! Do ischd er zmol em Obads aufdaucht ond seither hann an i nemme gsea!«

»Wann war das genau?«

»I ko s ett genau saga, weil i s nemme genau wois. Ond bevor i an Scheiß verzehl, halt e mei Gosch!«

»Kam er alleine?«

»Noi, do sich so Parfümjockel drbei gwea. Der hot ausgsea, wia frieher dr Gunter Sachs. Kennat Se den no?«

»Flüchtig. Können Sie uns den Mann näher beschreiben? Was für ein Auto fuhr er?«

»Also beschreiba ko e den ett. Do drzua hann en z kruz gsea ond gega d Sonn han e au gugga miasa. A Sonnabrill hot er auf em Kopf ghet ond so halba lange

Hor. Der isch mit so Karra komma, mo dia Jonge heit zu Daag hent. I glaubs ischd an VW gwea. Grabbaschwarz isch des Audo gwea.«

»Wie alt schätzen Sie den Mann?«

»Wisset se, dees koi heit deischa, seit mr sich lifta lau ko. Aber der war so om der Vierzga. Der hot schau ausgsea wia a Seggel om da ganza Ranza rom!«

»Trug der Mann etwas bei sich?«

»Mo er ganga isch, hot er an Rucksack dabei hket.«

»Herr äh, Kern, haben Sie etwas Verdächtiges gesehen, während die beiden Männer im Haus waren?«

»Jo do hots amol klepft!«

»Was heißt klepft?«, fragte Tränkle nach, der nur die Hälfte verstanden hatte.

»Ha klepft halt, wia wenn ma a Dier zuaschleit!«

»Könnte es auch ein Schuss gewesen sein?«

»Ko au sei! Ja hot der Gunter-Sachs-Ersatz etwa dean Ganova do hieba verschossa? Do isch fei ett arg viel he an deam, des sage Ena fei!«

»Dazu möchten wir uns nicht äußern, wir ermitteln noch. Wie spät war es, als sie das Geräusch wahrgenommen haben?«

»S isch d gard am Nachd werda gewea, so om Neine rom.«

»Okay, das reicht uns fürs Erste. Wir melden uns wieder, wenn wir noch eine Auskunft haben wollen. Falls Ihnen noch etwas einfällt, hier können Sie uns erreichen!«, sagte Meininger und reichte Karl Kern seine Visitenkarte.

Der untersuchte das Stück Karton, als wolle er es auf seine Echtheit prüfen. Dann nickte er und steckte die Karte in die Brusttasche seines abgewetzten Hemdes.

»Ich bin mir grad so vorkomma, wie bei uns im Hinterland. Do gibt s au solche schrullige Typen! I hab die meischde Zeit nur Bahnhof verschdanda«, sagte Tränkle zu Meininger mit seinem ausgeprägten alemannischen Dialekt.

»Wir gehen nach vorne und schauen mal, was die Kollegen in Erfahrung gebracht haben. Ich denke, wir können zurück zur Dienststelle fahren, dort fasse ich dann die Erkenntnisse zusammen. Viel konnte der Typ nicht sagen. Er hat einen Schuss gehört, bloß welchen, frage ich mich?«

»Des war jetzt aber net ernschd gemeint oder?«

»Nicht ganz. Bei uns sagt man, wenn einer nicht alle Sinne beieinander hat, der hat den Schuss nicht gehört. Genauso war es bei unserem Zeugen Kern. So war jedenfalls mein Eindruck!«

»Do liegsch net arg drneba!«, antwortete Tränkle.

Inzwischen waren die Experten von der KTU eingetroffen. Sie trugen nicht nur die üblichen weißen Schutzanzüge, sondern auch Atemschutzmasken. Der Leichnam war von einem Bestattungsunternehmen abgeholt und zur Obduktion nach Tübingen verbracht worden. Die restlichen Einsatzkräfte machten sich nun auf den Weg zur Dienststelle nach Reutlingen. Kriminalhauptmeister Christian Dombrowski suchte die Mutter von dem getöteten Raiser in einem Pflegeheim in Reutlingen auf, um ihr die Todesnachricht ihres Sohnes zu überbringen. Die Frau litt an Demenz und nahm die Nachricht überhaupt nicht wahr.

Am Abend gab es dann die Pressekonferenz zum Mordfall Raiser. Dabei wurde auch der Zusammenhang zwischen den beiden Toten vom Bodensee hergestellt. Es wurden Bilder von den Toten an die Öffentlichkeit weitergegeben.

Die Geschäfte gingen zurzeit schlecht. Barny hatte nun zwar viel Geld, konnte es aber nicht unter die Leute bringen. Immer wenn er etwas Größeres anschaffen wollte, verweigerten die Verkäufer die Annahme eines Tausend-Franken-Scheines. Noch hatte er genügend anderes Geld, denn er hatte bei der Durchsuchung der Wohnung von seinem Opfer Raiser noch etwa zwanzigtausend Euro gefunden. So konnte er wenigstens die Außenstände bei seinen Crystal-Meth-Lieferanten begleichen. Gelegentlich nahm er das Zeug auch, hatte sich aber so weit im Griff, dass er nicht dauernd darauf zurückgreifen musste. Den größten Teil der Drogen verhökerte er in den Discos und Clubs im Umkreis von Reutlingen und Tübingen. Bei der letzten Lieferung, die von einem Tschechen stammte, war das Crystal Meth mit Alkohol gestreckt worden. Das hatte natürlich fatale Folgen für die Konsumenten. Zwei seiner »Kunden« lagen seitdem im Koma. Barny hatte aus den Nachrichten davon erfahren. Nun saß er auf dem Rest und konnte ihn nicht mehr in der Gegend verkaufen, weil alle auch über Facebook gewarnt worden waren. Er musste also weiter wegfahren, um das Zeug loszuwerden. Dies barg natürlich ein großes Risiko, weil er in das Revier eines anderen Dealers eindrang. Das war ihm aber egal, er konnte kein Minusgeschäft eingehen. Also beschloss er, nach Südtirol zu fahren. Gleich am anderen Morgen. Der Plan war, dass er das Crystal Meth in einer Bozener Disco, die er von früher her kannte, loswerden wollte. Anschließend würde er sich dann neues Material besorgen. Und zwar wollte er sich dazu mit einem Italiener in Metzingen treffen. Den konnte er mit dem erbeuteten Schweizer Geld bezahlen.

Es war kurz nach acht Uhr am Abend, als Kriminalhauptkommissar Gerhard Meininger seine Haustür aufschloss. Sein Hund Bärbel hatte fast den ganzen Tag im Büro geschlafen. Nun wollte Bärbel auch noch Gassi gehen. Dazu hatte Meininger zwar keine Lust, aber es musste wohl sein. Außerdem hatte er den ganzen Tag noch nichts gegessen. Seit seine Frau verstorben war, hatte er wegen des fehlenden Abendbrotes stark abgenommen. Für sich alleine lohnte es sich nicht, etwas zu kochen. Seine Schwiegertochter hatte sich angeboten, dies für ihn zu übernehmen, aber deren Kochkünste begeisterten ihn wenig. Zum Italiener wollte er auch nicht mehr, denn der wollte ihn mit seiner dickleibigen Küchenhilfe verkuppeln. Also ging er mit seinem Hund die Straße entlang und ordnete wieder mal seine Gedanken. Er hatte schon umfangreiche Zukunftspläne geschmiedet. Da er in seinem Haus zu viel Platz hatte, ging er mit dem Gedanken um, es zu verkaufen. Er hatte sich auch schon über Alternativen informiert. So hatte er über eine Bekannte, die bei einer Immobilienfirma arbeitete, eine Eigentumswohnung im sogenannten Franzosenviertel in Tübingen angeboten bekommen. Der Preis war okay. Er musste, wenn er sein Haus verkaufen würde, keinen weiteren Kredit aufnehmen, im Gegenteil. Das alles hatte er ohne Rücksprache mit seinem Sohn eingefädelt. Dessen Frau hatte nämlich schon ganz andere Pläne. Sie wollte ins Haus der Meiningers einziehen. Sie hatte sogar schon Umbaupläne gezeichnet. Für Gerhard Meininger hatte sie den oberen Stock vorgesehen. Alle Zimmer mit Dachschräge. Sie war der Ansicht, dass man ja im Alter sowieso schrumpfe und deshalb würden schräge Wände nicht sonderlich stören. Meininger ging auf die Vorschläge seiner Schwiegertochter überhaupt nicht ein, was diese als Zustimmung auffasste. Auf deren Gesichtsausdruck war er gespannt, wenn er ihr seine Entscheidung mitteilte. Die junge Frau vertrat doch tatsächlich die Ansicht, dass jeder, der sich im Alter von über Fünfzig befand, in ein paar Jahren pflegebedürftig sei. Nach einer halben Stunde kehrte Gerhard Meininger um. Normalerweise wäre er eine längere Strecke gegangen, aber es bestand die Gefahr, dass er seiner dicken Freundin Angelika mit ihrem Pudel begegnete und darauf hatte er am heutigen Abend absolut keine Lust. Er hatte diese Frau eines Morgens beim Gassigehen mit Bärbel kennengelernt. Seither traf er sie in unregelmäßigen Abständen. Sie hatte das Talent zu reden, ohne dabei Luft zu holen. Als er die Haustür wieder aufschloss, hörte er das Telefon läuten. Erst jetzt bemerkte er, dass er sein Handy in der Küche vergessen hatte. Es war Kriminalhauptmeister Dombrowski, der an diesem Abend Spätdienst hatte. Er berichtete, dass man eine der Leichen aus dem Wald von Schienen am Bodensee mit großer Wahrscheinlichkeit identifiziert hatte. Es handelte sich dabei um einen Schweizer Bankangestellten mit dem Namen Urs Knäbler. Der Bediensteten eines Restaurants war aufgefallen, dass ein Fahrzeug über mehrere Tage auf dem Parkplatz abgestellt worden war. Die Nachforschungen der Polizei ergaben als Halter den betreffenden Urs Knäbler. Der wurde schon wegen Unterschlagung von Kundengeldern in der Schweiz per Haftbefehl gesucht. Die Nähe zum Fundort der Leichen brachte die Schweizer Ermittler darauf, sich mit ihren deutschen Kollegen in Verbindung zu setzen. Der gesuchte Knäbler war unverheiratet und ohne weitere Angehörige, sodass sich seine Ex-Kollegen bereiterklärten, die Identifikation in Freiburg vorzunehmen. Die Schweizer Kriminalpolizei würde die Akte über den Fall Knäbler an die deutschen Kollegen aushändigen. Bei der Identität der zweiten Leiche tappten die Ermittler bisher immer noch im Dunkeln. Meininger setzte sich vor den Fernseher und schlief wenig später ein. Spät in der Nacht wechselte er dann vom Sofa in sein Bett.

Am anderen Morgen wurde im großen Besprechungssaal eine Sitzung zu den Ereignissen des letzten Tages abgehalten. Kriminaldirektor Richard Heinrich hatte sich eingefunden, um die Sitzung zu leiten. Er eröffnete das Treffen mit einer kleinen Rede, bei der er die gute Zusammenarbeit der verschiedenen Dienststellen betonte. Selbst die Ermittler aus Konstanz waren wieder anwesend. Dann bat er die Dienstgruppenleiter um die Bekanntgabe der Ergebnisse ihrer bisherigen Ermittlungen. Nachdem dies geschehen war, wurden alle noch offenen Fragen formuliert und zu Papier gebracht. So musste zum Beispiel noch geklärt werden, welcher Zusammenhang zum einen zwischen dem Bankangestellten Knäbler und dem kriminellen Raiser oder zwischen diesen beiden und dem noch unbekannten Opfer bestand.

Dann war die über allem stehende Frage: Wer war der Mörder von Burghard Raiser? Es gab also noch den oder die großen Unbekannten. Meininger war der ganzen Sache nicht allzu angetan, er hatte im Moment noch eine andere Sache zu bearbeiten. In einer Tübinger Diskothek waren zwei junge Männer plötzlich zusammengebrochen und ins Koma gefallen, nachdem sie Crystal Meth konsumiert hatten. Seither kämpften die Ärzte um das Leben der jungen Menschen. Eine Analyse hatte ergeben, dass die Drogen mit Industriealkohol gestreckt worden waren. Sollten die beiden Konsumenten überleben, so waren sie blind für ihr ganzes Leben. Fieberhaft wurde nach dem Dealer gefahndet, bis jetzt jedoch ohne Erfolg. In den sozialen Medien wurden Aufrufe verbreitet, die vor dem Konsum von Crystal Meth, das zurzeit in Tübingen angeboten wurde, warnten. Es hatten sich zwar einige Zeugen gemeldet, die konnten den Mann aber nicht näher beschreiben. Einige waren sich aber sicher, dass der Dealer aus der Region stammte. Mehrere Kripobeamte aus dem Kreis Esslingen verbrachten einige Abende in der Diskothek, um nach dem Täter Ausschau zu halten, aber der war wie vom Erdboden verschwunden. Der personelle Einsatz war immens, deshalb kam der Mord an Burghard Raiser zu einer Unzeit. Es mussten Beamte zu den Ermittlungen im Fall Raiser abgestellt werden, die dringend in der Crystal-Meth-Affäre benötigt wurden. Nach nur einer Stunde war die Sitzung zu Ende, da die Ergebnisse der Obduktion von Burghard

Raiser und der Spurensuche noch nicht vorlagen. Kriminalhauptkommissar Gerhard Meininger und sein Konstanzer Kollege Tränkle machten sich auf den Weg zu Professor Heimerl ins Rechtsmedizinische Institut nach Tübingen. Heimerl hatte am Morgen angerufen und Bescheid gegeben, dass er einen Vorabbericht machen könne. Auf dem Flur des Institutes roch es wieder nach Zigarrenrauch. Tränkle sah seinen Kollegen ungläubig an.

»Ist hier etwa rauchen erlaubt?«, fragte er.

»Das darf nur einer, und zwar der Heimerl!«, antwortete Meininger lächelnd.

Dort wo der Geruch am stärksten war, klopfte Meininger an die Tür.

»Nur hereinspaziert!«, rief Professor Heimerl von drinnen.

Als Gerhard Meininger die Tür öffnete, kam ihm Dr. Schweizer, die Assistenzärztin an Heimerls Seite, entgegen. Sie hustete auffällig und wedelte den Rauch von ihrem Gesicht. Drinnen stand ein grinsender Professor und paffte eine dunkle Zigarre.

»Heute rauch ich ne Brasil. Wunderbarer Geschmack und so mild auf der Zunge!«, schwärmte er.

»Guten Tag Professor, ich habe heute einen Kollegen aus Konstanz mitgebracht. Kriminalhauptkommissar Tränkle.«

Die beiden gaben sich schweigend die Hand, dann wandte sich Heimerl an Meininger.

»Wie geht es Ihnen, mein Freund. Haben Sie ihren Schicksalsschlag einigermaßen verkraftet?«

»Die tägliche Arbeit lenkt mich ab. Aber am Abend ist es schon schwer.«

Karl Heinz Tränkle hörte interessiert zu. Er wusste natürlich nichts vom Tod von Meiningers Frau.

»Gut, dann kommen wir zu unserem Fall. Also, der Mann wurde aus kurzer Distanz von hinten in den Kopf geschossen. Das Projektil ist auf dem Weg ins Labor. Interessanterweise erlitt der Mann aber kurze Zeit zuvor einen Jochbeinbruch. Dieser ist mit Sicherheit nicht durch das Projektil entstanden. Ich habe ein Röntgenbild anfertigen lassen, damit man es besser erkennen kann.«

Professor Heimerl hielt eine Röntgenaufnahme gegen eine Leuchtstoffröhre.

»Hier steckt das Projektil, sehen Sie? Der Schusskanal verläuft von unten nach oben. Der Mann hatte sich vermutlich über etwas gebeugt, als ihn die Kugel traf. Der Bruch aber ist auf der anderen Seite des Gesichtes und verläuft von außen nach innen. Wäre er von dem Geschoss verursacht worden, verliefe er anders herum. Das bedeutet, dass der Mann einen Schlag ins Gesicht erhalten hatte. Aber nicht unmittelbar vor dem Einschuss, sondern eine Zeit vorher. Das bedeutet, dass der Mann einen Kampf mit jemandem hatte. Außerdem konnte ich Kratzspuren am Unterarm feststellen. Aufgrund des starken Verwesungsgrades kann der genaue Zeitpunkt der Verletzung nicht festgestellt werden.«

»Das stimmt also mit dem überein, was uns aus Freiburg mitgeteilt worden ist. Das Opfer aus dem Schiener Wald hat dem da einen Fausthieb versetzt, bevor es selber erschossen worden ist«, stellte Tränkle fest und deutete auf den in einem mit einem Reisverschluss versehenen Sack liegenden Burghard Raiser.

»Wollen Sie noch einen Blick auf den Herrn werfen?«, fragte Heimerl grinsend.

»Nein danke«, antworteten Meininger und Tränkle gleichzeitig und hoben dabei beide Hände.

»Das kann ich verstehen, der stinkt auch mächtig. Zwei von meinen Studenten sind heute Morgen mal wieder umgekippt. Die jungen Leute halten einfach nichts mehr aus!«

»Sonst konnten keine weiteren Spuren an dem Mann sichergestellt werden?«, fragte Meininger.

»Sie meinen, Spuren von seinem Mörder?«

»Ja, zum Beispiel.«

»Nein, vielleicht hat die KTU an seinen Kleidern etwas gefunden. Unter den Fingernägeln war nur Waldboden und sonst nichts.«

»Dann danken wir recht schön, dass Sie für uns Zeit gehabt haben!«

»Das ist doch selbstverständlich! Wir sollten mal wieder einen Trinken gehen, damit sie auf andere Gedanken kommen!«, antwortete Heimerl und klopfte dabei auf Meiningers Schulter.

»Ja, das ist kein schlechter Gedanke! Ich muss halt den Hund mitbringen.«

»Da finden wir schon eine Lösung. Ich wünsche den Herren noch einen schönen Tag!«, verabschiedete sich der Professor.

Draußen vor der Tür hörte man ein Stimmengemurmel. Offenbar warteten schon die nächsten »Opfer«, wie der Professor seine Studenten bei einer Obduktion nannte.

Auf der Rückfahrt erkundigte sich Tränkle nach dem Schicksalsschlag Meiningers. Dabei sprach der Konstanzer Kollege sein Beileid aus. Karl Heinz Tränkle war geschieden, ein Opfer seines Berufs, wie er es nannte. Auf der Dienststelle herrschte ein reges Treiben. Carsten Dombrowski und Willi Früh waren nach Rommelsbach gefahren und hatten die unmittelbaren Nachbarn befragt. Leider konnten sie keine weiterführenden Ergebnisse liefern. Bei der Identität des zweiten, noch unbekannten Opfers war man einen Schritt weiter gekommen. Die Schweizer Kollegen hatten bei der Durchsuchung des Hauses von Urs Knäbler Hinweise gefunden, dass es sich bei dem zweiten Toten vom Schiener Wald möglicherweise um einen Kunden des Bankangestellten handeln könnte. Knäbler hatte die Einnahmen aus seiner illegalen Beratertätigkeit in einem Heft notiert. Dabei führte er nicht unerhebliche Summen auf, die mit einem Kürzel »HH« als Herkunft versehen waren. Die genauen Personalien konnten aber immer noch nicht festgestellt werden, da der Arbeitgeber Knäblers, die Credit Suisse, nicht besonders auskunftsfreudig war. Inzwischen hatte die Staatsanwaltschaft Konstanz den Fall an die Kollegen in Tübingen übergeben. Die aber wollten den Fall nicht haben, deshalb wurde inzwischen das Justizministerium eingeschaltet, welches bestimmte, dass Tübingen den Fall weiterbearbeitet. Das bedeutete, dass Kriminalhauptkommissar Karl Heinz Tränkle seine Ermittlungen einstellen konnte.

Barny parkte den Porsche auf dem Kelternplatz in Metzingen. Dann schlenderte er an den sieben Keltern vorbei in Richtung Innenstadt. Sein Lieferant hatte ihn in einer

Pizzeria bestellt, die heute Ruhetag hatte. Es musste sich unmittelbar in der Nähe befinden. In einer Tasche hatte er sechzigtausend Schweizer Franken. Dafür sollte er ein Kilo reinstes Crystal Meth bekommen, so hatte es der Italiener versprochen. Das war ein super Preis, denn die Droge wurde mit achtzig Euro pro Gramm gehandelt. Damit konnte Barny zwei Fliegen mit einer Klappe schlagen. Zum einen hatte er das Geld reingewaschen und zum anderen winkte auch noch ein schöner Gewinn. Ganz koscher war ihm die Sache nicht. Ein Bekannter hatte ihm den Tipp gegeben, sich mit dem Italiener in Verbindung zu setzen. Barny hatte mit dem Mann kurz in einem Reutlinger Café geredet. Der war sehr aufgeschlossen gewesen und willigte sofort ein, mit ihm ein Geschäft zu machen. Sein Name war Antonio, das glaubte Barny aber nicht, weil man in der Szene nie seinen richtigen Namen nannte. Aber Antonio machte auf Barny einen sympathischen Eindruck, man plauderte über dies und das, bis man dann schließlich zum Kern der Sache kam. Als Barny die Zahlungsmodalitäten nannte, zuckte Antonio nur mit den Schultern und sagte kein Problem zu den Franken als Zahlungsmittel. Nun spazierte Barny also über den Kelternplatz, aber nicht direkt auf die Pizzeria zu. Er ging zunächst vorbei und blieb vor dem Schaufenster der benachbarten Buchhandlung stehen. Dabei beobachtete er über die Spiegelung des Fensters, was sich hinter ihm tat. Er konnte nichts Auffälliges entdecken. Dann wandte er sich zum Eingangsbereich und versuchte, die Eingangstür zu öffnen. Sie war verschlossen. Dann ging er wieder an der Pizzeria vorbei in die Innenstadt. Vielleicht traf er diesen Toni ja irgendwo in der Nähe des Rathausplatzes. Dort war ein beliebter Treffpunkt aller in Metzingen wohnenden Nationalitäten. Aufmerksam sah er sich an den aufgestellten Tischen um. Er konnte aber niemanden entdecken, der nur annähernd wie dieser Antonio aussah. Dass es die Italiener mit der Pünktlichkeit nicht so genau nahmen kannte er schon. Deshalb unternahm er einen weiteren Versuch und ging zum Treffpunkt. Dieses Mal aber wählte er eine andere Route. Er hielt sich an einem Juwelierladen geradeaus, statt links abzubiegen. Vor dem alten Milchhaus der Stadt Metzingen hatte sich eine Schlange der Bedürftigen gebildet, die darauf warteten, verbilligtes Obst und Gemüse dort einkaufen zu können. Barny bog in die Straße ein, die vom Bahnhof her in die Innenstadt führte. Er benutzte die gegenüberliegende Straßenseite, denn so sah er von Weitem den Eingang zum Lokal. Offenbar war immer noch niemand da. Als er ein paar Meter vom Eingang entfernt war, fuhr ein schwarzer BMW vor. Drei Männer stiegen aus und gingen schnell in das Gebäude hinein. Unter ihnen war aber nicht dieser Antonio, das konnte er in der Kürze der Zeit erkennen. War da irgendetwas faul? Wieder passierte er den Eingang und riskierte einen Blick in das Innere der Pizzeria. Da saßen die drei Männer an einem Tisch mit diesem Antonio und tranken Kaffee. Das ganze machte eigentlich einen friedlichen und entspannten Eindruck. Also fasst sich Barny ein Herz und öffnete die Tür. Die Männer sahen ihn an und Antonio stand sofort auf und ging auf Barny zu.

»Komm herein, das sind meine Freunde, setz dich zu uns und trink einen Kaffee!«, sagte Antonio und legte den Arm um Barnys Schultern.

Der folgte ihm und setzte sich neben die anderen. Sofort brachte Antonio eine Tasse frischen Kaffee.

»Hier können wir in Ruhe reden, da stört uns keiner. Also du hast das Geld dabei?«, fragte Antonio.

»Ja, hast du die Ware?«, entgegnete Barny.

»Klar! Pass auf, ich habe mich natürlich über dich erkundigt. Wir machen nicht mit jedem Geschäfte, du verstehst, wegen Spitzel und so. Du bist sauber Mann, das haben unsere Nachforschungen ergeben. Also, schau, da ist die Ware! Reinstes Meth, gibt's nur in Pulverform, da kann man es nicht so leicht strecken. Du bekommst es zum Vorzugspreis! Quasi zur Einführung.

Wo du das Zeug vertickst, ist uns egal. Also schieb mal die sechzig Riesen rüber!«, forderte Antonio Barny auf.

Antonio hatte ihm im Gegenzug ein mit Plastikfolie zusammengeklebtes Paket zugeschoben. Barny öffnete das Paket ein wenig, sodass er ein bisschen des weißen Pulvers entnehmen konnte. Sein Kennerblick sagte ihm sofort, dass es sich tatsächlich um beste Ware handelte. Einen so großen Deal hatte er zuvor noch nie getätigt. Sorgsam schloss er wieder die Ecke des Pakets und schob dieses in den Beutel, in dem er das Geld mitgebracht hatte. Immer wieder sah er durch das Fenster nach draußen. Irgendwie hatte er das Gefühl, dass etwas geschehen konnte. Antonio hatte in aller Ruhe die Scheine gezählt und dann zufrieden genickt.

»Ist alles in Ordnung, bravo! Dann sollten wir ein Gläschen auf das Geschäft trinken!«

»Nein danke, das Risiko ist mir zu groß. Ich bin schon öfter angehalten worden, weil ich etwas zu ungestüm herumfahre. Das mögen die Ordnungshüter nicht so. Ich würde mich dann verabschieden. Wo kann ich dich treffen, wenn ich noch mal was brauche?«

Antonio reichte Barny einen Zettel mit einer Telefonnummer.

»Wenn du diese Nummer anrufst, frag, ob du eine Pizza bestellen kannst. Ich werde dir dann antworten, dass das die falsche Nummer ist. Ich werde dir dann eine weitere Nummer geben, dann meldet sich jemand, der dir sagt, wo du mich finden kannst, okay?«

Barny faltete den Zettel und steckte ihn in seine Geldbörse. Dann verließ er das Café mit einem Schaudern, denn es war immer noch möglich, dass ihm jemand auflauerte. Er ging einen anderen Weg über den Kelternplatz, um an sein Auto zu gelangen. So konnte er sehen, ob er verfolgt wurde. Dies war aber anscheinend nicht der Fall, also fuhr er zufrieden nach Hause. Das große Geschäft konnte endlich beginnen!

Das Wochenende stand bevor. Das bedeutete aber für die Beamten der Reutlinger Kripo nicht, dass sie sich ausruhen konnten. Durch Informationen aus der Unterwelt wussten sie, dass am Samstagabend in den Musikklubs und Diskotheken im Großraum Reutlingen und Tübingen vermehrt Crystal Meth und andere Drogen verkauft werden sollten. Offenbar war eine große Lieferung an die regionalen Dealer eingeschleust worden. Die Ermittlungsbehörden sahen nun eine Chance, den Rauschgifthandel in der Region zu unterbinden. Deshalb wurden von der Polizeihochschule Böblingen junge Kommissaranwärter zur Observierung in die verschiedenen

Veranstaltungsorte abkommandiert. Zuvor allerdings sollte eine Einsatzbesprechung im Kriminalkommissariat Reutlingen stattfinden. Als Termin wurde der Samstagnachmittag gewählt. Das Briefing sollte um sechzehn Uhr beginnen. Kurz vor dem vereinbarten Termin war der große Besprechungsraum schon gut gefüllt. Die Leitung der Aktion hatte Kriminaldirektor Richard Heinrich persönlich übernommen. Zum Einsatz kamen neben den schon erwähnten Polizeischülern auch die Beamten der Rauschgiftfahndung und die der Kripo. Allerdings sollten sich Letztere aus ermittlungstaktischen Gründen im Hintergrund halten. Kriminalhauptkommissar Meininger und sein Kollege Kriminalkommissar Christian Fromm waren nicht vor Ort. Sie besetzten die Dienststelle als stille Reserve. Meininger war das gerade recht, denn er konnte es sich nicht vorstellen, in einer Diskothek zu stehen und sich den ganzen Abend den Krach anzuhören. Außerdem wäre er in seinem Alter sowieso sofort aufgefallen. Aus den Polizeischülern wurden Paare aus weiblichen und männlichen Personen gebildet, damit ihr Erscheinungsbild so unauffällig wie möglich war. Es sollten die großen Diskotheken in Reutlingen und Tübingen observiert werden. Beginn der Aktion war zweiundzwanzig Uhr. Vorher war in den Lokalen so gut wie nichts los. Gerhard Meininger löste sich aus der Besprechung vorzeitig heraus, denn er erwartete eine Nachricht der Schweizer Behörden. Diesen war es gelungen, die Handydaten des Bankangestellten Urs Knäbler zu entschlüsseln. Dabei stellen sie fest, dass dieser in der jüngsten Vergangenheit mehrmals mit einer Nummer in Deutschland telefoniert hatte. Meininger wollte nun den Mann ermitteln, der sich hinter der Telefonnummer verbarg. Er hatte kaum in seinem Stuhl Platz genommen, da klingelte auch schon das Telefon. Es war tatsächlich ein Kollege aus Schaffhausen, der sich meldete. Gerhard Meininger hatte größte Mühe den Mann zu verstehen, denn sein Dialekt war doch sehr ausgeprägt. Hinter jedem Satz kam das Word »oder« vor. Der Schweizer Kriminalbeamte gab neben der gewünschten Telefonnummer weitere Details bekannt. So erfuhr Meininger, dass der Bankangestellte Knäbler mehrere Male große Summen Geld an den Unbekannten ausbezahlt hatte, ohne dies den Behörden oder seinen Vorgesetzten zu melden. Dies konnte nur geschehen, weil Knäbler das interne System überlisten konnte. Warum so etwas geschehen konnte, teilte die Bank den Ermittlern nicht mit. Offenbar gab es im Abrechnungssystem der Bank eine Schwachstelle, die von Knäbler entdeckt und ausgenutzt worden war. Bei der ausbezahlten Geldsumme handelte es sich um etwa drei Millionen Schweizer Franken. Wobei der größte Teil des Geldes am Tage des Verschwindens von Knäbler ausbezahlt wurde. Außerdem wurde in der Tasche eines Jacketts des Schweizers eine Auszahlungsquittung für einen Gewinn in der Spielbank Stuttgart gefunden. Meininger bedankte sich artig bei seinem Kollegen aus der Schweiz und legte auf. Er lehnte sich zurück und schloss die Augen. Langsam fügte sich das Puzzle zusammen. Er richtete sich auf und tippte die Telefonnummer in ein Suchprogramm ein. Wenig später kam die Auskunft. Es handelte sich um ein Handy, das auf eine Firma HH Industrieausrüstung aus Reutlingen angemeldet war. Einen Internetauftritt der Firma gab es nicht. Dies konnte nur bedeuten, dass diese nicht mehr existierte. Meininger gab den Namen HH Industrieausrüstungen in Google ein.

Nach mehrmaligem Scrollen auf dem Bildschirm fand er einen Eintrag, der auf Englisch veröffentlich worden war. Meininger klickte den Eintrag an und überflog das Geschriebene, bis er auf eine interessante Zeile kam. Dort wurde als »Leader of the Company« ein gewisser Hans Hörmann genannt. Sofort klingelten bei Meininger die Glocken. War das nicht der Mann, bei dem die Hausdurchsuchung stattfand? Ein Bild von ihm fand er im Internet nicht. Sofort rief er seinen Kollegen vom Finanzdezernat an, um ihm diese Neuigkeit mitzuteilen. Der war zwar erfreut, weil er den Fall zu den Akten legen konnte, hätte aber ganz gerne gewusst, wo das Geld geblieben war. Das herauszufinden, war nun Aufgaben vor Meininger und seinen Kollegen. Nun war es also erwiesen, dass Hans Hörmann einem Raubmord zum Opfer gefallen war. Und sicher war auch, dass Burghard Raiser einer der Täter war. Was hatte dann dieser Knäbler in der Nähe des Opfers zu suchen? Steckte er mit Raiser unter einer Decke? Wer waren dann der oder die weiteren Täter? Meininger holte sich den Bericht der KTU vom Tatort in Rommelsbach hervor. Dort waren alle gefundenen Gegenstände, die eventuell von Bedeutung sein konnten, aufgelistet. Und siehe da, in einer der Taschen eines Jacketts wurde ein Jeton der Spielbank in Stuttgart gefunden. Der Kriminalhauptkommissar hob das Telefon ab und rief in Stuttgart beim Glücksspieldezernat an. Er wollte von dem dortigen Kollegen wissen, ob die Spielbank Überwachungskameras einsetzte.

Der Beamte in Stuttgart bejahte dies, gab aber den Hinweis, dass er und seine Kollegen aus personellen Gründen derzeit nicht in der Lage wären, vor Ort zu gehen, um eventuelles Aufzeichnungsmaterial anzuschauen. Er schlug Meininger vor, doch selber nach Stuttgart zu fahren, um die Videoaufnahmen zu sichten. Der Kriminalhauptkommissar beschloss, in den nächsten Tagen, nach dem Drogeneinsatz, nach Stuttgart ins Kasino zu fahren.

Auf dem Parkplatz eines Einkaufscenters in der Emil-Adolf-Straße in Reutlingen saßen Carsten Dombrowski und Willi Früh in einem grauen Sprinter und warteten, bis der Einsatz gegen die Rauschgiftdealer begann. Es war kurz vor zweiundzwanzig Uhr. Von ihrem Standort aus hatten sie einen guten Einblick auf den Eingang der Diskothek gegenüber. Hin und wieder griff Dombrowski zu einem Fernglas, wenn ihm eine verdächtige Person auffiel. Der Parkplatz vor der Diskothek füllte sich langsam. Das übliche Geprotze mit tiefergelegten Karosserien und lauter gemachten Auspuffanlagen nahm seinen Lauf. Die Lärmbelästigung war nur schwer erträglich. Hin und wieder erkannten die beiden Kripobeamten auch ihre als Paare getarnten Kollegen. Die Frauen hatten in die Handtasche ein Funkgerät eingenäht, das von den Türstehern nicht entdeckt werden konnte. Über diese Geräte hielten sie Verbindung zum Fahrzeug, in dem Dombrowski und Früh saßen. Des Weiteren wurde eine Spezialeinheit der Bereitschaftspolizei auf der Dienststelle vorgehalten, um etwaige Gewalttaten bei einer Festnahme zu verhindern. Immer wieder kam es in letzter Zeit vor, dass Polizeibeamte in Reutlingen während ihres Einsatzes von Passanten angegriffen wurden.

Deshalb beorderte die Einsatzleitung unter der Führung von Kriminaldirektor Richard Heinrich die Spezialeinheit nach Reutlingen. Nach und nach meldeten sich die Beamten vom Inneren der Diskothek, um die Funkgeräte zu testen. Die Kräfte verteilten sich auf die verschiedenen Ebenen der Diskothek. Der Brennpunkt aber war die Shisha Bar. Dort vermutete die Einsatzleitung den Hauptumschlagplatz der Drogen. Deswegen platzierte sich ein Beamtenduo an der dortigen Theke. Nach und nach wurden alle Plätze an der Theke von Gästen belegt. Dem ein oder anderen sah man seinen Drogenkonsum schon von Weitem an. Dementsprechend verhielten sich die Junkies auch. Nervös schauten sie um sich und konsumierten kein Getränk. Sie zogen nervös an ihrem Shisha-Mundstück und sogen den Rauch gierig tief in die Lunge ein. Noch war keiner zu sehen, der sich zu den jungen Leuten gesellte, um ihnen Drogen anzubieten. Die verdeckt operierenden Ermittler registrierten jeden Gang der Verdächtigen zur Toilette. Bis zum jetzigen Zeitpunkt geschah aber nichts Auffälliges. Die Polizistin lehnte an der Theke und stützte ihren Kopf mit der Hand. Zur Tarnung wippte sie mit der Musik im Takt, obwohl diese überhaupt nicht nach ihrem Geschmack war. Im Ohr hatte sie einen Clip, mit dem sie den Funkverkehr mithören konnte. Durch ihre langen Haare war dieser kaum zu sehen. Sie redete mit ihrem Kollegen über Belangloses und sah ihn immer wieder verliebt an. Nichts sollte dem Zufall überlassen werden. Nach etwa einer Stunde war immer noch nichts von einem Dealer zu sehen. Die Kunden wurden sichtlich nervös. Vielleicht hatten die Händler Wind von der Sache bekommen und vertickten ihre Ware in einer anderen Location.

Jedenfalls war es für die jungen Kripobeamten eine Geduldsprobe zu warten, bis sich etwas tat. Eine weitere Stunde später gab es dann doch einen Alarm. Offenbar hatte ein Taschendieb versucht, einen Gast zu bestehlen. Ein Begleiter des Gastes bemerkte dies und versetzte dem Dieb einen Fausthieb, sodass dieser zu Boden ging. Der Taschendieb wurde vom Sicherheitspersonal festgehalten und der Polizei übergeben. Durch diesen Vorgang waren alle eingesetzten Ermittler aufgeschreckt worden. Nachdem bis um vier Uhr in der Nacht nichts Verdächtiges vorgefallen war, wurde der Einsatz erfolglos abgeblasen und die Einsatzkräfte in den verdienten Feierabend entlassen.

Mit zehn Beuteln zu je einem Gramm Crystal Meth in der Tasche fuhr Barny auf den Parkplatz vor der Disco in Reutlingen. Er hatte die Absicht, die Drogen hier unters Volk zu bringen, und zwar als Einstiegsangebot zum Einkaufspreis von sechzig Euro das Gramm. In dieser Diskothek war er schon eine ganze Weile nicht mehr gewesen. Er hatte sich auf den Markt in Tübingen spezialisiert, weil es dort wesentlich mehr Abnehmer gab. Nun musste er aber seine Ware so schnell wie möglich verkaufen, denn er brauchte dringend Geld, und zwar Euros. Barny schlenderte an den Sicherheitsleuten vorbei ins Innere des Gebäudes. Da er keine Jacke mithatte, verzichteten die Türsteher auf seine Durchsuchung. Von früheren Besuchen her wusste er, dass im oberen

Bereich, der Shisha Bar die meisten potenziellen Kunden zu finden waren. Deshalb machte er sich auf direktem Wege nach oben. Unterwegs musterte er die anwesenden Gäste. Einige von ihnen kannte er von seinen früheren Besuchen. Die meisten waren ihm heute aber fremd. Oben angekommen ging er sofort an die Theke und holte sich einen alkoholfreien Drink. Er wollte kein Risiko eingehen. Auch hier oben sondierte er zuerst einmal die Lage. Es dauerte eine Weile, bis er sich an die Lichtverhältnisse gewöhnt hatte. Den ein oder anderen »Kunden« hatte er schon entdeckt, konnte aber keinen Blickkontakt zu ihnen herstellen. Blickkontakt bedeutete Interesse an Ware. In der Regel lief dann alles immer wieder gleich ab. Barny ging hinaus zur Toilette, dann kam der Kunde ein paar Minuten später nach. Beide standen nebeneinander am Pissoir und handelten den Preis mit Fingerzeichen aus. Bei Einigkeit folgte der Tausch Geld gegen Ware. Das alles ging wortlos über die Bühne. Barny lehnte sich an eine Wand und nippte an seinem Drink. Er hatte dabei immer die Theke im Auge, denn dort saßen einige der Junkies. Von Zeit zu Zeit schauten sich die Männer um, so als wollten sie nach ihm schauen. Er trat aus dem Hintergrund hervor und ging um die Theke herum. So mussten ihn die Junkies sehen. Dann ging er wieder zurück und lehnte sich wieder an die Wand. Irgendwie beschlich ihn das Gefühl, dass heute etwas nicht stimmte. Sein sechster Sinn sagte ihm, dass sich unter den Gästen Bullen eingeschlichen hatten. Dann kam einer der Junkies direkt auf ihn zu. Das war natürlich extrem gefährlich. Barny wich aus und suchte einen anderen Platz. Das sollte dem Mann zeigen, dass er nichts dabei hatte. Der Mann ging weiter zur

Toilette. Barny folgte ihm, vielleicht war doch noch ein Geschäft mit ihm zu machen. Kurz bevor er den Eingang erreicht hatte, griff ihn eine stahlharte Hand am Oberarm. Ein Riese von einem Mann stand da und zog ihn an sich heran.

»Wenn du bei uns Geschäfte machst, bist du ein toter Mann!«, brüllte der Kerl ihm ins Ohr.

Der Mann sah so aus, als gehörte er einer Rockergang an. Er hatte zwar keine Kutte an, aber die Tätowierungen an seinen Armen sprachen Bände. Barny löste sich aus der Umklammerung und sah dem Mann ganz ruhig in die Augen. Wäre die Begegnung nicht in der Disco gewesen, sondern irgendwo im Freien, so hätte der Kerl von Barny schon längst eine Kugel verpasst bekommen. So aber drehte er sich wortlos um und verließ das Gebäude. Offenbar hatte man ihn auf den diversen Überwachungskameras erkannt und nur auf den Moment gewartet, an dem er seine Drogen loswerden wollte. Während Barny zu seinem Auto ging, tauchte auch schon ein Streifenwagen mit eingeschaltetem Blaulicht auf. Also hatte es eine Schlägerei gegeben, bestimmt unter dem Einfluss von Alkohol und Drogen. Hierher brauchte er in der nächsten Zeit nicht mehr zu kommen, das Pflaster war zu heiß geworden. Also fuhr er weiter hinauf auf die Alb. In Engstingen gab er ebenfalls eine Disco, die zwar in der Mehrheit von der Jugend der Umgebung besucht wurde, aber dort verkehrten auch russischstämmige Jugendliche. Diese waren für ihn die ideale Zielgruppe. Nach einer guten halben Stunde Fahrt erreichte er Engstingen. Die Disco befand sich etwas außerhalb am Ortsrand. Hier oben war es empfindlich kühler, als unten in der Stadt. Da Barny keine Jacke dabei hatte, fror er auf dem Weg zum Eingang. Als er im Inneren der Disco war, musste er sich zuerst einmal wieder an das spärliche Licht gewöhnen. Hier oben war er selten, weil das große Geschäft nicht zu machen war. Die meisten Gäste waren Deutsche aus der Umgebung und die hatten mit Drogen nichts am Hut. Er wollte eben einfach nur mal sein Material an den Mann bringen, um zu testen, wie es wirkte. Außerdem musste er den Markt von Reutlingen ersetzen. Wieder suchte er nach potenziellen Kunden. Sein System mit dem Sichtkontakt klappte hier nicht. Also musste er die Leute direkt ansprechen. Er ging durch die tanzenden Menschen hindurch und sah sich um. Dann sah er einen jungen Mann an der Wand lehnen. Barny ging zuerst an ihm vorbei, um abzuchecken, ob er als Abnehmer infrage kommen würde. Sein Kennerblick sagte ihm, dass mit ihm ein Geschäft zu machen war. Also stand Barny neben den Mann und rempelte ihn leicht an. Der reagierte zunächst nicht. Dann nach dem zweiten Mal sah er Barny an. Der zeigte ihm in der Handfläche einen kleinen Beutel mit Crystal Meth. Der Mann grinste und machte ein Zeichen, was es kosten solle. Barny deutete den Preis mit den Fingern. Der Mann nickte und ging hinaus zur Toilette. Auf dem Weg dorthin überlegte Barny, ob es sich bei dem Mann nicht etwa um einen Spitzel handelte. Aber zu seiner Überraschung nahm der Mann sechzig Euro aus einem Geldbündel und gab es Barny.

»Das ist reinste Ware, nicht gestreckt!«, sagte Barny dem Mann ins Ohr.

»Kannst du mir zu dem Preis noch mehr besorgen?«, fragte der Mann mit heißerer Stimme.

»Ich hab noch neun Beutel da.«

»Ich will alle!«, krächzte er.

Dann griff er in seine Tasche und holte das restliche Geld heraus. Barny übergab die restlichen Beutel dem Mann und steckte das Geld ein.

»Wann kommst du wieder?«, fragte der Kunde.

»Wenn du willst, morgen!«

»Okay, morgen Abend, gleiche Zeit. Aber dann draußen!«

Barny nickte nur und ging dann aus der Toilette hinaus um das Gebäude zu verlassen. Schnurstracks ging er zu seinem Auto, denn es wurde ihm kalt. Das hatte er nicht erwartet. Nie und nimmer hätte er geglaubt, dass er hier oben seine Ware loswerden würde. Vielleicht konnte er in Engstingen einen kleinen Absatzmarkt aufbauen. Zufrieden fuhr er am frühen Morgen nach Hause.

Am Montagvormittag machten sich Kriminalhauptkommissar Gerhard Meininger und sein Kollege Kriminalkommissar Christian Fromm auf den Weg zur Spielbank nach Stuttgart. Meininger hatte zuvor das Management angerufen und seinen Besuch angekündigt. Der Verkehr lief gut um diese Zeit, denn nach weniger als zwanzig Minuten fuhren sie am Eingang zur Spielbank vor. Offiziell war noch geschlossen, aber ein Mitarbeiter wartete schon vor dem Eingang, um die beiden Kripobeamten in Empfang zu nehmen. Er führte sie in ein Büro, in dem der Direktor saß.

»Guten Tag meine Herren, womit kann ich Ihnen dienen? Setzen Sie sich doch bitte!«, sagte er freundlich, nachdem er aufgestanden war, und den beiden die Hände schüttelte.

»Wir wollen gleich zur Sache kommen! Es geht um einen Raubmord. Ein verdächtiger Täter ist ein gewisser Burghard Raiser. Ein weiterer Ermordeter ist Urs Knäbler, ein Schweizer. Dann gibt es noch mindestens einen dritten Täter, den wir noch nicht kennen. Bei Knäbler, wie auch bei Raiser haben wir Hinweise gefunden, dass sich die beiden hier bei Ihnen in der Spielbank aufgehalten haben. Wir suchen einen Zusammenhang zwischen den beiden. Haben sie Videoaufnahmen oder Ähnliches welches uns weiterhelfen könnte?«

»Wir haben natürlich ein Videoüberwachungssystem, das alle Räume zu unserer Sicherheit überwacht, allerdings sind wir mit dem Umgang der Aufzeichnungen sehr vorsichtig. Wir löschen alle Daten nach zehn Tagen. Außerdem verlangen wir von jedem Gast ein Ausweisdokument vor dem Eintritt.«

»Zehn Tage sagen Sie? Das könnte so gerade noch passen. Können wir die Aufzeichnungen einsehen?«

»Sehr ungern. Wenn da Details an die Öffentlichkeit kommen, haben wir ein Problem.«

»Es geht um einen Raubmord, bei dem den Gangstern etwa zwei Millionen Schweizer Franken in die Hände gefallen sind.«

»Okay, ich telefoniere nur mal kurz mit einem unserer Mitarbeiter.«

Der Mann nahm den Hörer des Telefons ab und sprach mit einem Mann am anderen Ende. Dann stand er auf.

»Folgen Sie mir bitte!«, sagte der Direktor.

Meininger und Fromm folgten dem Mann einen tristen Gang entlang. Hinter den Kulissen der Spielbank sah alles ganz anders aus. Dann öffnete der Direktor eine Tür. In einem kleinen Büro saß ein Mann und schaute gerade eine Videoaufzeichnung an.

»Das ist der Herr Walter, er ist für die Technik im Hause zuständig. Herr Walter können wir einmal die Aufzeichnungen von vor etwa zehn Tagen anschauen?«

»Kein Problem, welchen Abschnitt wollen Sie sehen?«, fragte der Mann geschäftig.

»Wenn Sie eine am Eingang haben. Dann könnten wir sehen, ob die betreffende Person überhaupt da war.«

»Kein Problem.«

Er öffnete einen Ordner auf dem Bildschirm, dann klickte er auf ein Video das mit »Entree« bezeichnet war. Da die Aufzeichnung um fünfzehn Uhr startete und um drei Uhr endete, war die Sichtung des Videos eine Mammutaufgabe. Der Mann ließ die Aufnahme schnell durchlaufen, sodass das Ganze eine halbe Stunde in Anspruch nahm. Keiner der beiden Verdächtigen war aber zu sehen gewesen.

»Gibt es noch eine andere Möglichkeit hereinzukommen?«, fragte Fromm.

»Nein, für die Gäste gibt es nur diesen Zugang. Wir haben natürlich einen Personaleingang und einen für die Lieferanten. Die sind aber verschlossen!«, antwortete der Direktor mit einem vorwurfsvollen Unterton.

»Also vor zehn Tagen waren die beiden nicht hier«, bemerkte Meininger enttäuscht.

»Weiter zurückgehende Aufzeichnungen gibt es nicht, die werden alle gelöscht. Wir können also nur die Aufzeichnung von vor neun Tagen anschauen!«, sagte Walter.

»Dann tun wir das doch!«, sagte Meininger.

Wieder öffnete Walter einen Ordner. Dann klickte er

auf ein Video. Eine ganze Weile verstrich, bis Fromm plötzlich »Da!« ausrief. Walter hielt den schnellen Vorlauf an und fuhr an der Zeitleiste den Pfeil wieder zurück. In Normalgeschwindigkeit konnte man dann ganz deutlich Urs Knäbler erkennen, wie er seinen Schweizer Pass dem Personal an der Eingangstheke vorlegte. Knäbler sah müde aus, oder aber der Eindruck wurde durch seine hängenden Augenlider verstärkt.

»Haben wir eine Einstellung, wo sich der Mann hinbewegt?«, fragte Meininger aufgeregt.

»Der geht zum Spieltisch zwei, der ist öfters hier!«, sagte der Direktor.

Also wurde eine Kameraeinstellung von den Spieltischen, an denen Roulette gespielt wurde, aufgerufen. Und tatsächlich trat Urs Knäbler an den Tisch heran. Da kein Platz frei war, stand er in der zweiten Reihe. Hin und wieder legte er einen Jeton auf den Tisch. Offenbar gewann er aber nichts. Enttäuscht schüttelte er den Kopf. Man konnte deutlich Schweißperlen auf seiner Stirn sehen. Dann wurde ein Platz vor ihm frei. Eine ältere Dame erhob sich und ging nach hinten weg. Knäbler setzte sich und wippte aufgeregt vor und zurück. Wieder hatte er verloren. Man sah deutlich, wie er auf die Zähne biss. Dann wurde wieder ein Platz neben ihm frei. Und siehe da, Burghard Raiser kam ins Bild und setzte sich neben Knäbler. Die beiden sprachen kein Wort miteinander, ja sahen sich nicht einmal an. Dann setzte Raiser einen Stapel Jetons auf eine bestimmte Stelle. Dann sah man das Entsetzen der Mitspieler, als der Croupier alles was auf dem Tisch lag, Raiser zuschob. Der ordnete die Jetons in aller Ruhe. Knäbler sah Raiser entsetzt an, denn offenbar hatte er keine Jetons mehr. Dann stand Raiser auf und gab Knäbler einen Jeton und sagte etwas zu ihm. Knäbler legte den Jeton ebenfalls auf eine bestimmte Stelle und gewann. Er strich die Jetons hastig ein und entfernte sich vom Spieltisch.

»Daran kann ich mich noch erinnern!«, sagte der Direktor, »der Gast hatte an dem Abend über zwanzigtausend Euro gewonnen, der Schweizer gleich darauf zehntausend!«

»So kam also die Zusammenarbeit der beiden zustande. Knäbler hat dem Raiser bestimmt erklärt, wo er arbeitete. Und dann kam die Sprache auf den Mann, der einen Haufen Geld holte, ohne die üblichen Sicherheitsmaßnahmen zu ergreifen«, sagte Fromm.

»Vielen Dank für Ihr Entgegenkommen! Sie haben uns sehr weitergeholfen!«, sagte Meininger und verabschiedete sich.

»Wie kann ein Mann, wie dieser Hörmann so blöd sein, mit zwei Millionen Schweizer Franken durch den Wald zu spazieren?«, fragte Fromm auf der Rückfahrt.

»Wie willst du sonst dein illegales Guthaben aus der Schweiz bekommen? Im Auto etwa?«

»Trotzdem unglaublich!«

»Der hatte halt unbegrenztes Vertrauen in den Knäbler. Vielleicht hat der Knäbler dem Hörmann sogar den Tipp mit dem Wanderweg gegeben! Als Nächstes müssen wir das Umfeld von diesem Hörmann durchleuchten.«

»Der Carsten und der Willi sind gerade unterwegs und erledigen das!«, antwortete Fromm.

Die Kriminalhauptmeister Carsten Dombrowski und Willi Früh waren auf dem Weg zum Göllesberg hinauf, um die Nachbarn von Hans Hörmann näher zu befragen. Dombrowski parkte den Dienstwagen direkt vor der Garage Hörmanns. Beide Beamte stiegen aus und schauten sich um.

»Ruhige Gegend, was?«, bemerkte Früh.

»Für mich zu ruhig. Siehst du da irgendwo einen Bäcker oder eine Kneipe?«

»Bäcker hat es keinen, aber da drüben ist der Stahlecker Hof. Das kannst du gut und reichlich essen.«

»Wohnt hier oben überhaupt jemand? Da regt sich doch nichts!«

»Das werden wir gleich wissen«, sagte Früh ging zum Haus gegenüber.

Kurz, nachdem er geklingelt hatte, wurde auch schon die Haustüre geöffnet. Eine ältere Frau schaute zuerst den einen und dann den anderen erstaunt an.

»Was kann ich für Sie tun?«, fragte sie.

»Guten Tag, wir sind von der Kripo! Wir hätten ein paar Fragen an Sie«, sagte Dombrowski und zeigte seinen Dienstausweis.

»Die Kripo? Bei uns? Was ist denn passiert? Kommen Sie doch herein!«, sagte sie nun mit krächzender Stimme.

Dombrowski und Früh folgten ihr in das Innere des Hauses. Die Frau führte die beiden auf eine schattige Terrasse.

»Bitte setzen Sie sich doch! Darf Ihnen etwas anbieten?«, fragte sie höflich.

»Nein danke«, sagte Dombrowski. »Es geht um Ihren Nachbarn den Herrn Hörmann. Wir hätten da ein paar Fragen!«

»Der Herr Hörmann, was ist denn mit ihm? Den hab ich schon über eine Woche nicht mehr gesehen.«

»Das wollte ich gerade sagen, wann haben sie den Mann zum letzten Mal gesehen?«

»Das war vor ein paar Tagen!«, sagte plötzlich eine männliche Stimme aus dem Inneren.

»Oh, das ist mein Mann. Heinz, die Herren sind von der Kriminalpolizei!«, sagte die Frau unsicher.

»Was ist denn mit dem Hans?«, erkundigte sich der Mann.

»Der Herr Hörmann ist einem Gewaltverbrechen zum Opfer gefallen.«

»Das gibt es doch nicht! Und wann war das?«, entrüstete sich der Mann.

»Vor etwa zehn oder elf Tagen. Um wie viel Uhr haben sie den Herrn Hörmann gesehen?«

»Das war am Nachmittag. Ich weiß es deshalb so genau, weil ich da gerade vom Autohändler gekommen bin. Ich hab mir einen neuen Audi geholt. Das hab ich den protzigen Brabus vor der Garage stehen sehen. Allerdings war der dann gleich wieder weg!«

»Am Nachmittag sagen Sie? Das ist schwer möglich, außer die Autopsie hätte sich getäuscht. Denn der Todeszeitpunkt von Herrn Hörmann wurde auf den frühen Nachmittag festgelegt. Und vom Bodensee bis hierher braucht man sicherlich mehr wie eineinhalb Stunden«, erklärte Früh.

»Sie sagten was von einem Protzauto. Was war denn das für eines genau?«

»Na, so ein Brabus! Kennen sie den nicht? Das ist ein Daimlerumbau mit siebenhundert PS. Ne rabenschwarze Karre. Ich wollte so ein Auto nicht haben, der wäre mir zu teuer!«

»Und sie sind sicher, dass Sie Herrn Hörmann an diesem Nachmittag gesehen haben?«

»Gut, es kann auch nur sein Diener gewesen sein. Der

hatte einen Russen eingestellt, weil er immer wegen der Einbrecher Schiss hatte!«

»Aha, und wie hieß der Russe?«

»Georg, ja ich glaube Georg. Der hat nie mit uns gesprochen, der hielt sich immer im Hintergrund. Der Hans hat ihn auch nicht erwähnt, ich glaube, der war nicht angemeldet, warum auch immer! Dann hat womöglich der Russe den Hans umgebracht und ist mit dem Auto getürmt. Das kann natürlich sein, denn der war an dem Tag schnell wieder weg!«

»Eine andere Frage, hatte der Herr Hörmann Angehörige?«

»Ja, eine Schwester. Die war aber schon lange nicht mehr hier oben! Eigentlich seit Hans die Firma veräußerte. Ich glaube, da gab es ziemlich Zoff!«

»Wissen Sie, wie die Schwester jetzt heißt und wo sie wohnt?«

»Sie heißt Heidecker, Claudia Heidecker und wohnt in Pfullingen am Ahlsberg. Wo genau weiß ich nicht. Wir haben mit der keinen Kontakt, weil die einen leichten Piep hat, wenn Sie wissen, was ich meine!«

»Okay, jetzt wissen wir schon mehr! Danke für die Auskunft. Sollte Ihnen noch etwas einfallen, rufen Sie uns an!«, sagte Dombrowski und gab dem Mann seine Visitenkarte.

Als die beiden wieder im Auto saßen, erkundigte sich Früh zuerst bei der Zulassungsstelle nach dem Auto von Hörmann. Tatsächlich war ein Brabus vom Typ E700, Farbe anthrazitmetallic auf Hörmann zugelassen. Das Kennzeichen trug die Initialen »HH«. Vorsorglich veranlasste Früh eine Fahndung nach dem Fahrzeug. Der Name des Russen, der sich in Diensten von Hörmann befand, würde da mehr Probleme bereiten, vor allem, wenn er tatsächlich nicht bei der Sozialversicherung gemeldet worden war. Dies musste durch eine Rückfrage bei den Steuerbehörden geklärt werden. Kriminalhauptmeister Früh setzte sich telefonisch mit der Dienststelle in Verbindung und gab die Erkenntnisse durch. Des Weiteren gab er seinen Kollegen Bescheid, dass er und Dombrowski als Nächstes auf den Ahlsberg fahren wollten, um die Schwester Hörmanns zu befragen. Früh hatte über das Einwohnermelderegister herausgefunden, dass Claudia Heidecker im Roßbergweg wohnte. Nach etwa zwanzig Minuten erreichten die beiden ihr Ziel. Das Wohnhaus von Frau Heidecker befand sich ganz am Ende der Straße. Der Baustil entsprach dem der späten sechziger Jahre. Es handelte sich um ein Flachdachgebäude mit angebauter Garage. Die Garage war leer. Trotzdem läutete Früh an der Haustüre. Wie erwartet öffnete niemand. Auch nach dem zweiten Läuten nicht.

»Sieht so aus, als wäre die Dame shoppen gegangen!«, sagte Dombrowski.

»Ja, sieht so aus! Was machen wir, kommen wir später noch mal?«

»Bleibt uns nichts anderes übrig!«, brummte Früh und stieg wieder in den Dienstwagen.

Also fuhren sie wieder die Straße zurück. Gerade als sie in die Wackersteinstraße abbiegen wollten, kam ihnen ein Mini entgegen. Willi Früh erkannte auf dem Nummernschild die Initialen »CH«.

»Ich glaube, da kommt die Dame gerade!«, sagte er.

Dombrowski hielt an und schaute in den Rückspiegel. Tatsächlich wurde der Mini direkt in die Garage gesteuert. Also wendete Dombrowski und fuhr wieder zurück. Inzwischen war das Garagentor geschlossen worden und von der Frau keine Spur. Wieder klingelte Früh. Es dauerte eine Weile, dann hörte man hinter der Haustüre ein Schimpfen. Rückartig wurde die Tür geöffnet.

»Ich habe Ihnen doch gesagt, dass ich nicht den Stromanbieter wechseln will!«, rief eine ältere Frau mit ziemlich braunem, runzligem Gesicht.

»Wir sind nicht von der FairEnergie, sondern von der Kripo!«, sagte Dombrowski gelassen und hielt ihr den Dienstausweis unter die Nase.

»Die waren nicht von der FairEnergie! Die kamen von irgendeinem grünen Sonnenscheinmist!«, schimpfte sie. »Und was wollen Sie? Sammeln Sie für die Polizeiwohlfahrt oder was?«

»Wir sammeln Erkenntnisse zum Tod Ihres Bruders! Dazu hätten wir ein paar Fragen an Sie!«

»Mein Bruder? Tot? Wie das?«, stammelte sie.

»Das wüssten wir auch gerne. Wann haben Sie ihren Bruder zum letzten Mal gesehen?«

»Keine Ahnung. Zwei Monate, drei Monate? Ich hab kein besonders gutes Verhältnis zu ihm, müssen Sie wissen. Seit er die Firma unseres Vaters verhökert hat, liegen wir im Clinch.«

Willi Früh sah die Frau genauer an. Sie musste schon über Sechzig sein und war einmal sicher hübsch gewesen. Jetzt war sie nur noch ein Schatten ihrer selbst. Ihre gebräunte Haut war in der Halsgegend stark faltig. Früh verglich solche Frauen immer mit einem Leguan, was natürlich äußerst schamlos war! Bei diesem Gedanken musste er ein Grinsen unterdrücken.

»Wussten Sie, dass Ihr Bruder einen Angestellten hatte, der bei ihm wohnte?«, fragte Dombrowski weiter.

»Sie meinen den Russen? Oder besser, er ist Georgier. Ja, da wusste ich. Mein Bruder hatte Angst, in seiner Einöde da oben überfallen zu werden. Nun hat es ihn also doch erwischt, war es der Russe?«

»Das wissen wir nicht. Können Sie sich erinnern, was Sie vor zehn Tagen gemacht haben und wo Sie waren?«, fragte Willi Früh.

»Vor zehn Tagen? Wenn da schönes Wetter war, hab ich Tennis gespielt. Wenn es nicht schön war, bin ich im Waldcafé gesessen und hab mit meinen Freundinnen Karten gespielt.«

»Woher wissen Sie das so genau?«

»Weil ich das so jeden Tag mache. Seit über zehn Jahren!«

»Ach und zwischendurch fahren Sie nicht mal weg oder so?«

»In letzter Zeit nicht mehr. Ich fahre nicht mehr gerne so große Strecken. Man ist ja nicht mehr die Jüngste!«, sagte sie und machte eine Pose, die ihre Figur betonen sollte.

Wieder musste sich Willi Früh beherrschen, dass er nicht loslachte. Dombrowski hingegen blieb ungerührt.

»Kennen Sie den Namen von dem Russen?«, fragte Früh.

»Wie hieß denn der noch schnell? Georg irgendwas. Ich komm nicht drauf…«

»Georg ist doch eigentlich kein russischer Name.«

»Der war ja auch kein Russe, sondern Georgier. Iaschwilli, jetzt weiß ich es wieder! Georg Iaschwilli!«

Dombrowski notierte sich den Namen, während Früh sich in der Wohnung umsah. An einer Wand hingen ein paar Fotos, die offenbar Angehörige darstellten.

»Sind das Verwandte von Ihnen?«, fragte Willi Früh.

»Ja, warum?«

»Ach nur so! Sind Sie verheiratet, wenn ich fragen darf?«

»Nicht mehr. Mein Mann starb vor fünf Jahren bei einem Unfall! Und das sind meine Söhne. Der eine ist Geschäftsführer und der andere ist Produktmanager bei einem internationalen Konzern.«

»Gut, dann wäre es das für den Moment. Wenn wir noch Fragen haben, kommen wir dann einfach wieder vorbei. Wenn Ihnen noch etwas einfällt…«, sagte Dombrowski und gab ihr eine Visitenkarte.

Auf der Dienststelle fand im Anschluss der Ermittlungen eine Besprechung statt. Die Laborergebnisse des Geschosses, welches Raiser getötet hatte, waren eingetroffen. Es handelte sich dabei um das Kaliber neun Millimeter. Ein Vergleich mit dem Projektil, das Hans Hörmann umgebracht hatte, ergab, dass es aus derselben Waffe abgefeuert worden war. Die Fahndung nach Georg Iaschwilli und den entwendeten Brabus Hörmanns wurde europaweit ausgedehnt. Die Ermittler suchten in der Sozialversicherungskartei nach dem Namen des Georgiers. Dort war er geführt worden, und zwar bis vor einem Jahr. Er hatte bei einer Werttransportfirma als Fahrer gearbeitet. Jetzt hatte man endlich auch ein Foto von dem Mann. Auf der Homepage der Firma Brabus lud Meininger ein Foto des Autos von Hörmann herunter.

Willi Früh erkundigte sich telefonisch bei der Firma, ob es möglich sei, dass diese Fahrzeuge als Diebstahlschutz einen GPS-Sender an Bord hätten. Der Ansprechpartner bei Brabus erklärte, dass dies grundsätzlich möglich ist, wenn der Kunde dies wünscht. Um diesen Sender zu aktivieren, sind aber das Einverständnis des Halters und der Fahrzeugbrief notwendig.

»Sagt mal, ist euch bei der Durchsuchung der Wohnung von Hörmann ein Fahrzeugbrief in die Hände gefallen?«, fragte Willi Früh die anderen.

»Nicht dass ich wüsste!«, antwortete Gerhard Meininger und hob den Telefonhörer ab, um bei seinem Kollegen von der Steuerfahndung nachzufragen. Dieser versicherte, solch ein Dokument nicht gefunden zu haben. Also hatte Iaschwilli Zugang zum Tresor von Hörmann oder dieser hatte so viel Vertrauen und überließ dieses Dokument dem Georgier. Fakt war, ohne dieses Dokument konnte eine Ortung offenbar nicht stattfinden. Um die Sache zu beschleunigen, rief der Kriminalhauptkommissar beim Staatsanwalt an. Der versprach, sich um die Sache zu kümmern. Nachdem nun eine Fotografie von Georg Iaschwilli vorlag, lud Meininger den einzigen Zeugen, der den Georgier gesehen haben könnte, auf die Dienststelle vor. Es war dieser schrullige Karl Kern aus Rommelsbach. Der versprach, noch heute vorbei zu kommen. Des Weiteren wurden die Fahndungsergebnisse an die Medien weitergegeben. Sogar der SWR wollte in seiner Sendung Kriminalreport Südwest auf den Fall eingehen. Carsten Dombrowski beschäftigte sich mit dem Umfeld von Hans Hörmann. Tatsächlich hatte er nur eine Schwester. Diese hatte zwei Söhne, die aber bisher in keiner Datei als straffällig gemeldet wurden. Weitere Informationen über die Familie waren nicht zu erhalten. Die Firma, die Hörmann leitete, war an einen Schweizer Investor verkauft worden, der sie später abwickelte. Meininger brachte den Vorschlag ein, ehemalige Mitarbeiter der Firma Hörmann herauszufinden und sie nach den Verhältnissen der Verwandtschaft untereinander zu befragen. Wie aber sollte man an die Namen und Adressen der Leute kommen? Christian Fromm schlug vor, doch bei der Gewerkschaft anzurufen, denn in der Firma gab es sicherlich einen Betriebsrat. Also wählte er die Nummer der IG Metall in Reutlingen. Der Sekretär des Ortsverbandes gab ihm zur Auskunft, dass die Firma Hörmann keinen Betriebsrat hatte und auch nicht im Arbeitgeberverband war. Er wusste über die Firma nur, dass sie bis zum Verkauf sehr familiär geführt wurde. Hörmann duldete keine Einmischung von außen und somit auch nicht die Installation eines Betriebsrates. Innerbetriebliche Probleme wurden immer im Einvernehmen mit der Belegschaft gelöst. Dies änderte sich nach Einstieg der Schweizer Investoren. Da gab es dann einen Betriebsrat, der aber nicht verhindern konnte, dass die Firma abgewickelt worden war. Der Mann gab die Adresse des ehemaligen Betriebsratsvorsitzenden durch. Der Mann war inzwischen in Rente gegangen und wohnte in Walddorfhäslach. Sein Name war Waldemar Bauer. Er wohnte im Ortsteil Walddorf in der Gustav-Werner-Straße. Carsten Dombrowski und Willi Früh wollten sich am nächsten Tag um den Mann kümmern. Zunächst aber erschien Karl Kern auf der Dienststelle. Er saß im Besucherraum und wartete, bis er an die Reihe kam. Kriminalhauptkommissar Gerhard Meininger bereitete sich darauf vor und bat dann den Mann ins

Büro einzutreten. Karl Kern stand zunächst zögernd im Türrahmen und schaute sich verwundert um.

»Bei de Kriminaler be e au no ett gwea!«, stellte er mit rollendem »R« fest.

»Setzen Sie sich bitte!«, forderte ihn Meininger auf.

Zögernd nahm er Platz und sah sich neugierig auf dem Schreibtisch Meiningers um. Der klappte die vor ihm liegende Akte zu und legte sie beiseite.

»Herr, äh …«

»Kern, Karl, äwell no! Hent sia au so a Problem mit de Nama? I au! Sia send doch aber no et so alt, wia i!«

»Ja wissen Sie, ich muss auch viel denken, vor allem an so einem Tag, wie heute.«

»Ja worom, geits Gehalt?«, fragte Kern erstaunt.

»Herr Kern, Sie haben angegeben, dass Sie am Tag, als Burghard Raiser erschossen wurde, den Begleiter gesehen haben. Stimmt das?«

»Wa hoißt gsea, jo! Der isch halt mit deam Raiser ens Haus neigloffa. No hann en kurz gsea. Narr dem hot ma da Verbrecher schau an der Visasch ogsea!«

»Schauen Sie sich bitte dieses Bild an. Könnte das der Mann gewesen sein?«

Meininger reichte den Ausdruck eines Fotos von Georg Iaschwilli über den Schreibtisch. Kern holte eine verbogene Lesebrille hervor, betrachtete das Foto eingehend und verzog das Gesicht. Dann schüttelte er den Kopf und sagte: »Der sieht doch ett aus wia dr Gunter Sachs! Der do hot an Vierkantscheadel wia an Russ. Des khet an Bruader vo deam Boxer sai! Der Klitschko oder wia der hoißt!«

»Sind Sie sich da ganz sicher?«

»Sia megat mi zwar fir bled halda, aber seha dur i no

guat! Und der do sieht et wia dr Gunter Sachs aus! Sell isch amol sicher!«

»Ja, gut. Dann hätte ich hier noch ein Foto. Haben sie dieses Auto vor dem Haus von Ihrem Nachbarn gesehen?«

»Noi! I Hann doch gsait, des sei an VW Golf gwea! Sieht der Karra do vielleicht aus wia an VW? Was sich denn des fir a Fabrikat, des kenn i gar ett!«

»Das Auto ist selten, das stimmt. Okay, dann war es das. Wir danken für Ihre Mitarbeit. Wenn wir noch etwas wissen wollen, melden wir uns bei Ihnen!«

»Sei reacht. Kriagt ma do au a Aufwandsentschädigung?«

»Nein, eine Aussage zu einem Mordfall ist Bürgerpflicht!«

»Do drfo hann i aber ett gfressa!«, polterte Kern und verließ das Büro.

Als der Mann weg war, öffnete Dombrowski das Fenster.

»Kann es sein, dass der Kerl da ein wenig müffelt?«, fragte Früh und ging zum Fenster.

»Ein wenig ist gut! Es ist bis jetzt unser einziger Zeuge, der den Mörder von Raiser, dem Schweizer und Hörmann gesehen hat. Darf man seiner Aussage glauben, dann war es nicht der Georgier. Es stellt sich dann aber die Frage, wer ist der Mörder? Wurde er etwa auch erschossen? Und vor allem, wo ist das Auto? Auf dem deutschen Markt kann man solch ein Fahrzeug unmöglich verkaufen, ohne dass es auffällt. Selbst wenn man im Besitz des Fahrzeugbriefes ist. Die Russen sind auf diese Autos scharf, also liegt es doch nahe, dass sich Iaschwilli in seine Heimat abgesetzt hat. Ich hoffe, der Staatsanwalt erreicht was bei der Suche nach dem Auto. Ach übrigens, die gefundenen Radspuren, die am Tatort am Bodensee sichergestellt werden konnten, gehörten zu einem alten VW-Bus. Ein Trödelhändler aus dem Hinterland des Bodensees konnte als Verursacher der Müllablagerung ermittelt werden. Er hat nichts mit dem Tod von Hörmann zu tun«, sagte Meininger und stand auf.

Er schaute auf die Uhr, es war wieder später geworden. Er schnappte sich seinen Hund und machte Feierabend.

Gerhard Meininger saß etwas nervös auf der Eckbank in seiner Küche. Um sieben Uhr wollte die Vertreterin der Immobilienfirma vorbeikommen. Es ging um die Besichtigung von zwei Wohnungen im Französischen Viertel in Tübingen. Alternativ könnte er auch nach Reutlingen umziehen, was natürlich einen kürzeren Weg zur Dienststelle zum Vorteil hatte. Da er sich aber an das Leben in der Universitätsstadt gewöhnt hatte, favorisierte er eher das erste Angebot. Immer wieder blickte er aus dem Fenster. Eine Frau Förster hatte ihn angerufen, um ihr Kommen anzukündigen. Sie wurde ihm von einer Bekannten empfohlen. Am Telefon hatte die Frau eine angenehm samtige Stimme. Jetzt war er gespannt, wie die Frau aussah. Punkt sieben Uhr fuhr ein Kleinwagen vor. Eine Blondine mit halblangem Haar stieg aus und ging auf das Gartentor Meiningers zu. Sie drückte kurz auf den Klingelknopf und wartete. Meininger ließ sich ein bisschen Zeit, damit nicht der Eindruck entstand, er habe auf die Frau gewartet. Dann machte er die Haare zurecht und ordnete sein Hemd. Anschließend ging er zur Haustür und betätigte den Öffner des Gartentors. Die Frau streckte ihre Hand aus und kam mit einem geschäftigen Lächeln auf ihn zu. Sie war hübsch, verdammt hübsch!

»Guten Tag Herr Meininger, wir haben telefoniert? Ich bin die Amelie Förster!«, sagte sie überfreundlich.

»Ja, so ist es! Kommen Sie doch herein!«, forderte er sie auf.

Er ging voraus ins Wohnzimmer. Dann bot er der Frau einen Platz an und setzte sich selber auf dem großen Sofa. Bärbel lag auf ihrem Schlafplatz und musterte die Besucherin aufmerksam. Hin und wieder gab sie ein leises »Wuff« ab, offenbar war sie eifersüchtig geworden. Die Frau öffnete eine Tasche und legte einige Formulare auf den Tisch und dann einen Lageplan.

»Also, es gäbe da eine Wohnung im Henriettenweg, sehr ruhig gelegen, direkt am Waldrand. Die Alternative wäre im Mistralweg, allerdings direkt an der Bundesstraße. Wobei die zweite Wohnung natürlich erheblich preiswerter wäre.«

»Wie viel müsste ich drauflegen, wenn ich die erste Wohnung nehmen würde?«

»Nichts, im Gegenteil. Der Wert ihres Grundstückes übertrifft bei Weitem den Kaufpreis der Wohnungen, die ich im Angebot habe.«

»Das hört sich nicht schlecht an. Dann schlage ich vor, schreiten wir doch zur Besichtigung«, sagte Meininger und stand auf.

Amelie Förster stand nun ebenfalls auf. Sie zog sich dabei ihren Rock zurecht. Meininger erhaschte mit einem

Seitenblick ihr kleines Bäuchlein. Sie stand also gut im Futter. Als die beiden das Wohnzimmer verließen, trabte Bärbel hinterher

»Du musst leider dableiben«, sagte Meininger und schob den Hund zurück auf seinen Teppich. Bärbel sah ihn mitleidig mit ihren schwarzen Augen an.

»Och, kann die süß kucken!«, sagte Amelie Förster mitleidig.

Sie streichelte den Hund über den Kopf. Dabei bemerkte Meininger, dass sie keinen Ehering trug.

»Sie ist es gewohnt, manchmal alleine zu sein. Die schläft dann, bis ich wieder komme«, erklärte Meininger.

Im Kleinwagen von Amelie Förster ging es ins Französische Viertel, welches am Südostrand von Tübingen lag. Vor dem Haus befand sich ein reservierter Parkplatz.

»Dieser Parkplatz gehört zu der angebotenen Wohnung. Da hat zuvor ein Professor drin gewohnt, der musste nun in ein Pflegeheim gebracht werden, weil er sich nicht mehr selbst versorgen konnte. Der gute Mann ist fünfundneunzig Jahre alt. Sie können aber auch einen Tiefgaragenplatz haben, da gibt es eine Option drauf. Die Wohnung befindet sich im obersten Geschoss. Die ist richtig toll, Sie werden begeistert sein!«, jubilierte die Frau.

Das Haus war in moderner Bauweise errichtet und hellblau angestrichen worden. Im Treppenhaus gab es einen Lift, der geräumig war.

»Der Aufzug ist wegen eines etwaigen Möbeltransportes so groß gehalten. Praktisch gell?«, sagte Amelie Förster lächelnd.

Nach wenigen Sekunden waren sie oben angekommen. Amelie Förster verließ als Erste den Aufzug, sodass

Gerhard Meininger ihrem Parfümduft folgen konnte. Es war ein süßlicher, angenehmer Duft, der ihm die Sinne raubte. Sie wusste, mit ihren Reizen umzugehen, denn sie schwang ihre Hüften auffällig als sie vor ihm zur Eingangstür der Wohnung ging. Dann schloss sie die Tür auf und ging in die Wohnung hinein. Zum Erstaunen Meiningers war die Wohnung noch komplett eingerichtet.

»Die Möbel können günstig übernommen werden, sie sind äußerst hochwertig. Das hat den Vorteil, dass der Umzug rasch vonstatten geht. Es gibt keine Erben von dem Herrn Professor, das heißt, man müsste das Meiste hier drin entsorgen, was eigentlich schade wäre.«

Meininger sah sich zuerst einmal um. Durch die Lage der Wohnung im Haus hatte man einen wunderschönen Ausblick hinaus auf die Natur. Es gab einen Balkon nach Süden und eine noch größere Veranda, die als Dachgarten gestaltet war. Eine schöne Sitzgruppe in Leder und ein Schrank in neoklassizistischem Stil bildeten die Ausstattung im Wohnzimmer. Die Küche hingegen war nicht so groß, wie bei ihm zu Hause. Auch das Bad war kleiner, reichte aber völlig aus.

»Der Zuschnitt dieser Wohnung ist für zwei Personen optimal konzipiert. Sie sind zu zweit?«

»Nein, nicht mehr. Meine Frau ist vor über einem Jahr an Krebs verstorben«, sagte Meininger mit belegter Stimme.

»Oh, das tut mir leid«, sagte Amelie Förster.

»Na ja, damit muss ich klarkommen. Deshalb möchte ich auch raus aus meinem Haus. Ich möchte was anderes sehen.«

»Das kann ich gut verstehen. Mir ging es ähnlich. Mein Mann hat sich totgesoffen. Das muss ich leider so krass formulieren. Ich bin in den letzten Jahren durch die Hölle gegangen. Und dann haben wir auch noch im Haus der Schwiegereltern gewohnt. Als mein Mann starb, entschloss ich mich sofort, von dort wegzuziehen. Jetzt geht es mir wieder besser. Ich wohne übrigens gleich gegenüber, da in dem gelben Haus«, sagte sie und deutete auf ein Haus in der Nachbarschaft.

Sie war plötzlich ganz anders, nicht mehr so geschäftlich. Ihre Worte empfand er weicher und sie strahlte eine wohltuende Wärme aus. Meininger war hin und weg. So etwas war ihm seit seiner Jugend nicht mehr passiert. Er hatte wahrhaftig Schmetterlinge im Bauch, dass es so etwas in seinem Alter noch gab? Wie alt mochte sie sein? Fünfundvierzig, fünfzig? All seine Warnmechanismen, die ihn vor einem Reinfall bewahren sollten, waren außer Betrieb gesetzt. Sie erzählte ihm noch weitere Einzelheiten, wie Nebenkosten und Hauspflichten, die er gar nicht hörte, oder nur weit entfernt. Erst das Klingeln seines Handys holte ihn wieder zurück aus seiner Traumwelt.

»Ja!«, raunte er barsch ins Telefon.

Es war Carsten Dombrowski, der mal wieder Spätdienst hatte. Er hatte Neuigkeiten im Fall Iaschwilli zu vermelden, die er Meininger nicht vorenthalten wollte.

»Entschuldigung, Dienstgespräch!«, sagte er zu Amelie Förster und wandte sich ab.

Er drehte sich aber so um, dass er in einem Spiegel an der Wand die Frau beobachten konnte. Die blätterte hin und wieder in ihren Unterlagen und musterte aber dann hin und wieder den telefonierenden Kriminalhauptkommissar. Der versuchte natürlich, eine gute Figur abzugeben.

»Das ist ja interessant! Ich denke, da wissen wir morgen mehr darüber!«, sagte er.

Dombrowski, der ja Meininger schon lange kannte, musste das Telefonat seltsam vorkommen, denn so lasch hatte sich Meininger zuvor nie geäußert. In guten Zeiten wäre er sofort auf die Dienststelle gekommen und hätte die Jagd aufgenommen. Carsten Dombrowski berichtete nämlich, dass das Auto Hörmanns geortet worden war. Auf Druck des Staatsanwaltes hatte der Hersteller eingewilligt, nach dem Auto zu suchen. Der Standort des Fahrzeuges befand sich unweit der ukrainischen Grenze in der Stadt Braila. So weit war Iaschwilli also gekommen. Hatte er dort das Auto zurückgelassen oder gar verkauft? Diese Frage stellte sich der Kriminalhauptkommissar im Moment. Dann blickt er wieder heimlich in den Spiegel. Amelie Förster hatte inzwischen eine Lesebrille aufgezogen und sah damit irgendwie witzig aus.

»Entschuldigung, ich hätte das Ding auch ausschalten können!«

»Das ist Ihr Job, so ist es nun mal! Sie sind bei der Polizei?«, fragte sie beiläufig.

»Ja, bei der Kripo in Reutlingen«, antwortete er.

»Da wäre ja das Objekt in Reutlingen ja eigentlich interessanter für sie!«

»Nein, nein, mir gefällt es in Tübingen. Die Wohnung ist toll. Ich bin dran interessiert, sehr sogar!«

»Schön, das freut mich! Dann können wir ja den Vertrag fertigmachen«, sagte sie und klappte lächelnd ihre Mappe zu.

Dann verließen sie die Wohnung und gingen wieder zum Aufzug. Während der Aufzug nach unten fuhr, fragte Amelie Förster plötzlich: »Kaufen Sie die Wohnung mir zuliebe?«

Meininger war völlig perplex, mit dieser Direktheit hatte er nicht gerechnet.

»Vielleicht auch, ja«, stammelte er.

»Nur vielleicht?«, fragte sie und kam ihm sehr nah.

»Nicht vielleicht«, stammelte er.

Beinahe hätte er sie geküsst, aber da ging die Aufzugstür auf und eine ältere Frau trat hinein. Amelie Förster ging lächelnd vor Meininger her zu ihrem Auto. Dann stiegen beide ein und fuhren zurück. Während der Fahrt sprachen sie kein Wort. Niemand wollte wohl den ersten Schritt wagen.

»Ich melde mich, wenn ich die nötigen Papiere fertig habe. Wenn du möchtest, kümmere ich mich um den Verkauf deines Hauses. Wie heißt du übrigens mit Vornamen?«, fragte Amelie.

»Gerhard«, konnte er nur noch sagen, dann versank er in ihren Armen.

Barny hatte eine erfolgreiche Geschäftsreise hinter sich. Er war nach Südtirol gefahren und hatte dort in Bozen in einer Diskothek seine Ware an den Mann gebracht. Und das ging unerwartet gut. Die Junkies da unten rissen ihm förmlich die Ware aus der Hand. Gut, er hatte natürlich einen extrem guten Preis gemacht. Dies rief natürlich die italienische Konkurrenz auf den Plan. Deshalb machte er sich auch wieder schnell vom Acker. Immerhin hatte er hundert Gramm Crystal Meth losbekommen. Auch in Südtirol lief eine Geschäftsanbahnung immer nach demselben Prinzip. Zuerst nach Leuten Ausschau halten, deren Gesichtsfarbe aschfahl war. Noch besser waren die, die schon vom intensiven Meth-Konsum Pickel auf der Haut bekamen. Da brauchte er nur ein Beutelchen zeigen, dann sprangen die sofort an. Wenn er dann noch unter dem üblichen Preis anbot, dauerte es nicht lange und das Geschäft war perfekt. Einige seiner Kunden kauften gleich mehrere Portionen. Die wurden dann gestreckt und weiterverkauft. Immerhin hatte er sechstausend Euro umgesetzt, was ihm wieder eine Weile reichte. Trotzdem wollte er am nächsten Abend wieder mal nach Tübingen fahren und dort den Markt abklappern. Die beiden jungen Männer, welchen er die gestreckte Ware angedreht hatte, blieben für ihr restliches Leben blind. Das hatte er aus der Zeitung erfahren. Das Schicksal der beiden berührte ihn weniger, kein Mensch hatte die beiden gezwungen, das Zeug zu nehmen. Privat dagegen lief es gerade nicht so berauschend. Eigentlich wollte er sich schon längst von seiner Freundin trennen, aber das war gefährlich, denn er wusste nicht, wie weit die in seine Geschäfte Einblick hatte. Sie passte nicht mehr in seine Welt. Er war nun zum erfolgreichen Geschäftsmann aufgestiegen und machte das große Geld, da konnte er sich doch nicht mit einer gewöhnlichen Bedienung abgeben. Er musste einen Weg finden, wie er sie loswerden konnte. Ob er wiedermal den Fremdgehtrick versuchen sollte? Der hatte immerhin schon einmal geklappt, halt nicht mit Sandy. Für den Fall hatte er einen guten Bekannten, ein Spezialist für so etwas. Barny nahm sein Handy zur Hand und wählte eine Nummer.

»Hi, ich bin's Barny. Hör mal, du musst mir mal wieder einen Gefallen tun. Ich bin doch mit der Sandy zusammen. Du weißt doch, die die in Reutlingen in so einer Bar bedient. Könntest du herausfinden, was die über mich so erzählt? Du kannst ruhig rangehen, die ist gut! Sollst es ja auch nicht umsonst tun. Zehn Riesen wären drin!«

»Geht klar! Ab wann?«, fragte der andere.

»Von mir aus gleich!«

»Okay«, sagte der andere und legte auf.

Barny lehnte sich zurück und grinste. Die Dinge nahmen ihren Lauf. Als ob sie es geahnt hätte, rief Sandy ihn an. Sie wollte ihm nur mitteilen, dass sie heute die Spätschicht machen musste, da eine Kollegin ausgefallen war. Sie könne also heute Abend nicht mit ihm, wie ausgemacht, ein Eis essen gehen. Barny heuchelte Enttäuschung und Ärger vor und legte auf. Wieder musste er grinsen. Sein Kumpel würde heute Abend in der Bar aufkreuzen und sich der Dame annehmen. Die Dinge liefen wirklich positiv!

Irgendetwas war anders an diesem Morgen auf der Dienststelle der Kripo in Reutlingen. Kriminalhauptkommissar Gerhard Meininger saß an seinem Schreibtisch und tippte einige Zeilen in ein Formular am Computer ein. Dabei pfiff er eine nicht zu deutende Melodie leise vor sich hin. Selbst Bärbel, sein Hund, schaute immer wieder verwirrt sein Herrchen an. Die Kollegen machten schon untereinander Zeichen hinter seinem Rücken. Dabei galt es doch die Erkenntnisse auszuwerten, die die Ausstrahlung im SWR Fernsehen erbracht hatten. Jeder Anwesende hatte die Aufgabe erhalten, die Hinweise zu sortieren und, falls etwas Vielversprechendes darunter war, auf einen Zettel zu notieren, der beim folgenden Treffen an der Pinnwand angebracht werden sollte. Immer wieder beobachteten die Kollegen Meininger mit einem verstohlenen Seitenblick.

»Dir geht's heute gut, ja?«, unterbrach Christian Fromm die geschäftige Stille.

»Hm, na ja, wie man's nimmt.«

»So vergnügt haben wir dich schon ewig nicht mehr gesehen, war denn was Besonderes gestern?«

»Eigentlich nicht. Doch ja, ich werde umziehen. Ich hab gestern eine tolle Wohnung angeschaut. Da werde ich demnächst einziehen!«

»Alleine?«, fragte Carsten Dombrowski.

»Soll das ein Verhör sein?«, fragte Meininger empört.

»Na hör mal, nur wegen einer Wohnung, in die du ziehst, bist du doch nicht so gut gelaunt! Das kannst du uns nicht erzählen!«, schob Fromm nach.

»Ich mache keine Aussage zur Sache und vor allem sage ich nichts, was mich belasten könnte«, gab Meininger zu verstehen.

Dadurch hatte er natürlich die Neugier seiner Kollegen noch mehr geweckt. Und vor allem gab es viel Raum für Spekulationen. Um elf Uhr war eine Besprechung zum Fall Hörmann angesetzt. Der Staatsanwalt, eine gewisser Arndt Müller, war ebenfalls anwesend. Der bat Meiningers Vorgesetzten Richard Heinrich ihm die neuesten Erkenntnisse darzulegen. Da Heinrich selber aber nicht auf dem Laufenden war, bat der wiederum Meininger und seine Kollegen dies zu übernehmen.

»Die Ausstrahlung unseres Falles im Fernsehen hat uns sehr viele Zeugenaussagen gebracht, die uns zu der Aufklärung äußerst nützlich sein können. So haben sich mehrere Zeugen gemeldet, die den schwarzen Wagen des Opfers am Tage seines Todes gesehen haben wollen. Sehr wichtig scheint mir die Aussage einiger Zollbeamter, die sowohl am Übergang Öhningen, als auch in Konstanz Dienst tun. Sie berichteten, dass die schwarze Limousine der Marke Brabus mehrmals in der Vergangenheit die Grenze zunächst von Deutschland und dann von der Schweiz her überquert hat. Das Merkwürdige an der Sache war, dass der Fahrer beim Zurückkommen aus der Schweiz immer alleine im Fahrzeug war. Das heißt, dass unser Opfer Hans Hörmann auf andere Weise die Grenze überquert hat. Die Beamten des Übergangs Konstanz in der Gottlieberstraße erkannten Hörmann sofort wieder. Der wanderte nämlich vom Schweizer Bodensee-Ufer her nach Konstanz. Er trug immer einen Rucksack bei sich, in dem er eine Flasche Wasser und ein wenig Schokolade für seine Enkelkinder hatte. So sagte er immer wieder zu den Zöllnern. Wie wir jetzt wissen, schmuggelte er aber vermutlich dabei größere Summen Bargeld nach Deutschland. So geschah es auch am Tage seines gewaltsamen Todes. Wie wir von unseren Kollegen aus der Schweiz erfahren haben, gab die Bank unwillig Auskunft über die Summen, die ausbezahlt und illegal über die Grenze gekommen sind. Beim letzten Mal handelte es sich um etwa zwei Millionen Schweizer Franken. Dieses Geld ist den Tätern vermutlich in die Hände gefallen«, berichtete Meininger.

Der Staatsanwalt pfiff dabei leise durch die Zähne.

»Dringend der Tat verdächtigt wird der Fahrer des Opfers. Ein gewisser Georg Iaschwilli, ein gebürtiger Georgier. Der Verdacht gründet sich auf folgende Erkenntnisse: Iaschwilli kannte sich mit den Lebensgewohnheiten seines Opfers aus. Iaschwilli wurde am Todestag von Hörmann in der Nähe des Tatortes von einem Arbeiter des nahe gelegenen Bauernhofes gesehen und eindeutig identifiziert. Der Zeuge sagte aus, den schwarzen Wagen am Waldrand wartend gesehen zu haben. Einige Zeit später fuhr der Georgier alleine mit hoher Geschwindigkeit davon. Das könnte nur bedeuten, dass Iaschwilli seinen Chef erschossen hat. Iaschwilli war im Besitz einer Pistole der Marke Glock. Dies haben die Recherchen bei seinen früheren Arbeitgebern ergeben. Die Waffe war nicht registriert.«

»Welches Kaliber hatte die Waffe?«, fragte der Staatsanwalt.

»Neun Millimeter, genau das Kaliber mit dem sowohl Hans Hörmann, als auch wenig später Burghard Raiser erschossen worden sind.«

»Dann stellt sich die Frage, warum dieser Raiser nicht bei Iaschwilli im Auto saß. Und, wurde das Auto von Hörmann am Tatort in Rommelsbach gesehen?«

»Der Zusammenhang ist noch offen. Wir haben einen Zeugen, der in Rommelsbach einen Mann gesehen haben will, der mit Raiser in dessen Wohnung ging. Der Zeuge konnte aber weder das Auto noch diesen Iaschwilli eindeutig identifizieren. Wobei ich der Aussage des Zeugen nicht so ganz große Bedeutung zumessen möchte.«

»Warum?«

»Naja, er macht einen ziemlich verwirrten Eindruck.«

»Eine Ortung ergab, wie bekannt, dass sich das Fahrzeug in der Grenzregion zwischen Rumänien und der Ukraine befindet. Inzwischen haben sich die rumänischen Behörden bei uns gemeldet. Nach deren Angaben hat sich Iaschwilli bei einer Kontrolle kurz vor der Grenze eine Schießerei mit zwei Polizeibeamten geliefert, bei der die beiden Beamten getötet wurden. Wenig später verunglückte Iaschwilli, weil er mit überhöhter Geschwindigkeit aus einer Kurve flog und gegen einen Baum prallte. Nach Angaben der Kollegen in Rumänien war Iaschwilli sofort tot. Interessanterweise wurden im Fahrzeug und in der Umgebung große Geldmengen gefunden. Es handelte sich dabei in der Mehrzahl um Schweizer Franken. Von der Tatwaffe fehlt allerdings jede Spur, die hatte Iaschwilli wahrscheinlich zuvor irgendwo entsorgt«, beendete Meininger seinen Bericht.

»Das wäre ja alles schön, wenn die Zeugen aus Rommelsbach diesen Georgier erkannt hätten. Blöd ist auch, dass wir die Waffe des Georgiers nicht haben. Wurde schon ein Geschossabgleich mit den beiden getöteten Polizisten gemacht?«

»Da wir die Nachricht erst heute Morgen bekommen haben, ist dies noch nicht veranlasst.«

»Gut, ich werde mich darum kümmern! Dann haben wir immer noch einen unbekannten dritten Täter«, sagte der Staatsanwalt und stand auf.

»Bis zur endgültigen Identifizierung der Geschosse, ja«, sagte Meininger.

Die Sitzung wurde beendet und jeder ging wieder seiner Aufgabe nach. Meininger saß inzwischen wieder an seinem Schreibtisch und dachte nach.

»Wir sollten das private Umfeld von Hörmann noch einmal durchleuchten. Vielleicht gibt es da einen Ansatz und dann den ehemaligen Betriebsratsvorsitzenden der Firma Hörmann besuchen, der weiß doch sicherlich etwas zu berichten«, brummte Meininger vor sich hin.

»Das können wir übernehmen!«, meldete sich Willi Früh und deutete dabei auf seinen Kollegen Carsten Dombrowski.

»Von mir aus, dann fahrt ihr nach Walddorfhäslach!«, sagte der Kriminalhauptkommissar und streckte sich gähnend.

Wenig später trafen die beiden Kriminalbeamten in Waldorfhäslach ein. Das Navi führte die beiden sicher in die Kirchgasse. Vor dem Haus des ehemaligen Betriebsratsvorsitzenden Waldemar Bauer stand ein alter Fend-Traktor und tuckerte vor sich hin. Zunächst war niemand weit und breit zu sehen.

»Möchtest du eine Runde drehen?«, fragte Carsten Dombrowski seinen Kollegen.

»Der ist mir zu klein. Auf der Alb sind wir andere Maschinen gewohnt. Aber für dich wär das doch was.«

»Nö nö, lass mal. Ich steh nicht so auf Landwirtschaft.«

Früh ging zur Haustür und drückte den Klingelknopf. Eine schrill klingende Schelle ertönte. Wenig später kam ein alter Mann, der eine sogenannte Schiebermütze trug und eine Zigarre rauchte, aus einem großen Scheunentor.

»Jo, was isch?«

»Hallo, sind Sie der Herr Bauer, der bei der Firma Hörmann als Betriebsratsvorsitzender gewirkt hatte?«, fragte Dombrowski.

»Des mog sei, aber wer send no Sia?«

»Wir sind von der Kripo in Reutlingen. Dombrowski, mein Name und das ist mein Kollege Früh!«, sagte der Kriminalhauptmeister und streckte dem Mann seinen Dienstausweis entgegen.

»Kommat jetzad schau d Kriminaler, wenn ma da Bulldog laufa lot?«, fragte Bauer skeptisch.

»Nein, wir kommen wegen der Firma, in der Sie früher gearbeitet haben. Es gibt da ein paar Fragen zur Familie Hörmann. Vielleicht können Sie uns da ein paar Hinweise geben.«

»Do gibt's ett viel zom saga. Dui Firma geits jo nemme!«

»Wir würden uns für das familiäre Umfeld des Herrn Hörmann interessieren.«

»Worum dees? Der Hans hot doch älle abgfunda, wo er die Firma verkauft hot.«

»Der Herr Hörmann wurde Opfer eines Raubüberfalls nahe der Schweizer Grenze. Er wurde dabei erschossen. Wir haben vom Täter noch keine Spur, deshalb gehen wir allen möglichen Hinweisen nach. Dazu gehören auch die näheren Verwandten.«

»Der Hans isch dod, saget Sia? Ermordet? Jetzad ko e nemme!«

»Kannten Sie die Schwester von Herrn Hörmann?«

»Jo klar, dui Schendmärr, dui elenda!«

»Sie haben den Herrn Hörmann mit Vornamen genannt, das deutet darauf hin, dass Sie ein gutes Verhältnis mit Hörmann hatten?«

»Mr kennt saga, dass mir wia a große Familie waret. Älle en dr Firma hent zamma ghalta. Ond bei Probleme hot der Hans emmer 's persönliche Geschpräch gsuacht.

Mir hent erscht vor ama halba Johr a Ehemaligatreffa khet. Do hot dr Hans ellas zahlt.«

»Warum haben Sie von der Schwester so eine schlechte Meinung?«

»Ha, mo em Hans sei Vadder gschdorba isch, no send er ond sei Schweschder als gleichberechdigte Teilhaber en d' Firma komma. D'r Hans hot 's Technische ibernomma ond sai Schweschder Personal und Finanza. 'S Erschde, was dui dau hot, war de Leit da Lohn kürza wella. No hot se ihre boide Jonga doherbrocht. Vo denne zwoi hot no nia oiner an Fenger kromm gmacht. Dia hent dr Muadr gholfa 's Geld aus der Firma rauszuhola. Des isch soweit ganga, dass mir zom Hans ganga send ond em droha missa hent, dass mir schtreigat! No erscht hot er reagiert ond dui Bagaasch nausgschmissa. Er hot allerdings an ganza Haufa Geld aufnemma missa, om dia auszomzahla. Er hot äbass vo zwoi Milliona gsait. Mir hent no freiwillig auf an Doil vom Lohn verzichtet, dass d' Firma et Pleite ganga ischt.«

»Was ist aus den beiden Söhnen geworden, wissen Sie das?«

»Noi des isch mir au egal. Dia Donderwedder will i nia mai sea! Wenn do oiner drvo en mein Hof rai laufa däd, no däd i deam kreuzweis ond da langa Weag en Arsch dredda!«

»Der Herr Hörmann hatte noch einen Mann angestellt, der so eine Art Bodyguard war. Kennen Sie den?«

»Jo, der war als Fahrer eigschdellt. Des war an Russ. Aber persönlich han i den ett kennt. I wos ett amol, wia der ghoißa hot. Ja ond jatzad glaubat Sia, dia zwee Jonge hent da Hans auf m Gwissa? Zuadraua däd es denne! Wois ma denn, wann d'r Hans begraba wird?«

»Darüber wissen wir nichts. Ich denke, dass der Leichnam in den nächsten Tagen von der Staatsanwaltschaft freigegeben wird. Danke für Ihre Auskünfte, wenn Sie noch was wissen, melden Sie sich hier!«, sagte Dombrowski und reichte dem Mann seine Visitenkarte.

Als die beiden wieder auf den Rückweg waren, sagte Carsten Dombrowski zu Willi Früh:

»Wir sollten uns doch noch mal die Schwester von Hörmann vornehmen, meint du nicht?«

»Ja, das wollte ich gerad auch sagen! Ich sage kurz auf der Dienststelle Bescheid, dass die wissen, wo wir sind.«

Willi Früh telefonierte mit Gerhard Meininger. Dieser wiederum unterrichtete ihn, dass Claudia Heidecker bereits auf der Dienststelle war und im Augenblick vor ihm saß.

»Den Weg zur Schwester Hörmanns können wir uns sparen, die sitzt bereits vor unserem lieben Kollegen Gerhard im Büro.«

»Hm? Was will die da, etwa eine Selbstanzeige aufgeben?«

»Ich glaube eher, dass die der schnöde Mammon zu uns getrieben hat. Ich bin mal gespannt, was die auf die Vorwürfe des Herrn Bauer zu antworten hat!«

Wenig später betraten die beiden Kriminalhauptmeister das Büro in der Dienststelle. Tatsächlich saß Claudia Heidecker Kriminalhauptkommissar Gerhard Meininger gegenüber und sprach wie eine Italienerin mit Händen und Füßen.

»Guten Tag, Frau Heidecker, schön Sie wieder zu sehen!«, grüßte Carsten Dombrowski freundlich.

»Was soll das heißen?«, fragte sie schnippisch zurück.

»Sie haben uns gar nicht gesagt, dass Sie und Ihre

Söhne in der Firma Ihres Bruders kurzzeitig angestellt waren!«

»Es war zu dem Zeitpunkt unsere Firma, die meines Bruders und meine! Er hat uns hinausgeekelt. Dann hat er uns mit einem lächerlichen Betrag abgefunden! Ich hätte niemals zustimmen dürfen, wie dumm ich doch war!«

»Naja, wie man's nimmt. Also mir würden zwei Millionen Euro für eine Weile reichen.«

»Von wem wissen Sie nun das schon wieder?«

»Vom ehemaligen Betriebsratsvorsitzenden, dem Herrn Bauer. Der hat auch noch andere interessante Dinge erzählt.«

»Der soll bloß sein Maul halten! Der war es, der einen Keil zwischen mich und meinen Bruder getrieben hat. Wo ich doch diejenige war, die die Firma vorangebracht hat. Mein Bruder war doch den ganzen Tag in der Entwicklung und tüftelte mit seinen Ingenieuren an unverkäuflichem Kleinkram herum. Während ich mich mit den Arbeitern herumschlagen musste.«

»Immerhin wird der Kleinkram, wie Sie sagen, immer noch produziert und ist ziemlich erfolgreich am Markt«, stellte Willi Früh fest.

»Wo sind denn Ihre beiden Söhne zurzeit beschäftigt? Können Sie uns das mitteilen?«

»Sie sind beide in leitender Position in der Wirtschaft im Ausland tätig. Weitere Auskünfte erteile ich Ihnen nicht!«

Claudia Heidecker machte eine abwertende Geste, die bedeuten sollte, dass Sie sich mit dem Thema nicht mehr auseinandersetzen wollte. Sie übersah Dombrowski und Früh und wendete sich nur Gerhard Meininger zu.

»Sie sagen also, dass der Leichnam meines Bruders zur Beisetzung in den nächsten Tagen freigegeben wird?«

»Ja, nach Auskunft der Staatsanwaltschaft ist nichts mehr gegen eine Beisetzung einzuwenden.«

»Ich habe gehört, dass eine größere Summe Geldes entwendet wurde. Wer kommt für den Verlust auf? Doch eigentlich der Staat oder? Ich meine das Geld steht ja nun mir zu!«

»Liebe gnädige Frau, da es sich um Geld handelt, das dem Finanzamt unterschlagen wurde, müsste zuerst einmal die Steuersumme entrichtet werden.«

»Aber ich wurde ja auch betrogen! Ich will meinen Anteil haben!«

»Da müssen Sie sich an Ihren Herrn Bruder wenden!«

»Sie wollen mich veräppeln, wie?«, sagte sie und stand abrupt auf. »Ich werde mir einen Rechtsbeistand besorgen. Sie hören noch von mir!«

Als Claudia Heidecker das Büro verlassen hatte, grinsten alle Anwesenden.

»Die hat sie doch nicht alle!«, sagte Willi Früh.

»Kannst du dir die als Personalleiterin vorstellen?«, fragte Dombrowski.

Meininger winkte nur ab und widmete sich seiner Arbeit.

»Wir haben vom Auswärtigen Amt Informationen zur Person dieses Fahrers von Hörmann erhalten. Demnach gehört er einer einflussreichen Familie in Georgien an. Man sagt dieser Familie nach, dass sie mafiöse Strukturen in dem Land unterhält. Es wurde vor manipulierten Laborergebnissen aus Rumänien gewarnt, da der Einfluss der Familien bis in die dortigen Polizeibehörden reicht. Die Geschosse, die die beiden Polizisten getötet haben, wurden noch nicht untersucht. Das deutet darauf hin, dass mit dem Tod des Georgiers etwas nicht stimmen könnte. Es ist dort wohl immer wieder Praxis, einen anderen für sich sterben zu lassen, um die Ermittlungsbehörden zu täuschen. So könnte es auch in unserem Fall gelaufen sein. Sollte dies auch so sein, dann können wir den Fall Hörmann zu den Akten legen!«

»Kann schon sein, aber was ist mit dem Zeugen Kern, der den Georgier nicht wiedererkannte?«, fragte Christian Fromm.

»Ich weiß nicht, ob wir den so ernst nehmen sollten«, sagte Meininger. »Hab ich euch eigentlich schon gesagt, dass ich demnächst umziehe?«

»Ja. Wohin denn?«, fragte Fromm überrascht.

»Ins Französische Viertel. Ich kaufe dort eine Wohnung. Zu Hause fällt mir die Decke auf den Kopf. Außerdem ist mir alles zu groß. Das Grundstück, das Haus, das alles will gepflegt sein. Und dazu habe ich keine Lust.«

»Du kannst doch deine Schwiegertochter bitten, dich zu unterstützen«, schlug Fromm vor.

»Die könnte ich gerade noch brauchen, nein danke!«

»Und wann soll der Umzug vonstatten gehen?«

»Sobald die Formalitäten erledigt sind. Den Umzug lasse ich eine spezialisierte Firma machen. Da brauche ich niemanden bitten, mir zu helfen.«

»Das ist eine gute Lösung, ich dachte schon, dass wir nun jeden Samstag antreten müssen, um deine Unterhosen und Socken einzupacken!«, sagte Willi Früh lachend.

»Danke liebe Kollegen, vielen Dank!«, maulte Meininger.

Endlich hatte es geklappt. Barny konnte die Nachbarwohnung ebenfalls anmieten. Er bewohnte eine Wohnung im Parterre eines Mehrfamilienhauses in der Frankenstraße in Rommelsbach. Die Nachbarwohnung auf demselben Stockwerk wurde frei, nachdem die Bewohnerin verstorben war. Als sich die Geschäfte mit dem Crystal Meth sehr positiv entwickelten, benötigte er ein Ausweichquartier, falls er unliebsamen Besuch bekommen sollte. Dies war durchaus möglich, nachdem er mit seiner Preispolitik die Konkurrenz ausgestochen hatte. Mittlerweile hatte er in jeder Disco einen Verkäufer platziert, der für ihn das Meth verkaufte. Barny musste also nicht mehr in den Discos rumhängen und auf Kundschaft warten. Sein italienischer Lieferant konnte ihn nicht mehr ausreichend mit Ware beliefern. Deshalb beschloss Barny, bei Gelegenheit selber mal in die Tschechei zu fahren und nach Ware zu schauen. Dadurch wäre auch eine höhere Gewinnspanne möglich.

Die Sache mit seiner Freundin Sandy hatte nicht geklappt. Sein Bekannter konnte sich nicht erfolgreich an sie heranmachen. Sie hatte ihn mehrmals abblitzen lassen, berichtete er. Bei passender Gelegenheit würde er sie abservieren lassen, er wusste nur noch nicht wie. Nun stand er also in der geräumten Nachbarwohnung und begann ein Loch in die Wand zu bohren. Er hatte sich dazu eine überdimensionale Bohrmaschine besorgt. Sein Plan war, einen Durchbruch zu seiner Wohnung herzustellen. Dieser hatte den Zweck, dass er jederzeit zwischen den Wohnungen hin und herwechseln konnte. Das Bohren in der Wand machte nicht nur einen Höllenlärm, sondern verursachte auch noch Schmutz und Staub. Nach etwa einer halben Stunde hatte er mehrere

Löcher gebohrt, sodass er das Mauerwerk herausbrechen konnte. Zu seinem Glück war es nur eine Zwischenwand, also kein Eisen darin zu erwarten. Er schmierte notdürftig Mörtel um die Öffnung, dann war er fertig. Der Durchbruch sollte später nicht für jeden sichtbar sein. Deshalb war er auch nur je einen halben Meter hoch und breit. Vor diesen Durchbruch wollte er jeweils ein Bett stellen. Bei Gefahr legte er sich unter das Bett und wechselte so in die andere Wohnung, um dann über die Terrasse das Weite suchen zu können. Das Mehrfamilienhaus stand günstig am Ortsrand von Rommelsbach, wenige Hundert Meter vom Haus von Burghard Raiser entfernt. Der wusste aber nicht, dass Barny in seiner unmittelbaren Nähe wohnte. Eigentlich hatte niemand aus seinem Umfeld eine Ahnung, dass er hier wohnte, nicht einmal seine Freundin. Wenn er sich mit ihr traf, gingen sie anschließend immer zu ihr. Mit den anderen Bewohnern des Hauses hatte er keinen Kontakt. Tagsüber ließ er sich nicht blicken, weil er ständig unterwegs oder im Bett war. Nur nachts war er kurz anwesend und das auch nicht lange. Da er nun nicht mehr direkten Kontakt mit seinen Kunden hatte, lieferte er die Ware an seine Verkäufer aus und das bevorzugt in großen Menschenansammlungen. Dies konnte ein Fußballspiel oder eine andere Veranstaltung sein. In letzter Zeit besuchte er immer mal wieder ein Handballspiel der Bundesligamannschaft der TUS Metzingen. Dort besorgte er sich eine Stehplatzkarte, ebenso wie sein Abnehmer des Meth. Beide trugen dieselben Stoffbeutel bei sich, die dann während des Spiels den Besitzer wechselten. So wurden Drogen gegen Geld getauscht. Barny konnte sich auf seine Abnehmer hundertprozentig verlassen.

Die geforderte Geldsumme stimmte immer. Inzwischen war er dazu übergegangen, nicht mehr nur zehn Gramm Meth zu liefern, sondern hundert. Das bedeutete aber auch, dass er Summen von mehreren Tausend Euro einnahm. So hatte sich inzwischen bei Barny eine stattliche Bargeldsumme angesammelt. Da er sich im Hintergrund hielt und ihn seine Abnehmer nur von den Treffen her kannten, war er der große Unbekannte auf dem Drogenmarkt in Reutlingen und Umgebung. Aus eingeweihten Kreisen hatte er erfahren, dass er das *Phantom* genannt wurde. Die Bezeichnung schmeichelte ihm ein wenig. Der Lagerplatz für das Crystal Meth befand sich nicht in seiner Wohnung, sondern im Haus von Raiser. Barny wusste, dass Raiser seine Mutter in ein Pflegeheim verbracht hatte. Nun stand es also leer. Nachdem die Polizei das Gebäude durchsucht hatte, war er durch den Hintereingang eingedrungen und hatte seine Ware in einem alten Mostfass im Gewölbekeller eingelagert. Er hatte dazu zuerst einmal nachgeschaut, ob das Fass auch tatsächlich leer war. Dabei fiel im wieder ein, was ihm ein alter Rommelsbacher einmal auf dem Sportplatz erzählte. Man benannte in Reutlingen und Umgebung einen großen schwarzen Schirm Rommelsbächer, weil in früherer Zeit einmal ein Bauer die Füllhöhe seines Mostfasses mit einem Schirm kontrollieren wollte. Nachdem Einführen des Schirmes durch das Spundloch öffnete sich dieser. Der Bauer musste den Schirm mit Gewalt aus dem Fass ziehen, wobei dieser kaputt ging. Seitdem wurden diese Schirme Rommelsbächer genannt. Barny nahm keinen Schirm, sondern einen Meterstab, den er auf einer Werkbank fand. Das Fass war zwar leer, roch aber intensiv nach Essig. Für einen Drogenspürhund würde es sehr schwer sein, in dem Fass das Meth zu erschnüffeln, weil der Essiggeschmack hervorstach. Barny hatte den Stoff durch die Reinigungsöffnung in das Fass eingelegt. Das Putztürle, wie die Öffnung genannt wurde, verschloss er jedes Mal wieder, in dem er eine Mutter auf einen Bolzen aufdrehte und mit einem Gabelschlüssel festzog. Seine Ware holte er immer spät in der Nacht, damit die Nachbarn nichts von seiner Anwesenheit mitbekamen. Außerdem musste er, um in den Keller zu gelangen, nicht in die Wohnung gehen, sondern konnte durch das nicht verschlossene Scheunentor direkt zum Kellerzugang gehen. Dabei musste er aber sehr vorsichtig agieren, denn das Tor knarrte verräterisch. So hatte er es auch in der vergangenen Nacht gemacht, als er die nächste Lieferung für den Treff in Metzingen mit seinem Kunden vorbereitete. Der wollte dieses Mal nur fünfzig Portionen zu je einem Gramm haben, weil er gerade nicht so flüssig war. Einige der Junkies hatten bei ihm noch Außenstände. Immerhin spülte die Lieferung wieder mehr als dreitausend Euro in seine Kasse. Einmal war er beim Abholen der Ware im Keller von einer Katze überrascht worden. Diese hatte sich unbemerkt von Barny in den Keller geschlichen. Als er gerade beim Verschließen des Fasses war, saß die Katze plötzlich über ihm auf dem Fass und schaute ihm zu. Im Augenwinkel sah er etwas Leuchtendes über ihm. Er schreckte hoch und bemerkte die Augen der Katze. Er war zu Tode erschrocken. Die Katze suchte schnell das Weite, während Barnys Puls sich in den höchsten Regionen bewegte.

Nun war er also auf dem Weg nach Metzingen. Wie immer parkte er weit ab vom Geschehen in einer Seitenstraße. In seiner Innentasche hatte er den Beutel mit den

Drogen. Zur Tarnung hatte er auch einen Schirm dabei, den er ebenfalls in der Innentasche trug. Bei einer eventuellen Körperkontrolle öffnete er dann nur kurz seine Jacke und zeigte auf den Schirm. Sein Kunde hatte es da einfacher, der brauchte nur Geldscheine mit sich führen. Barny hatte sich wieder einen Bart stehen gelassen, eine Fan-Mütze der Handballerinnen und eine getönte Brille aufgezogen. So war er nur schwer wiederzuerkennen. Sein Abnehmer erkannte ihn an der Stofftasche, in der sich auch der Schirm befand. Sie war immer die gleiche, und wechselte bei jedem Deal hin und her. Kaum war die Begegnung angepfiffen worden, da tauchte der Kunde auch schon auf. Es ging ihm nicht gut. An den Pickeln im Gesicht erkannte Barny, dass er die Drogen ebenfalls selbst konsumierte. Da am heutigen Spiel die Halle nicht ganz ausverkauft war, konnten die beiden ihr Geschäft schnell abwickeln, ohne auf die Umstehenden achten zu müssen. Die übrigen Zuschauer waren so mit dem Spiel ihrer Mannschaft beschäftigt, dass sie nicht auf Barny oder seinen Kunden achteten. Um nicht aufzufallen, blieben Barny und sein Kunde bis zur Halbzeit des Spieles. Denn dann eilte ein großer Teil der Zuschauer aus der Halle hinaus, um zu rauchen. Diese Gelegenheit nahm Barny wahr, um wieder zurückzufahren.

Kriminalhauptkommissar Gerhard Meininger hatte frei. Schon die ganzen letzten Tage hatte er Schränke und Schubladen ausgeräumt. Nur wenige persönliche Sachen wollte er mit in die neue Wohnung nehmen. Auf dem Dachboden fand er noch altes Spielzeug seines Sohnes. Ein Anruf bei diesem endete mal wieder in einer Auseinandersetzung. Meiningers Schwiegertochter hatte mit dem Haus andere Pläne. Sie war eines Tages mit einem windigen Typen aufgetaucht, der ein Nutzungskonzept für das Grundstück des Kriminalhauptkommissars entwickelt hatte. Meininger kannte den Kerl von einem früheren Betrugsfall her. Daher war die Präsentation des Nutzungskonzeptes ziemlich schnell beendet. Bei dieser Gelegenheit unterbreitete er seinem Sohn sein Vorhaben, das Haus zu verkaufen. Das brachte natürlich seine Schwiegertochter auf die Palme, durchkreuzte er doch ihre Zukunftspläne gewaltig. Seither hörte er nichts mehr von den beiden. Also wanderten die alten Spielsachen seines Sohnes auf den Müll. Pünktlich um acht Uhr hielt ein Lkw mit Kofferaufbau vor der Haustür. Im folgte ein Sprinter, aus dem drei Mann ausstiegen. Im Lastwagen saßen zwei Männer und eine Frau. Diese ging als Erste zur Haustür und klingelte.

»Hallo, wir sind von der Diakonie. Sie haben uns angerufen wegen der Möbel?«, fragte die Frau freundlich.

»Ja, kommen Sie herein«, antwortete Meininger.

Die Frau ging an ihm vorbei und nahm die Wohnung zuerst in Augenschein.

»Ich schau mir zuerst die Objekte an, und dann entscheide ich, wo sie Verwendung finden«, erklärte die Frau.

Als sie alle Möbel angeschaut hatte, ging sie wieder zurück und brachte verschiedenfarbige Kleber an den einzelnen Stücken an.

»Die Grünen können wir noch verkaufen, zumeist an

Bedürftige. Die kommen direkt in den Laden. Die Gelben müssen in unserer Werkstatt repariert werden. Die Roten müssen wir leider entsorgen. Da kommen dann noch zusätzliche Kosten auf Sie zu. Aber so wie es aussieht, brauche ich ganz wenige rote Kleber.«

Flink bewegte sie sich durch die Wohnung und verteilte ihre Kleber. Ausgerechnet das Sofa, Gerhard Meiningers Fernsehschlafstätte erhielt einen roten Kleber. Als die Frau Meiningers bestürzten Blick sah, meinte sie nur verschmitzt: »Durchgelegen, das Sofa müsste man aufpolstern und das lohnt sich nicht!«

Durchgelegen! Davon hatte er die ganzen Jahre aber nichts bemerkt. Nachdem die Frau mit ihrem Rundgang fertig war, ging sie vor die Tür und gab den Männern das Signal zum Beginn ihrer Arbeit. Als Erstes waren alle mit Rot gekennzeichneten Möbel dran. Diese wurden weniger pfleglich behandelt und sofort in den Sprinter eingeladen. Als Meininger anbot, beim Transport der Möbel zu helfen, wurde er weggeschickt. Er war einfach nur im Weg. Also ging er hinaus in den Garten. Er setzte sich ein letztes Mal auf die Terrasse, wie er es so oft getan hatte, als seine Frau noch lebte. Er musste mit den Tränen kämpfen, als er sich vorstellte, die Tür würde aufgehen und seine Frau würde mit dem obligatorischen Feierabendbier erscheinen. Er musste hier weg, sonst verfiel er womöglich noch in Depressionen. Das Haus wurde an einen Bauträger verkauft, der es abreißen und stattdessen ein Mehrfamilienhaus errichten wollte. Mit seinen Nachbarn hatte er seit dem Tod seiner Frau so gut wie keinen Kontakt mehr gehabt. Hatte man sich früher noch am Gartenzaun getroffen und ein wenig gequatscht, so änderte sich dies seit dem Tod seiner Frau grundlegend. Alle gingen ihm aus dem Wege, so als ob er etwas mit dem Tod seiner Frau zu tun hätte. So war es auch mit seiner Verwandtschaft. Da er aber sowieso keinen engen Kontakt pflegte, war es ihm eigentlich egal. Zwischendurch erhielt er einen Anruf der Kollegen von der Dienststelle. Carsten Dombrowski teilte ihm mit, dass die rumänischen Behörden die Auswertung der Geschosse, mit denen die Polizisten getötet worden waren, geschickt hatten. Wie befürchtet, waren die Abbildungen schlecht ausgeführt, sodass ein Vergleich mit denen in Deutschland verschossenen Projektilen nur schwer möglich war. Auch konnte der Leichnam des Unfallfahrzeugs in Rumänien nicht eindeutig als Georg Iaschwilli identifiziert werden. Daher bestätigten sich die Ausführungen des Auswärtigen Amtes. Das konnte nur bedeuten, dass die Staatsanwaltschaft die Ermittlungen im Fall Hörmann einstellen würde. Meiningers Spürsinn sagte ihm aber, dass dies nicht der Realität entsprach. Zu oft schon hatte er im Nachhinein Recht behalten. Nach etwa drei Stunden war die Sache erledigt, das Haus war leer geräumt. Meininger bedankte sich bei den Männern und gab jedem von ihnen ein Trinkgeld. Dann ging er noch einmal in das Haus hinein, das ihn so viel Jahre beherbergt hatte. Er blieb im Wohnzimmer stehen und betrachtete die Schatten an den Tapeten, die die Möbel hinterlassen hatten. Wieder überkam ihn diese Trauer, dieses Gefühl, dass nichts mehr so war wie einst. Er senkte den Kopf und blieb lange reglos stehen.

Am anderen Tag herrschte auf der Dienststelle mal wieder reger Betrieb. Bereits am frühen Morgen waren Kollegen einer Anti-Mafia-Einheit aus Italien eingetroffen. Die Italiener hatten am Vorabend die deutsche Staatsanwaltschaft verständigt, dass am heutigen Tag eine Übergabe von großen Mengen Drogen in Deutschland stattfinden sollte. Unter anderem war auch die Region Reutlingen betroffen. Nach Angaben der italienischen Fahnder war als Übergabeort eine Pizzeria in Metzingen vorgesehen. Es ging um zehn Kilogramm Crystal Meth im Wert von etwa achthunderttausend Euro. Den genauen Ort des Deals hatten die Ermittler aus Italien offenbar von einem Informanten aus der Drogenszene erhalten. Nun galt es schnell zu reagieren. Das war gar nicht so einfach, denn zumindest eine Einheit eines Sondereinsatzkommandos musste vor Ort sein, um eventuelle Gegenwehr im Keim zu ersticken. Alle Kollegen waren mit der Organisation des Einsatzes betraut worden und waren ständig am Telefonieren. Der leitende Staatsanwalt war höchstpersönlich vorbeigekommen, um sich über den Fortschritt der Vorbereitungen des Einsatzes zu informieren. Die Italiener hatten Fotos von den beteiligten Personen mitgebracht, die nun an einer Pinnwand angebracht worden waren. Über Google Earth wurde ein Luftbild der Umgebung des Lokals in Metzingen heruntergeladen. Der Eingang zur Pizzeria befand sich in der Hindenburgstraße. Der rückwärtige Bereich des Gebäudes endete in der Friedrichstraße. Um einen Fluchtversuch zu unterbinden, mussten die Einsatzkräfte auch in der Friedrichstraße stationiert werden. Vom SEK in Göppingen konnten kurzfristig zehn Mann nach Metzingen verlegt werden. Sie wurden kurzerhand in einen Sprinter eines Paketzulieferers verladen und warteten ab dreizehn Uhr auf dem Parkplatz der Outlets. Die Übergabe der Drogen war um vierzehn Uhr geplant, dies fand nur deshalb so früh am Tag statt, weil das Lokal erst am Abend geöffnet hatte. Die Kriminalbeamten sollten sich auf dem Kelternplatz postieren und die Gegend um die Pizzeria überwachen. Sobald die Drogenhändler eintrafen, sollte dann der Zugriff erfolgen. Die Beamten vom Metzinger Revier hielten sich im Hintergrund. Zu groß war die Gefahr, dass sie von den örtlichen Informanten der Mafia überwacht wurden. Als Termin der Abfahrt nach Metzingen war dreizehn Uhr festgelegt worden. Von Esslingen wurden ebenfalls Kräfte in Zivil herbeordert, die in einem Biergarten auf dem Kelternplatz in Metzingen postiert wurden. Sie nutzten die Mittagspause, um dort zu essen, deshalb waren sie schon um halb eins vor Ort. Kriminalhauptkommissar Gerhard Meininger und sein Kollege Christian Fromm sollten ebenfalls dorthin gehen und über Funk mit der Einsatzleitung kommunizieren. Das Einsatzleitfahrzeug sollte auf dem Parkplatz hinter den Keltern postiert werden. Dort parkten auch die anderen Dienstfahrzeuge. Kurz vor ein Uhr fuhren Meininger und Fromm in Richtung Metzingen. Um in die Innenstadt zu kommen, mussten sie zum Bahnhof fahren. Wenig später stellten sie ihr Dienstfahrzeug hinter der letzten der sieben Keltern ab. Dann machten sie sich auf den Weg nach vorne zum Restaurant. Zu ihrer Enttäuschung waren alle Tische schon besetzt. Einige der Gäste kamen ihnen bekannt vor. Man grüßte sich aber nicht. Auf der anderen Seite des Gebäudes befand sich eine Bar, die neu eröffnet hatte. Der Platz dort war natürlich ideal, weil man in die Hindenburgstraße und genau auf den Eingang der Pizzeria blicken konnte. Die beiden Beamten bestellten sich einen alkoholfreien Cocktail und setzten sich so, dass sie den Eingang der Pizzeria im Sichtfeld hatten. Über ein Headset, das sich Meininger angezogen hatte, kommunizierte er mit der Einsatzleitung, die sich nun auch auf dem Parkplatz eingefunden hatte. Der Kriminalhauptkommissar stützte seinen Kopf mit einer Hand, sodass das Headset nicht ohne Weiteres gesehen werden konnte. Um halb zwei Uhr stieg so langsam die Spannung. Die italienischen Kollegen saßen im Einsatzleitfahrzeug. Sie wollten erst nach der Festnahme der Dealer hinzukommen. Auf einem Parkplatz in der Hindenburgstraße parkte ein Kombi eines Kurierdienstes. In ihm saßen zwei Beamte und bedienten eine Kamera, die die Bilder direkt in das Einsatzleitfahrzeug übertrug. So konnte von dieser Seite der Eingang der Pizzeria ebenfalls überwacht werden. Kurz vor zwei Uhr erschien ein Mann und ging auffällig langsam an der Pizzeria vorbei. Er versuchte, unauffällig ins Innere zu schauen. Meininger gab die Beobachtung an die Einsatzleitung durch, ebenso wie der Beamte im Kombi. Eine Überprüfung des Mannes in der Fahndungsdatei blieb negativ. Dann aber, es war zwei Minuten nach zwei Uhr, tauchte ein Fiat auf, der kurz vor dem Gebäude hielt. Ein Mann stieg aus und schaute nervös um sich. Dann schloss er schnell die Eingangstür auf und ging in das Lokal hinein. Er machte kein Licht im Lokal, sondern verschwand im hinteren Bereich. Offenbar war er der Pächter. Sichtlich nervös ging er im Lokal hin und her und schaute dabei immer wieder zu den Fenstern hinaus auf die Straße. Über Funk wurde mitgeteilt, dass die italienischen Fahnder den Mann als Strohmann identifizieren konnten. Er hatte also das Lokal als Statthalter angemietet, damit die Mafia dort ihre Geschäfte in aller Ruhe abwickeln konnte. Die Einsatzleitung gab plötzlich an alle Kräfte durch, dass genau neben ihrem Fahrzeug ein alter Lancia geparkt wurde, aus dem ein per Haftbefehl gesuchter Mafiosi seelenruhig ausstieg, und mit einer Plastiktüte an der Hand über den Kelternplatz spazierte. Darin vermuteten die Fahnder das Rauschgift. Keine zwei Meter weiter schlenderte der Mann an Meininger und Fromm vorbei in Richtung der Pizzeria. Aber statt direkt darauf zuzugehen, bog er nach links ab und ging die Hindenburgstraße hinauf. Dann zog er sein Handy aus der Tasche und telefonierte. Die Mafiaermittler übersetzten ihren deutschen Kollegen, was der Mann am Telefon sagte. Er erkundigte sich, ob der Abnehmer der Ware ebenfalls schon eingetroffen war. Da dies offenbar noch nicht der Fall war, wurde der Dealer böse und beschimpfte sein Gegenüber am Telefon. Es musste sich um den Mittelsmann handeln, der den Deal eingefädelt hatte. Nach etwa fünf Minuten drehte der Dealer um und ging wieder zurück. Inzwischen waren noch weitere Personen eingetroffen, die direkt in die Pizzeria gingen. Nach weiteren fünf Minuten rief der Dealer wieder eine Nummer an und teilte dem Angerufenen mit, dass er keine zwei Minuten mehr warten wolle, dann würde er wieder gehen. In der Einsatzleitung wurde das weitere Vorgehen beratschlagt. Natürlich war man daran interessiert, den Abnehmer der Drogen dingfest zu machen. Es bestand aber die Gefahr, dass der Dealer mit seiner Ware entkommen konnte, wenn man nicht bald einschritt. Nachdem der Dealer nicht noch einmal in die Nähe der Pizzeria ging und sogar wieder auf den Kelternplatz zusteuerte, gab die Einsatzleitung den Befehl zum Zugriff. Wenige Sekunden später hielt ein Sprinter direkt vor der Pizzeria. Dann stürmten die SEK-Beamten hinein und verhafteten die anwesenden Personen. Als der Dealer dies bemerkte, rannte er zu seinem Auto. Der Weg dorthin wurde ihm aber von Meininger, Fromm und den anderen Beamten in Zivil versperrt. Die italienischen Ermittler kamen nun hinzu und erklärten dem Dealer, dass er verhaftet sei. Der brüllte irgendeinen Fluch und spuckte vor den Kripobeamten auf den Boden. Wie vermutet, befand sich in der Plastiktüte das Crystal Meth, in einem mit Kunststofffolie eingebundenen Päckchen. Erst Schätzungen ergaben, dass es sich um mindestens zehn Kilo des Rauschgiftes handelte. Soweit war es eine gelungene Aktion, zu der sich alle gratulierten. Der Abnehmer der Drogen aber, befand sich weiterhin auf freiem Fuß.

Als Barny am Metzinger Kelternplatz ankam, sondierte er erst mal die Lage. Sofort fielen ihm einige Besucher im Außenbereich eines Restaurants auf. Die rochen förmlich nach Bullen. Und dann lehnten an einem Stehtisch einer Bar zwei Typen. Der eine hatte den Kopf auf die Hand gestützt, offenbar um einen Kopfhörer zu verdecken. Barny überlegte, wie er unauffällig den Rückzug antreten und seine Lieferanten warnen konnte. Er sah, dass vor der Vinothek der Winzergenossenschaft Metzingen-Neuhausen eine Besuchergruppe auf eine Weinprobe wartete. Da gesellte er sich einfach hinzu. Er folgte der Gruppe ins Innere der Kelter. Dann trennte er sich von ihnen und tat so, als würde er sich für die ausgestellten Weine interessieren. Dabei sah er immer wieder hinaus auf den Platz. Es war kurz nach zwei Uhr, er hätte eigentlich schon längst drüben in der Pizzeria sein sollen. Die anderen waren auch schon da, aber es war für ihn einfach zu gefährlich. Die Vernunft siegte über die Gier nach Geld. Er schwitzte ziemlich, denn er trug das Geld am Körper. Diesen Trick hatte er sich von seinem Opfer Hans Hörmann abgeschaut. Barny hatte eine ärmellose Weste so präpariert, dass er das ganze Geld darin unterbringen konnte. Er sah aus, als trage er eine Rettungsweste von einem Schiff. Er hatte die Weste inzwischen ausgezogen und trug sie lässig über die Schulter. Sie war so gefaltet, dass das Innere nicht sichtbar war. Er stellte sich hinter einen Stapel Weinkartons und versuchte mit einer Hand auf dem Handy zu wählen. Natürlich benutzte er dabei nicht sein Eigenes, sondern das von Burghard Raiser. Er hatte es ihm abgenommen, nachdem er ihn erledigt hatte. Während der Fahrt zum Bodensee hatte Barny Raiser bei der Eingabe des Pins in sein Handy beobachtet und die Zahlenkombination ausspioniert. Jetzt leistete ihm das Gerät wertvolle Dienste. Auf der anderen Seite wurde nicht abgenommen. Dann stand plötzlich eine junge Dame neben ihm und fragte, ob sie ihm helfen könne. Barny verneinte, nahm einen Karton Rotwein und ging zur Kasse, um zu zahlen. Dabei legte er seine Weste vorsichtig auf der Theke ab. Die Frau sah ihn verwundert an, denn es war eigentlich kein Wetter draußen, das nach einer solchen Jacke verlangte. Während Barny nach seiner Geldbörse griff, hörte er draußen das Quietschen von Autoreifen.

Instinktiv drehte er sich um und sah einen weißen Sprinter in die Hindenburgstraße einfahren. Ihm folgten mehrere andere Autos, die auf dem Dach Blaulichter trugen. Im nächsten Augenblick stürmten SEK-Beamte aus dem Sprinter in die Pizzeria. Barny standen die Schweißtropfen auf der Stirn. In seinem Schockzustand vergaß er beinahe das Restgeld. Er nahm zunächst gar nicht wahr, dass die junge Frau ihm zum Ausgang folgte. Zu allem Unglück ließ er auch noch seine Weste liegen. Also ging er wieder zurück und bedankte sich artig bei der jungen Frau. Da die Weinprobe der anderen Gäste durch die Ereignisse vor der Tür der Vinothek unterbrochen worden war, fiel die Verwirrtheit von Barny vielleicht nicht auf. So unauffällig wie möglich, ging er zurück zu seinem Auto. Das war gar nicht so einfach, denn in der einen Hand trug er den Karton mit dem Wein und mit der anderen versuchte er, die schwere Weste über der Schulter zu tragen. Immer wieder rutschte sie herunter, sodass Barny den Karton abstellen musste, um die Weste richtig zu fassen. Endlich hatte er sein Auto erreicht. Er war gerade eingestiegen und hatte den Sicherheitsgurt angelegt, da brauste auch schon der erste vergitterte Polizeibus mit den soeben festgenommenen Mafiosi vorbei. Direkt hinter ihm folgte ein Zivilfahrzeug ebenfalls mit Blaulicht und Martinshorn. Am Steuer des Fahrzeugs erkannte er den Mann, der so seltsam seinen Kopf gestützt hatte. Wieder einmal konnte er sich auf sein Gespür verlassen. Als Nächstes schaltete er das Handy Raisers aus. Er wollte kein Risiko eingehen, denn die Kripo nahm den Festgenommenen mit Sicherheit ihre Handys ab und durchsuchte deren Anruflisten. Und dort tauchte dann bestimmt die Nummer von

Raisers Telefon auf. Barny wollte verhindern, dass er möglicherweise geortet werden konnte. Richtig tugendsam fuhr er zurück nach Reutlingen. Zunächst wollte er sich in der Wohnung seiner Freundin ausruhen. Sie war nicht anwesend, weil sie Nachmittagsdienst hatte und der dauerte mindestens bis elf Uhr. Barny wollte sich am Samstag mit seinem Abnehmer aus Tübingen treffen, der wieder hundert Beutel Meth zu je einem Gramm bestellt hatte. Die wollte er dann später am Abend aus seinem Lager in Rommelsbach abholen. Er trug den Karton Wein in die Küche und betrachtete, was er da gekauft hatte. Es handelte sich um einen Spätburgunder aus dem Jahr 2014, lieblich und Finale, las er da auf dem Etikett. Also der passte doch ganz gut. Den wollte er am späten Abend mit seiner Freundin trinken, vielleicht gab es ja dann ein Finale mit Happy End. Zunächst aber wollte er sich von dem stressigen Erlebnis in Metzingen erholen. Dazu legte er sich auf das Sofa und schlief selig ein.

Alle festgenommenen verdächtigten Mafiosi wurden in Untersuchungshaft genommen. Am gleichen Abend wurde mit den Vernehmungen begonnen, die aber wie erwartet, nicht zu einem schnellen Erfolg führen sollten. Alle Verhafteten schwiegen beharrlich und machten keine Aussagen zur Sache. Als einziger Erfolg wurde zunächst vermeldet, dass tatsächlich etwa zehn Kilogramm reinstes Crystal Meth beschlagnahmt werden konnten. Als weitere Informationsquellen dienten die ebenfalls beschlagnahmten Handys. Nun galt es unter den vielen Anrufen, die getätigt worden waren, Querverbindungen zu anderen unbekannten Teilnehmern herauszufinden. Bei der Kommunikationsfreudigkeit der Italiener wartete auf die IT-Spezialisten der Polizei eine wahre Sisyphusarbeit. Durch Informationen aus der Unterwelt erhielten die Rauschgiftfahnder einen Hinweis, dass am Abend wieder ein Deal in einer Tübinger Disco über die Bühne gehen soll. Die Kripo wollte deshalb mit einem Großaufgebot an Beamten vor Ort sein. Vom Kriminalkommissariat Reutlingen wurden zur Unterstützung die Kriminalhauptmeister Carsten Dombrowski und Willi Früh abgestellt. Aus anderen Kommissariaten wurden ebenfalls Beamte nach Tübingen beordert. Um zweiundzwanzig Uhr sollte der Einsatz gestartet werden. Zu diesem Zweck trafen sich alle Einsatzkräfte zu einer Vorbesprechung im großen Sitzungsraum im Kriminalkommissariat in Reutlingen. Von den Tübinger Kollegen wurde der Sachverhalt mit einem Beamer an die Wand projiziert. Es ging darum, endlich den Kopf einer Dealerbande zu erwischen. In der Unterwelt wurde der Mann als Phantom bezeichnet, weil er unvermittelt auf- und sofort wieder untertauchte. Die Ermittler vermuteten, dass der Mann am Mittag ebenfalls in Metzingen zugegen gewesen war, aber offenbar kalte Füße bekommen hatte und vorzeitig verschwand. Es wurden auch Vermutungen geäußert, dass das Phantom eventuell Verbindungen zur Polizei habe, denn sonst wäre es schon längst ins Netz gegangen. Aus diesem Grund wurden am Abend nur Beamte eingesetzt, von denen man sicher sein konnte, dass sie keinen Kontakt zur Unterwelt hatten. Der Einsatz war mit den Betreibern der

Disco abgesprochen worden, da die Kripobeamten mit ihren Dienstwaffen in der Disco anwesend waren. Gegen zweiundzwanzig Uhr war alles besprochen, sodass sich die Beamten auf den Weg nach Tübingen machten. Dort angekommen, verteilten sich die Einsatzkräfte in einzelne Gruppen. Da die Disco erst um zweiundzwanzig Uhr öffnete, war der Andrang noch gering. Nach und nach füllte sich das Gebäude mit Gästen aller Couleur. Die Musik mit ihren pumpenden Bässen war nicht jedermanns Sache. Um die Durchsagen in den Kopfhörern besser zu verstehen, mussten sich die Ermittler in ruhigere Ecken zurückziehen. Dies barg natürlich das Risiko, von aufmerksamen Gästen und vor allem von den Junkies darunter entdeckt zu werden. Es verging mindestens eine Stunde, ohne dass sich etwas tat. Dann vermeldete eine Beamtin, dass sie eine verdächtige Person beobachtet hatte, die mit einem Junkie in Richtung Toilette unterwegs war. Sofort machten sich zwei Ermittler auf den Weg dorthin. Wenig später mussten sie aber Entwarnung geben.

Die Wartezeit wollte nicht vorübergehen. Wieder einmal drohte die Aktion zu scheitern, da bis spät in die Nacht nichts Verdächtiges vorgefallen war. Die Einsatzleitung wollte gerade den Abbruch durchgeben, da sah Willi Früh, wie ein Mann einen kleinen Beutel in der Hand hielt, den er einem anderen übergab. Er gab eine Personenbeschreibung an alle durch, sodass es nicht lange dauerte, bis die Handschellen angelegt werden konnten. Der festgenommene Mann stellte sich tatsächlich als Dealer heraus, denn er hatte noch weitere Beutel mit Rauschgift dabei. Nach ersten Erkenntnissen handelte es sich dabei um Crystal Meth. Endlich war einer der Verbreiter von diesem Teufelszeug gefunden. Er und sein Kunde wurden sofort in Untersuchungshaft genommen. Danach wurde der Einsatz beendet.

Während Willi Früh und Carsten Dombrowski in Tübingen im Einsatz waren, verbrachten Gerhard Meininger und Christian Fromm den Abend als stille Reserve auf der Dienststelle. Gegen einundzwanzig Uhr kam ein Anruf von Karl Kern herein, der behauptete, dass sich spät in der Nacht auf dem Nachbargrundstück etwa alle drei Tage eine Person aufhalten solle. Er habe den Eindruck, dass diese Person in das Haus eindringe. Da er keinen direkten Sichtkontakt zum Hintereingang habe, vermutete er, dass der Unbekannte etwas in der Scheuer versteckt habe. Und heute wäre wieder der dritte Tag, das wolle er nur mitteilen. Bei dem Gebäude handelte es sich um das Wohnhaus von Burghard Raiser. Wer sollte ein Interesse haben, dort einzubrechen? Die Kollegen der Spurensicherung hatten dort jeden Stein umgedreht, es konnten sich also keine Beute oder Teile davon dort befinden. Gerhard Meininger und Christian Fromm beratschlagten, was zu tun sei. Nach kurzer Diskussion beschlossen sie, nach Rommelsbach zu fahren, um sich die Sache genauer anzusehen. Vielleicht landeten sie ja doch einen Zufallstreffer. Aus dem Technikasservat holte der Kriminalhauptkommissar ein Nachtsichtgerät. Dann machten sie sich auf den Weg nach Rommelsbach. Ein paar Minuten später parkte Meininger den

Dienstwagen auf dem Parkplatz des Friedhofs. Dann stiegen beide aus und durchquerten den Friedhof, bis sie an ein Wohnhaus kamen, welches direkt an das Grundstück von Raiser anschloss.

Es war stockdunkel, sodass der Kriminalhauptkommissar das Nachtsichtgerät einschaltete. In dem Haus am Friedhof schien niemand anwesend zu sein, denn es war kein Licht zu sehen. Meininger entdeckte hinter dem Haus eine Bank, von der man aus bequem auf den hinteren Teil des Nachbargebäudes blicken konnte. Also ließen sich die beiden nieder und harrten der Dinge, die da kommen sollten. Hin und wieder hörte man ein verdächtiges Geräusch, das sich aber meist als Rascheln eines Zweiges herausstellte. Nichts tat sich. Meininger schliefen langsam die Füße ein, weil die Bank relativ hart war. Eigentlich hätte es ein romantischer Abend am Lagerfeuer sein können, denn es ging langsam der Mond auf. Christian Fromm begann zu gähnen. Langsam zweifelte er am Erfolg der Mission. Es war kurz nach Mitternacht und außer dem Rascheln der Blätter im Wind, war nichts zu hören. Immer wieder sah Christian Fromm auf die Uhr. Dann plötzlich hörten sie ein leises Knarzen einer Tür. Das Geräusch kam eindeutig von gegenüber. Fromm stand vorsichtig auf und horchte in die Nacht. Meininger blickte gebannt durch das Nachtsichtgerät und deutete an, dass sich drüben eine Tür bewegte. Offenbar versperrte ihm ein Gebüsch die direkte Sicht zu der Tür. Deshalb ging er vorsichtig ein paar Schritte nach vorne. Dann drehte er sich wieder um und winkte ab.

»Lass uns gehen! Da kam eine Katze aus der Scheune. Der Kerl hat Gespenster gesehen!«

»Scheiße, wegen einer Katze haue ich mir die Nacht um die Ohren! Glaubst du, der wollte uns verarschen?«

»Ich weiß im Augenblick nicht, was ich glauben soll!«

Schweigend gingen die beiden wieder über den Friedhof und stiegen in ihr Dienstfahrzeug, um zurück nach Reutlingen zu fahren.

Keine zwei Meter gingen die beiden Typen an Barny vorrüber, ohne ihn zu bemerken. Schon als er in die Zufahrt zum Friedhof in Rommelsbach eingebogen war, fiel ihm das Auto auf, das dort abgestellt worden war. Da es dunkel war, konnte er nicht erkennen, ob sich jemand im Auto befand oder nicht. Deshalb machte er einen weiten Bogen um das Auto und betrat den Friedhof von der Tegernseer Straße her. Vorsichtig, damit er keine Geräusche von sich gab, tastete er sich Schritt für Schritt vorwärts. Dann sah er plötzlich, wie sich zwei Schatten auf ihn zubewegten. Die Männer murmelten etwas, was er nicht verstehen konnte. Er duckte sich sofort hinter einen großen Grabstein. Dort verharrte er, bis die beiden außer Sichtweite waren. Erst als das Auto gestartet wurde und auch wegfuhr, wagte er sich aus seiner Deckung. Das waren mit Sicherheit Bullen. Hatte der Trottel von Nachbar ihn etwa gesehen? Wenn das der Fall war, musste er schleunigst seine Lagerstätte räumen. Vorsichtig ging er weiter, bis er die letzten Gräber des Friedhofes erreicht hatte. Dann überquerte er den Hof des Hauses am Friedhof und erreichte wenig später den hinteren Eingang des Hauses von Raiser. Er öffnete die Tür vorsichtig. Dann schlüpfte er hinein. Hastig ging er hinunter in den Keller. Dann öffnete er die Fasstür und entnahm den Rest des Stoffs. Er machte sich nicht einmal mehr die Mühe, die Tür wieder zu verschließen. Dann verließ er wieder den Keller. Er war gerade an der Hintertür angekommen, da blickte er in eine Taschenlampe.

»So Mole, jetzad hann i di! D' Bolezei isch jo z' bled zom so Kerle wia di hender Schloss ond Riegel zom brenga!«, rief eine Stimme.

Instinktiv warf Barny die Plastiktüte mit den Drogen in Richtung der Taschenlampe. Einen kurzen Augenblick später lag diese auf dem Boden. Der Angreifer bückte sich danach und bekam den ersten Hieb von Barnys Fuß mitten ins Gesicht. Der Mann taumelte nach hinten. Barny hob die Taschenlampe auf und leuchtete den am Boden liegenden Mann an. Der verbarg sein blutendes Gesicht hinter seinen Händen. Barny erkannte sofort diesen Dummkopf von Nachbarn. Dann traf ihn ein weiterer Tritt in die Magengegend. Danach blieb der Mann reglos liegen. Er hatte großes Glück, denn wenn Barny eine Waffe dabei gehabt hätte, wäre der Kerl jetzt tot. Barny schaltete die Taschenlampe aus, nachdem er die Beutel mit den Drogen eingesammelt hatte und warf sie dem Mann an den Kopf. Dann wartete er eine Weile, damit sich seine Augen an die Dunkelheit gewöhnen konnten. Er öffnete die Tür und trat hinaus. Nichts war zu hören, außer ein paar Autos, die auf der in der Nähe befindlichen Straße in Richtung Metzingen fuhren. Der Tag war nicht besonders erfolgreich heute, dachte er, als er nach Reutlingen fuhr. Etwas weiter weg, von der Wohnung seiner Freundin, stellte er den Porsche ab. Jetzt half nur eines: Eine Flasche Rotwein und Sex. Er ging das Treppenhaus hinauf in den zweiten Stock, ohne Licht zu machen. An der Wohnung angekommen, kramte er den Schlüssel hervor. Blöderweise fiel der zu Boden und machte unnötigen Lärm. Barny musste den Schlüssel in der Dunkelheit erst einmal wieder suchen. Dann steckte er ihn ins Schloss, er ließ sich aber nicht ganz einstecken. Barny untersuchte den Schlüsselbund, ob er auch den richtigen erwischt hatte. Kein Zweifel, es war der richtige! Er stutzte und überlegte. Es konnte nur ein Schlüssel von innen stecken! Kalter Schweiß bildete sich auf seiner Stirn. Er wollte die Frau zwar los werden, aber den Zeitpunkt bestimmte immer noch er. Das größte Problem aber war, dass er in einem Schrank einen Koffer deponiert hatte, wo er das Geld aus dem Überfall auf den Alten vom Bodensee versteckt hatte. Außerdem befand sich auch noch die Tatwaffe darin. Zum Glück hatte der Koffer ein Zahlenschloss und war von guter Qualität, sodass er sich nicht leicht öffnen ließ. Zudem wusste nur er die Zahlenkombination. Barny legte vorsichtig ein Ohr an die Tür und horchte, ob sich dahinter etwas tat. Alles war still. Dann drückte er den Klingelknopf, einmal, zweimal, nichts. Am liebsten hätte er die Tür eingetreten, aber er wollte unter keinen Umständen auffallen. Also drehte er um und ging zurück zu seinem Auto. Er überlegte kurz und fuhr dann zum Arbeitsplatz seiner Freundin. Er ging in das Lokal hinein, welches gerade am Schließen war. Er erkundigte sich nach Sandy und bekam zur Antwort, dass sie schon längst gegangen sei, weil sie am anderen Morgen wieder Dienst hatte. Eine Kollegin war ausgefallen, deshalb sollte Sandy dafür einspringen. Barny rief nun auch noch seinen Bekannten an, den er auf Sandy angesetzt hatte. Vielleicht wusste der etwas Näheres. Aber auch der ging nicht ans Telefon. Also blieb ihm nichts anderes übrig, als nach Rommelsbach in seine eigene Wohnung zu fahren und ohne Wein und Sex die restliche Nacht zu verbringen. Zur Vorsicht kroch er aber durch seinen Durchlass in die Nebenwohnung, falls es in der Nacht noch unliebsamen Besuch geben sollte.

Die Beamten der Reutlinger Kripo hatten den Kleindealer aus Tübingen die ganze Nacht durch die Mangel gedreht. Der hatte zwar zugegeben, mit dem Rauschgift gehandelt zu haben, aber der gab den Namen seines Lieferanten nicht preis. Konnte er auch nicht, denn er kannte ihn ja nur vom Sehen. Der Mann machte nicht den typischen Eindruck eines Junkies, also ungepflegte Haut und Pickel. Er erklärte den Ermittlern, dass er mit dem Verkauf des Rauschgiftes sein Studium finanzierte. Weiterhin sagte der Mann, dass sein Lieferant des Crystal Meth in der Unterwelt als das *Phantom* bezeichnet wurde und dass die Drogenübergabe immer bei Sportveranstaltungen stattfand. Der Name Phantom war schon einmal genannt worden. Deshalb wurde auf dem Aktendeckel des Falles dieser Name vermerkt. Kriminalhauptkommissar Gerhard Meininger blätterte in den Tageszeitungen, um sich im Sportteil nach anstehenden Sportevents umzuschauen. Am Abend hatten die Walter Tigers ein Heimspiel in der Paul Horn-Arena. Ebenfalls ein Heimspiel hatten die Tussies aus Metzingen. Der Kleindealer hatte ausgesagt, dass er immer nur ganz kurz vor einem Geschäft den Übergabeort der Drogen mitgeteilt bekommen habe. Auf seinem Handy konnten die Anrufe zwar angezeigt werden, die Nummer war aber unterdrückt worden. Trotzdem wurde das Gerät den IT-Spezialisten der Polizei übergeben. Meininger erklärte sich bereit zum Heimspiel der Walter Tigers zu gehen, vielleicht hatte er Glück und sah das Phantom. Dies tat er natürlich nicht uneigennützig. Seine neue Flamme Amelie Förster hatte ihm erzählt, dass sie ein glühender Fan der Basketballmannschaft war. Als sie ihm das erzählte, war er nicht besonders begeistert. Bei solchen Veranstaltungen herrschte ein Lärm, den Meininger nicht besonders schätzte. Es sollte das erste Mal sein, dass er sich mit Amelie, als seiner neuen Partnerin, in der Öffentlichkeit zeigte. Christian Fromm hatte ebenfalls zugesagt, mit seiner Frau zu kommen. Angepfiffen wurde das Spiel um halb neun Uhr. Meininger und seine Partnerin waren aber schon um acht Uhr dort. Er wollte sich die Leute anschauen, die in die Halle gingen. Dass er eigentlich in offiziellem Auftrag da war, erwähnte er gegenüber Amelie nicht. Sie sah in ihrem Fan-Dress hinreißend aus. Dazu trug sie ein Cape mit einem stilisierten T drauf. Meininger hatte Amelie etwas zu trinken geholt. Sie standen etwas abseits zum Eingang zur Halle. Da tauchte plötzlich Meiningers Sohn mit seiner Frau auf. Obwohl er seinen Vater sofort erkannte, ging er an ihm vorüber, als würde er ihn nicht kennen. Das war wie ein Stich ins Herz des Kriminalhauptkommissars. Seit seiner Entscheidung, das Haus zu verkaufen und ins Französische Viertel zu ziehen, war das Tischtuch zwischen

Vater und Sohn zerschnitten. Dann kam endlich Christian Fromm, der seine Frau bei sich untergehakt hatte. Man stellte sich artig einander vor und sprach über dies oder das. Christian Fromm zog seinen Kollegen bei passender Gelegenheit beiseite und fragte, ob Amelie über den eigentlichen Anlass zum Besuch der Veranstaltung Bescheid wisse. Nachdem Meininger dies verneinte, grinste Fromm nur, denn er selber hatte ebenso wenig Bescheid gegeben. Wie schon die ganze Saison über verloren die Tigers auch dieses Heimspiel. Viel bekamen die beiden Kripobeamten nicht mit, denn sie waren mit der Beobachtung des Publikums beschäftigt. Es war unheimlich schwierig bei fast zweitausend Menschen einen Verdächtigen herauszufinden, vor allem, wenn man überhaupt nicht wusste, wie der aussah. Der am Vorabend festgenommene Dealer konnte das Phantom ebenfalls nicht eindeutig beschreiben, da der sich immer im dunkleren Teil der Halle, also ziemlich weit oben, aufhielt. Nach dem Spiel standen Meininger und Fromm noch eine Weile im Foyer der Halle und tranken eine Kleinigkeit. Dies hatte natürlich den Zweck, mögliche Verdächtige herauszufiltern. Die ein oder andere Gestalt kam dabei schon infrage, deshalb filmte Fromm heimlich die herausströmenden Zuschauer mit seinem Handy. Nach einer halben Stunde war die Veranstaltung beendet. Man verabschiedete sich höflich und ging seines Weges.

Erst um halb zehn Uhr erwachte Barny am Samstagmorgen. Sofort machte er sich auf den Weg in die Innenstadt, um zu sehen, ob seine Freundin Sandy tatsächlich an diesem Morgen arbeitete. Er parkte sein Auto in der Tiefgarage des Rathauses. Dann stieg er die Treppe hoch und ging direkt auf die Bar zu. Da der samstägliche

Wochenmarkt stattfand, waren entsprechend viele Leute unterwegs. Das war für Barny von Vorteil, denn er wollte eigentlich von Sandy nicht gesehen werden. Es dauerte nicht lange, da sah er sie beim Bedienen von einem Gast. Ausgerechnet der Typ, den er auf Sandy angesetzt hatte, saß nun dort und ließ sich von Sandys Hand die Schulter streicheln. Also war er vermutlich der nächtliche Gast bei ihr. Dass es mit dieser Frau geklappt hatte, war ja eigentlich von Barny gewollt, aber, dass ihn dieser Typ anlog, das ärgerte ihn. Am liebsten wäre er hinübergegangen und hätte den beiden Turteltauben eine gescheuert. Das konnte er sich aber nicht erlauben, er war ja schließlich Geschäftsmann. Also machte Barny kehrt und ging wieder zurück zum Auto. Er fuhr direkt zu Sandys Wohnung. Als er die Haustür aufschloss, horchte er, ob sich jemand im Treppenhaus befand. Nachdem alles ruhig war, hastete er hinauf zur Wohnung.

Vorsichtig drehte er den Schlüssel im Schloss. Im Gegenteil zur letzten Nacht, ließ sich die Wohnungstür öffnen. Schnell und lautlos trat er in die Wohnung. Dann suchte er Raum für Raum ab, ob noch jemand anwesend war. Zu seinem Erstaunen war alles aufgeräumt, was sonst nie der Fall war. Er ging ins Schlafzimmer und öffnete den Kleiderschrank. Dort stand sein Koffer, den er sofort herausnahm. Dann legte er ihn auf den Tisch im Wohnzimmer und betätigte das Zahlenschloss. Alles war noch da: das Geld und die Waffe. Er schloss den Koffer wieder und ging aus der Wohnung hinaus. Zuerst aber versicherte er sich, ob sich wiederum niemand im Treppenhaus aufhielt. In Rommelsbach angekommen, ging er sofort in die Nebenwohnung. Dort deponierte er den Koffer. Dann richtete er sich für das Geschäft am Abend.

Er verstaute fünfzig Beutelchen mit je einem Gramm Crystal Meth in einer Plastiktüte und stopfte diese in eine Seitentasche seiner ärmellosen Jacke. Den Nachmittag verbrachte er mit Fernsehen auf dem Sofa. Am Abend um acht Uhr richtete er sich, um nach Tübingen zu fahren. Er wollte früher dort sein, weil die Parksituation bei ausverkaufter Halle ziemlich schwierig war. So sollte es auch kommen. Er musste relativ weit weg von der Halle parken, was ihm gar nicht passte. Er hatte wie immer eine Stehplatzkarte erstanden. Trotz der frühen Zeit war an den Eingängen der Paul Horn-Arena viel los. Geduldig reihte er sich in die Schlange der Wartenden ein. Vielleicht war sein Abnehmer der Ware auch schon da, dann wollte Barny die Halle gleich wieder verlassen. Das Basketballspiel der Walter Tigers interessierte ihn nicht im Geringsten. Barny orientierte sich sofort nach dem Betreten der Halle zu den Stehplätzen hinauf. Dort oben war die Beleuchtung nicht so intensiv, wie auf den unteren Plätzen. Genau richtig, für die Art von Geschäften, wie sie Barny betrieb. Er lehnte sich an eine Säule der Halle und beobachtete die ankommenden Zuschauer. Erste Fangesänge wurden angestimmt und dazu getrommelt, was einen Höllenlärm verursachte. Immer wieder sah sich Barny nach seinem Abnehmer um, konnte ihn aber nicht entdecken. Den heutigen Termin hatte er mit dem Mann schon vor Tagen ausgemacht, deshalb rief er ihn auch nicht mehr an. Er wollte so wenig wie möglich mit seinen Kunden telefonieren. Obwohl er immer noch das Handy von Raiser benutzte, wollte er keinem Dritten seinen aktuellen Standort verraten. Inzwischen hatte das Spiel begonnen und die Heimmannschaft führte, denn um ihn herum wurde kräftig gejubelt. Damit er nicht auffiel, jubelte er einfach mit. Hin und wieder trat er in den Hintergrund und hielt nach seinem Abnehmer Ausschau. Aber er konnte diesen nirgends entdecken. Offenbar war der Mann verhindert oder gar aufgeflogen. In den Medien war aber nicht über eine eventuelle Festnahme berichtet worden. Seltsamerweise kam auch nichts über den Einsatz in Metzingen vor ein paar Tagen in den Zeitungen. Sonst wurde doch vonseiten der Bullen immer mit der beschlagnahmten Drogenmenge geprotzt. Dieses Mal nichts, gar nichts. Was das wohl zu bedeuten hatte? Langsam war Barny mit seiner Geduld am Ende. Zumal ihm dieser Lärm total gegen den Strich ging. Am Ende des zweiten Viertels verlor er die Geduld und ging. Unterwegs schaute er immer wieder, ob er seinen Abnehmer irgendwo sehen konnte. Aber zu seinem Bedauern, war der Mann nirgends zu erblicken. Also brach Barny enttäuscht auf. Auf dem Rückweg wollte er noch bei der Disco vorbeischauen, vielleicht traf er dort den Mann. Schon auf der Zufahrt aber, überlegte er es sich anders, denn eine Menge Streifenwagen parkten vor der Disco mit eingeschaltetem Blaulicht. Offenbar hatte es wieder einmal eine Schlägerei gegeben. Am liebsten wäre er jetzt zu Sandy gefahren, denn er hatte vergessen, den Rotwein, den er in Metzingen gekauft hatte, mitzunehmen. Aber auch das überlegte er sich noch einmal. Der Abend war für ihn gelaufen, deshalb endete der Tag vor dem Fernseher.

Am frühen Montagmorgen war auf der Dienststelle der Kripo in Reutlingen schon einiges los. Die IT-Experten legten die Ergebnisse ihrer Nachforschungen in Sachen Handys vor. Sie filterten alle Telefonnummern heraus, die unmittelbar miteinander zu tun hatten. Eine Nummer stach dabei hervor. Sie war zwar vom Nutzer als unterdrückt gesendet worden, dies stellte für die Experten aber kein großes Hindernis dar. Diese Nummer tauchte sowohl auf einem Handy der Italiener, als auch auf dem Handy des Kleindealers auf. Es war zurzeit aber nicht aktiv, also konnte es auch nicht angerufen oder geortet werden. Eine Auskunft über den Nutzer des Handys beim Provider blieb noch aus, da noch keine richterliche Verfügung erteilt worden war. Kurz nach zehn Uhr bekam Kriminalhauptkommissar Gerhard Meininger die Nachricht, dass er von einem Mann gesprochen werden wollte. Es war Karl Kern, der Mann aus Rommelsbach, der eine Katze als vermeintlichen Einbrecher gemeldet hatte. Meininger ließ sich Zeit, denn er hatte keine Lust eine neue Story anzuhören. Nach dem zweiten Anruf dann war er bereit, sich des Mannes anzunehmen. Wenig später ging die Tür zum Büro auf. Meininger schaute zunächst gar nicht hinüber, erst als die Kollegen unruhig wurden, sah er auf. Da stand also dieser komische Kerl mit total verschwollenem Gesicht. In der Hand hielt er eine Zeitung.

»Wie sehen Sie denn aus, um Himmels willen!«, fragte Meininger.

»Gosch vool griagt hanne! Weil ihr nix doa hent!«, schimpfte der Mann.

Er konnte kaum reden, denn seine rechte Gesichtshälfte war stark angeschwollen. Sein Auge war ebenfalls dick geschwollen und schwarz umrandet.

»Aha, und von wem haben Sie die Gosch vollgekriegt?«, fragte Christian Fromm.

»Ha von deam do! Den han i glei wieder kennt! Des war au der wo mit em Raiser komma ischd!«, sagte Kern und zeigte auf ein Foto in der Zeitung.

Meininger stand nun auf und nahm dem Mann die Zeitung weg. Das Foto wurde am Samstag beim Heimspiel der Walter Tigers geschossen. Es zeigte eine Spielszene, in der um den Ball gerungen wurde, aber auch den Hintergrund. Die Gesichter waren aber nicht besonders scharf aufgenommen worden. Trotzdem sah man das Gesicht eines Mannes, der ernst dreinschaute, während um ihn herum die puren Emotionen auf den Gesichtern abzulesen waren.

»Da waren wir doch auch! Hast du den Mann gesehen?«, fragte Meininger seinen Kollegen Fromm.

»Nö, aber ich hab ja heimlich die Zuschauer beim Verlassen der Halle gefilmt, vielleicht ist der da zu sehen«, antwortete dieser, und zückte sein Handy, um nachzuschauen.

»Wann wurden Sie denn geschlagen? Wann war das?«

»Am Freidich en dr Nachd!«

»Um wie viel Uhr ungefähr? Können Sie sich daran erinnern?«

»Ha 's wird so em Ois rom gwea sei oder a bissle bälder.«

Meininger überlegte. Das musste dann ja kurz danach gewesen sein, als sie vom Friedhof in Rommelsbach zurückgefahren waren. Hatte der Verdächtige oder das Phantom, etwa in der Nähe gewartet, bis er und Fromm die Observation beendet hatten? Das wäre dann ziemlich dreist gewesen. So etwas hätte er dann in seiner beruflichen Laufbahn noch nicht erlebt. Er sah sich Kern einmal genauer an. Der konnte genauso gut die Kellertreppe hinunter gestürzt sein und sich den Kopf angeschlagen haben. Außerdem roch er stark nach Alkohol.

»Waren Sie bei einem Arzt?«, fragte Meininger.

»Noi, was soll e do?«

»Das würde ich Ihnen aber raten, denn Sie haben bestimmt schwerste Prellungen! Ich verständige den Rettungsdienst.«

Karl Kern sackte in diesem Augenblick zusammen. Der neben ihm stehende Christian Fromm konnte verhindern, dass der Mann hart auf dem Boden aufschlug. Ein paar Minuten später traf der Rettungsdienst ein und kümmerte sich um Karl Kern. Nachdem Karl Kern auf dem Weg ins Krankenhaus war, sahen sich Meininger und Fromm die Handy-Aufzeichnung vom Samstagabend an.

»Also, ich seh da niemanden, der dem ähnlich sieht!«, resümierte Fromm.

»Ich denke, wir warten erst einmal die Diagnose des Arztes ab, der den Kern behandelt. Ich habe so den Verdacht, dass der Mann alkoholabhängig ist und fantasiert«, erklärte Meininger.

Auch Carsten Dombrowski und Willi Früh betrachteten das Foto in der Zeitung.

»Also irgendwie kommt mir der Mann schon bekannt vor. Wo hab ich den schon einmal gesehen?«, fragte Früh.

»Schau doch mal, wer das Bild geschossen hat. Dann geh zum Fotografen und schau dir alle Bilder an, vielleicht ist eins dabei, das den Hintergrund schärfer darstellt«, schlug Meininger vor.

»Da steht Bauer als Fotograf drunter«, bemerkte Früh. »Ich ruf am besten mal bei der Zeitung an!«

Also setzte sich Früh an seinen Schreibtisch und rief die Sportredaktion des Reutlinger General-Anzeigers an. Der Redakteur versprach, alle Bilder in Kürze an die Polizei zu übermitteln. Nach ein paar Minuten gab der Computer Bescheid, dass eine Mail angekommen wäre. Der Sportredakteur hatte über zweihundert Bilder geschickt. Den allergrößten Teil konnte man von vornherein aussortieren, weil der Fotograf zumeist am jeweiligen Korb gestanden hatte. Das Bild in der Zeitung aber wurde auf Höhe des Mittelfeldes aufgenommen. Offenbar war es das einzige Bild in dieser Position. Da die Qualität der Originalaufnahme wesentlich besser war, als die aus der Zeitung, konnte man den Unbekannten besser erkennen.

»Wo hab ich die Visage schon einmal gesehen?«, fragte Willi Früh erneut.

»Wahrscheinlich beim Bäcker heute Morgen«, lästerte Dombrowski.

»Ha, ha, ha! Nein, das war irgendwo im Vorbeigehen. Mir fällt das schon wieder ein!«

Das Telefon Meiningers klingelte. Es war der Staatsanwalt, der den Fall Hörmann bearbeitete. Meininger antwortete nur mit »Ja« und das ein paar Mal.

»Also, der Staatsanwalt ist der Meinung, dass die von den Rumänen zur Verfügung gestellten Unterlagen im Fall Iaschwilli nicht vertrauenswürdig sind. Somit sehe er keinen Anlass, den Fall weiterzuverfolgen. Das heißt, die Akte Hörmann kann als ungelöst beiseitegelegt werden. Das ist mir im Augenblick ganz recht, wir haben mit unserem Phantom genug zu tun!«

Am Nachmittag wurde die richterliche Anordnung zur Ermittlung des Nutzers der ominösen Handynummer, die wohl dem Phantom zuzuordnen war, umgesetzt. Das Ergebnis lag nun vor. Ungläubig las Gerhard Meininger die Mitteilung durch.

»Der Nutzer des Handys, welches zum Telefonieren mit dem Dealer von Tübingen und mit den Mafiosi benutzt wurde, heißt Burghard Raiser.«

»Was?«, fragte Christian Fromm konsterniert. »Das ist doch der Typ aus Rommelsbach, der erschossen wurde!«

»So sieht's aus! Komisch, gell? Ist der etwa von den Toten auferstanden?«, fragte Carsten Dombrowski.

»Was hat unser Phantom mit diesem Raiser zu schaffen gehabt? Vor allem, zu welchem Zeitpunkt ist er zu dem Telefon gekommen? Wir brauchen alle Einzelverbindungsnachweise der letzten Wochen. Ich ruf gleich den Staatsanwalt an!«, sagte Meininger und hob den Telefonhörer ab.

Der Staatsanwalt hatte aber im Moment keine Zeit für Meininger, weil er zu einem Prozess an das Landgericht nach Tübingen musste.

»Das stellt die Theorie mit dem Georgier als Täter wieder infrage!«, sagte Fromm.

»Ja, das bestätigt insgeheim meine Vermutung. Wir müssen den Mörder von Hans Hörmann im Umfeld von Raiser suchen. Fragt sich nur wo?«, brummte Meininger.

Er nahm wieder den Zeitungsausschnitt zur Hand und betrachtete das Bild vom Basketballspiel.

»Wir sollten ein Phantombild anfertigen lassen. Ich glaube, der Schlüssel zu der Lösung unseres Falles, ist dieser Mann da!«, sagte er.

»Oder wir durchleuchten das Umfeld von Hörmann

noch einmal gründlicher. Haben wir mal nachgeforscht, wo sich die beiden Söhne der Frau Heidecker aufhalten?«, fragte Fromm.

»Mach ich schon!«, rief Willi Früh dazwischen. »Also, der ältere der beiden heißt Malte und ist tatsächlich in höherer Position beschäftigt. Er arbeitet in einem Stahlwerk als Kranfahrer. Und der jüngere Thorsten lebt in den USA. Er ist dort Repräsentant einer Lebensmittelfirma. Als Täter kommen also beide nicht infrage.«

»Also können wir diese Seite der Akte schließen«, resümierte Fromm.

Willi Früh saß nachdenklich auf seinem Stuhl. Dann tippte er plötzlich wie ein Verrückter auf der Tastatur umher. Wenig später hatte er wohl das Ergebnis, das er haben wollte.

»Ich hab's! Ich würde die Seite der Akte nicht schließen!«, rief er euphorisch.

»Was gibt es so Interessantes?«, fragte Christian Fromm.

»Ich hab doch gesagt, dass ich das Gesicht von dem Typen aus der Zeitung schon mal gesehen habe. Da ist er!«

Alle kamen nun zu Früh und sahen ihm über die Schulter. Da war auf dem Monitor ein altes Schwarz-Weiß-Foto eines Mannes mit wirrer Frisur zu sehen.

»Das ist doch …«, begann Meininger.

»Ja, das ist Gunter Sachs in jungen Jahren. Fast genau so sah der Mann aus, den ich bei der Schwester Hörmanns an einem anderen Bild angepinnt sah. Schau mal, so sah der später aus. Jetzt könnten wir doch die Frisur ändern und hie und ein paar Kleinigkeiten, dann sollte es eigentlich passen.«

»Ja, aber der sieht nie und nimmer wie einer der Söhne von der Heidecker aus. Vielleicht war es ein Fan-Foto«, sagte Carsten Dombrowski zweifelnd.

»Du hast schon recht«, stimmte Gerhard Meininger nachdenklich zu. »Hat der Zeuge Kern nicht ausgesagt, dass der Kerl, mit dem Raiser an dem Abend seiner Ermordung angekommen war, aussah wie Gunter Sachs? Mann oh Mann, wenn das stimmt, dann haben wir das Leben des Mannes leichtsinnig aufs Spiel gesetzt. Wir sollten uns mit dem LKA in Verbindung setzen.«

Der Kriminalhauptkommissar ging zu seinem Arbeitsplatz, um mit dem LKA zu telefonieren. Er hatte Glück, dass ein erfahrener Kriminaltechniker sich Zeit für ihn nahm. Er schilderte die Einzelheiten und schickte die entsprechenden Bilder per Mail. Wenig später kam ein erstes Ergebnis. Das sah dem aus der Zeitung schon verblüffend ähnlich. Jetzt hatte das vermutliche Phantom ein Gesicht. Meininger druckte das Foto aus und legte es vor sich auf den Tisch.

»Das müssen wir dem Zeugen Kern zeigen. Ich ruf mal im Krankenhaus an, vielleicht kann ich ihn besuchen«, sagte Meininger.

Doch was er am Telefon vom zuständigen Arzt hörte, erfreute ihn keinesfalls. Karl Kern war vorsorglich ins künstliche Koma gelegt worden. Er erlitt bei der Attacke gegen ihn schwerste Gesichts- und Schädelverletzungen. Zudem hatte er drei Rippen gebrochen. Es grenzte an ein Wunder, dass er bei dem Angriff nicht ums Leben gekommen war. An einen Besuch war in den nächsten Tagen nicht zu denken. Meininger legte betroffen auf.

»Ich hoffe, dass wir in Kürze einen Namen haben

und dann werden wir uns den Herrn mal vornehmen«, brummte er vor sich hin.

»Auf jeden Fall ähnelt der keinem der Söhne der Frau Heidecker«, sagte Willi Früh.

»Woher weißt du denn das so genau?«, fragte Fromm.

»Ich habe ein gutes Personengedächtnis, deshalb hab ich mich auch an das kleine Foto erinnert. Und da hätte ich noch eine Frage: Wer sagt uns denn, dass die Frau Heidecker nur zwei Söhne hatte?«

»Sie selber! Am besten wir fragen gleich mal nach«, antwortete Fromm und suchte die Nummer der Frau heraus.

Wie zu erwarten, war sie nicht zu erreichen. Dombrowski sah auf die Uhr.

»Bei der brauchst du vor spätnachmittags nicht anzurufen. Die ist beim Tennisspielen, wenn man das in deren Alter noch kann.«

»Am besten ihr zwei besucht die Dame heute. Ihr kennt ja schon den Weg«, ordnete Meininger an.

»Ich hab da so eine Idee«, fuhr Fromm fort. »Wir könnten doch den ehemaligen Betriebsrat der Firma Hörmann anrufen. In so einer Firma wird doch viel getratscht. Vielleicht kann der uns weiterhelfen, wenigstens, dass wir ein bisschen mehr wissen!«

»Dann versuch es doch einfach«, sagte Meininger.

Christan Fromm suchte nach der Adresse von Waldemar Bauer. Nach wenigen Augenblicken hatte er die Telefonnummer herausgefunden und war auch schon am Anrufen. Nach wenigen Sätzen legte der Kriminalkommissar triumphierend den Hörer auf.

»Es stimmt! Es gibt einen dritten Sohn, aber der war der Belegschaft völlig unbekannt. Da wurde viel spekuliert, zum Beispiel soll er das Produkt einer Jugendsünde sein. Seinen Namen konnte Bauer aber nicht sagen.«

»Jetzt kommen wir der Sache doch schon viel näher. Es wächst in mir immer mehr der Eindruck, dass der Mörder von Hans Hörmann, Burghard Raiser und Urs Knäbler derselbe ist, den wir als Phantom suchen«, stellte Meininger fest.

»Unter Heidecker oder Hörmann gibt es aber keinen Eintrag im Strafregister«, ergänzte Fromm.

»Also trägt er einen anderen Namen, den des leiblichen Vaters vielleicht. Da sind wir aber mal gespannt, was uns die Dame zu sagen hat!«

Mehrfach versuchte Barny seinen Kunden in Tübingen anzurufen. Er war schon früh wach heute, was ungewöhnlich für ihn war. Als er noch ein Telefonat tätigen wollte, meldete die Sim-Karte, dass sein Datenvolumen erschöpft war. Er musste also einen neuen Prepaid-Vertrag abschließen. Da diese Verträge wegen der verschärften Anti-Terror-Gesetze nicht mehr anonym abgeschlossen werden konnten, nutzte ihm das Handy nichts mehr. Er war gerade unter den Rathausarkaden unterwegs, um zu schauen, ob seine Ex-Freundin Sandy arbeitete. Bei der Gelegenheit warf er das Handy in den Rathausbrunnen. Er schaute sich danach um, ob ihn dabei jemand beobachtet hatte, das schien aber nicht der Fall zu sein. Er lehnte sich an eine Säule, von der aus er gut den Außenbereich der Bar einsehen konnte. Das Lokal war gut besucht, fast alle Tische waren besetzt. Hin und wieder kam eine Bedienung zum Vorschein, aber nicht Sandy. Die war wohl nicht im Dienst. Also, dachte er sich, fahr ich halt mal bei ihr zu Hause vorbei. Er wollte ein paar Worte mit ihr reden. Wenig später stand er vor der Wohnungstür und klingelte. Er hatte zwar einen Schlüssel, wollte aber nicht unangemeldet auftauchen. Nicht, dass er noch bei irgendetwas Schönem störte. Als nach nochmaligem Klingeln niemand öffnete, horchte er zuerst an der Tür. Dann holte er den Schlüssel aus der Tasche und öffnete die Tür. Was ihm zuerst auffiel, war, dass die ganzen Schuhe fehlten, die sonst immer in der Diele lagen. Sandy hatte einen Schuhfimmel. Überall lagerten Schuhkartons mit unzähligen Schuhen drin. Er ging sofort ins Schlafzimmer. Das Bett war nicht angerührt worden, seit er das letzte Mal da gewesen war. Er öffnete den Kleiderschrank, der im Normalfall zum Bersten gefüllt war. Auch da sah er große Lücken. Das konnte nur bedeuten, dass der Vogel ausgeflogen war. Vielleicht hatte sie Angst vor ihm und war zu ihrem neuen Lover gezogen. Barny befand sich nun in einer kritischen Situation. Zwar hatte er mit Sandy nie über seine Geschäfte geredet, aber vielleicht ahnte sie etwas. Den Kofferinhalt kannte sie auch nicht, da er nur die Zahlenkombination kannte. Trotz aller Bedenken wollte er die Wohnung als Notunterkunft, im Falle eines Falles, für kurze Zeit nutzen. Er setzte sich auf das Sofa im Wohnzimmer und döste vor sich hin.

Carsten Dombrowski und Willi Früh standen vor der Haustüre von Claudia Heidecker und warteten, bis jemand öffnete. Die Dame des Hauses ließ sich übertrieben lange Zeit, was Dombrowski zu einem Kopfschütteln hinreißen ließ. Dann wurde langsam und mit Bedacht die Haustür geöffnet.

»Ach Sie! Mit Ihnen hatte ich gar nicht gerechnet«, sagte Claudia Heidecker gespielt empört.

»Wen haben sie denn erwartet? Einen Ihrer Söhne?«, fragte Dombrowski.

»Nein, natürlich nicht, die sind ja weit weg!«

»Alle?«, hakte Früh nach.

»Wie meinen Sie das?«

»Naja, Sie erzählten uns von Ihren beiden Söhnen, sind das alle Ihre Kinder?«

»Ja, warum fragen Sie?«

Inzwischen waren sie im Wohnzimmer angekommen, wo die Bilder der beiden Söhne gehangen hatten. Zu Willi Frühs Überraschung waren sie weg. Auch sonst sah alles nach einem Umzug aus.

»An dieser Stelle hingen bei unserem letzten Besuch zwei Fotografien Ihrer Söhne. Wo sind die jetzt?«

»Wie Sie sehen, trage ich mich mit dem Gedanken, umzuziehen. Und zwar in das Haus meines Bruders am Göllesberg. Da ist es ruhiger als hier. In letzter Zeit ziehen immer mehr Familien mit Kindern her. Das Kindergeschrei kann ich in meinem Alter nicht mehr so vertragen! Also die Bilder, die hab ich schon eingepackt. Ich weiß nur nicht mehr in welchen Karton.«

»An einem der Bilder war eine kleine Fotografie angeheftet, wer war da abgebildet?«

»Ein Foto? Sie müssen sich irren, da hing kein Foto!«

»Ich habe es selber gesehen, gute Frau. Es war dieser Mann abgebildet! Kennen Sie den?«, fragte Willi Früh genervt und hielt ihr den Ausdruck des Phantombildes unter die Nase.

»Wer soll das sein? Den kenn ich nicht!«, sagte die Frau, ohne eine Gefühlsregung.

Entweder spielte sie so gut oder sie hatte tatsächlich keine Ahnung.

»Frau Heidecker, wir haben herausgefunden, dass Sie einen dritten Sohn haben. Wo lebt der und wie heißt der?«

»Wer behauptet das?«, fragte sie nun giftig.

»Zum Beispiel der Herr Bauer, den kennen Sie ja sicherlich noch.«

»Der Bauer! So ein Schwätzer! Und dem glauben Sie, ja?«

»Schon, der hat ja nichts zu verbergen.«

»Ach, aber ich oder was? Hören Sie, ich bin eine unbescholtene Bürgerin dieses Staates. Und ich lasse mir nicht in meinem Privatleben herumschnüffeln. Auch nicht von der Polizei! Ich lasse mir das nicht gefallen, jetzt gehen Sie! Sie werden von meinem Anwalt hören!«

»Ach ja, wir wollten Ihnen noch mitteilen, dass ein großer Teil des Geldes, das er wohl in einem Tresor deponiert hatte, wohl verloren ist. Sein russischer Fahrer hat es gemopst und ist damit nach Rumänien getürmt. Auf Nimmerwiedersehen. Schönen Tag noch«, sagte Früh und lächelte dabei schadenfreudig.

Als sie das Grundstück verließen, hörten sie im Inneren des Hauses ein lautes Klirren. Offensichtlich zerstörte die Dame des Hauses aus Wut irgendwelches Porzellan.

»Die hat was zu verbergen, da bin ich sicher. Aber das finden wir auch ohne die heraus«, sagte Carsten Dombrowski.

»Man sollte das Telefon von der überwachen. Die ruft doch jetzt bestimmt ihrem Sohn an, um ihn zu warnen!«

Carsten Dombrowski rief sofort auf der Dienststelle an und gab den Sachverhalt an Gerhard Meininger durch. Der bat die beiden, nach Rommelsbach zu fahren. Sie sollten schauen, ob es eine Möglichkeit gab, in das Haus Raisers zu kommen, ohne einen Schlüssel zu benötigen.

Wenig später parkte Dombrowski direkt vor der Haustüre des unbewohnten Gebäudes. Als sie vor der Haustüre standen, sahen sie sich um. Die Kunden der nahen Metzgereifiliale störten sich nicht an den beiden Männern, die sich an der Tür zu schaffen machten. Sie hatten wahrscheinlich andere Probleme. Die Haustür ließ sich nicht ohne weiteres öffnen. Also gingen sie über den Hof zum hinteren Teil des Gebäudes. An das Haus war eine große Scheune angebaut worden. Der Garten, der sich daran anschloss, machte einen ungepflegten Eindruck. Das Gras stand hüfthoch und war schon dürr. Hier wurde schon lange nicht mehr gemäht. An die Scheuer waren zwei kleinere Schuppen zur Brennholzlagerung angebaut worden. Einer der Schuppen war noch voll mit Holz. Der andere aber diente zur Lagerung von Gartengeräten. Die Tür, die ins Innere führte, war nur angelehnt. Was sofort auffiel, war, dass die Gelenke des Scharniers gut geschmiert waren, sodass die Tür beim Öffnen keinen unnötigen Lärm verursachte. Zur Vorsicht hatten die beiden Ermittler Handschuhe angelegt. Auch innen sah alles danach aus, dass man sich beim Betreten nirgendwo anstößt. Neben einem Regal, in dem verschiedene Chemikalien gelagert waren, ging eine klapprige Tür ins Innere der Scheune. Auch sie war nur angelehnt und gut geschmiert. Die Scheune war unbeleuchtet, sodass Dombrowski eine Taschenlampe einschalten musste. Gegenüber befand sich eine weitere Tür, die wohl in den Keller führte. Vor dieser Tür sah man auf dem Boden deutliche Blutspuren. Hier fand wohl die Auseinandersetzung mit dem Einbrecher und dem Nachbarn Kern statt. Vorsichtig umgingen die beiden die Stelle, damit keine Spuren verwischt werden konnten. Dombrowski öffnete die Kellertür. Sofort ging eine steile, aber breite Treppe hinunter. Bevor er hinunterging, leuchtete er den Raum aus. Ein imposantes Kellergewölbe tat sich da auf. Am Boden waren links und rechts Holzfässer aufgereiht. Langsam stiegen die beiden die Treppe hinab.

»Das erinnert mich an meinen Opa. Der hatte auch immer so viele Fässer mit Most im Keller«, sagte Willi Früh.

»Das sind ja mindestens zweitausend Liter. Die haben früher schon gesoffen!«

»Du musst wissen, dass es zu früheren Zeiten keine Wasserleitungen gab. Da hat man das Wasser aus Brunnen geschöpft. Und das war nicht immer sehr hygienisch. Da war das einzige Getränk, das einigermaßen keimfrei war, der eigene Most. Und für Bier war kein Geld da.«

»Die Fässer sind alle leer. Was soll hier unten einer verstecken?«

»Geld vielleicht oder Drogen!«

»Das würde aber der Feuchtigkeit nicht lange standhalten.«

»Sieh mal da!«

Willi Früh deutete auf ein Fass, an dem die Putztüre entfernt worden war und auf dem Boden daneben lag. Dombrowski leuchtete in das Fass hinein. Am Fassboden stand eine Plastikwanne. Diese war wohl zum Lagern von Dingen hineingebracht worden, die nicht mit dem feuchten Holz in Verbindung kommen sollten. Als die beiden so in das Fass hineinleuchteten, war der Raum um sie herum dunkel. Plötzlich hörten sie hinter sich ein Geräusch. Instinktiv griff Willi Früh nach seiner Dienstwaffe und drehte sich herum. Dombrowski leuchtete mit der Taschenlampe sofort in den Raum. Auf einem Fass saß eine Katze und schaute die beiden mit großen Augen an. Als Willi Früh zu ihr ging, um sie zu streicheln, verschwand sie wieder.

»Blödes Vieh, mir ist das Herz vor Schreck schier in die Hose gerutscht!«, schimpfte Dombrowski.

»Lieber eine Katze, als das Phantom«, antwortete Willi Früh.

»Ich denke, wir sollten die KTU verständigen, damit sie sich das alles anschaut.«

Carsten Dombrowski nickte nur. Dann stiegen die beiden wieder nach oben. Erst jetzt bemerkten sie, wie kalt es eigentlich in dem Kellergewölbe war. Sie verließen das Gebäude und kehrten zu ihrem Dienstwagen zurück. Dann verständigten sie wiederum die Dienststelle. Inzwischen war Willi Früh über die Straße gegangen und hatte in der Metzgereifiliale zwei Leberkäsweckle gekauft. Diese verspeisten die beiden nun mit Hochgenuss. Sie warteten noch auf das Eintreffen der Spurensucher der KTU. Eine halbe Stunde später traf der weiße Transporter ein. Dombrowski zeigte den Experten den

Weg und sofort begannen sie, ihre weißen Arbeitsanzüge überzustreifen, um mit der Arbeit zu beginnen. Da es schon nach fünf Uhr am Nachmittag war, fuhren die beiden zurück und machten Feierabend.

Es war ein schöner, lauschiger Sommerabend. Gerhard Meininger saß auf seiner großen Terrasse, die eigentlich ein Dachgarten war. Amelie saß ihm gegenüber und nippte an einem Glas Rotwein.

Sie tippte hin und wieder wieselflink auf der Tastatur ihres Laptops herum. Der Hund schlief selig in der Ecke auf einem alten Teppich. Inzwischen hatte sie sich an die ständige Anwesenheit von Amelie gewöhnt. Am Anfang war der kleine Hund noch skeptisch, weil er die neue Partnerin von Gerhard Meininger einfach noch nicht kannte. Der saß in seinem Gartenstuhl und sinnierte vor sich hin.

»An was denkst du gerade?«, fragte Amelie.

Sie hatte inzwischen ihre Arbeit beendet und den Computer zugeklappt.

»Wir sind da gerade an einem Fall dran, der mich sehr beschäftigt. Ich möchte dich aber nicht auch noch damit belasten.«

Der Kriminalhauptkommissar hatte sich vorgenommen, nicht über seinen täglichen Arbeitsalltag mit Amelie zu reden. Sie prosteten sich zu und tranken einen Schluck von dem Wein. Hier oben auf dem Dach des Hauses ließ es sich aushalten. Gegenüber war der Wald, sodass die Aussicht vortäuschte, man sitze mitten in der Natur. Von Weitem hörte man den Fahrzeuglärm der Bundesstraße. Meininger nahm sich aus der Schale vor sich ein paar Chips. So etwas hatte er schon ewig nicht mehr gegessen. Bei seiner verstorbenen Frau waren solche Dinge absolut tabu. Wieder musste er an das Phantom denken. Ob die Leute von der KTU etwas Verwertbares im Keller des Hauses von diesem Raiser gefunden hatten? Gegen zweiundzwanzig Uhr wurde es langsam kühl draußen, sodass die beiden beschlossen, ins Wohnzimmer zu gehen. Meininger schaltete nicht wie gewohnt den Fernseher ein. Er wusste genau, dass es dann keine zehn Minuten dauern würde, bis er einschlief. Er wollte gerade noch einmal an seinem Glas nippen, da klingelte das Telefon. Meininger hob ab und setzte sich sofort aufrecht.

»Was? Wo? Ich komme!«, sagte er nur kurz.

Dann stand er auf, küsste Amelie auf die Stirn und sagte nur: »Ich muss kurz weg!«

Dann war er auch schon unterwegs nach Reutlingen. In der Dienststelle war schon einiges los. Selbst Christian Fromm war anwesend.

»Also, noch mal, was für eine heiße Spur wurde gefunden?«, fragte Meininger neugierig.

»Die Kollegen von der KTU haben in der Scheune in Rommelsbach eine Taschenlampe gefunden. An dieser Lampe war Blut und ein ziemlich guter Fingerabdruck. Den haben wir ins System eingescannt und sind auf eine interessante Person gestoßen. Der Fingerabdruck stammt von einem gewissen Bernd Mischke, alias Bernd Huber, alias Tim Hansen. Der ist vorbestraft wegen Gewaltdelikten, unter anderem wegen Totschlag, Raub, und

Mitglied einer kriminellen Vereinigung. So, jetzt haben wir im Adressregister der Stadt Reutlingen nach all den Namen gesucht. Zufälligerweise wohnt im Stadtteil Rommelsbach ein Bernd Huber. Und zwar in der Straße mit dem Namen Langeäcker. Das ist keine fünfhundert Meter vom Haus Raisers entfernt. Wir haben mal im Google Earth geschaut, wie die Umgebung aussieht. Der wohnt in einem Mehrfamilienhaus direkt am Ortsrand. Ich denke, wir sollten sofort jemanden dorthin schicken und nachschauen, ob der Kerl zu Hause ist«, berichtete Carsten Dombrowski

»Ja, klar. Wir müssen aber äußerste Vorsicht walten lassen. Ich möchte nicht, dass der wieder entwischt. Dann geh halt und nimm den Willi mit, du brennst ja richtig darauf«, sagte Meininger zu Dombrowski und Früh.

Nachdem die beiden weg waren, leitete Meininger die nötigen Maßnahmen zu einer Festnahme ein. Dazu gehörte, neben einer Gruppe SEK-Beamter auch der Einsatz eines Hubschraubers. Mit der endgültigen Alarmierung wollte er aber warten, bis er erste Erkenntnisse von Dombrowski und Früh erhalten hatte. Dann unterrichtete er den Staatsanwalt vom bevorstehenden Einsatz. Es dauerte etwa eine Viertelstunde, dann meldete sich Dombrowski aus Rommelsbach. Der Verdächtige wohnte im Erdgeschoss des Hauses. Im hinteren Teil der Wohnung befand sich eine Terrasse, die bei einem Zugriff als Fluchtweg genutzt werden konnte. Willi Früh war nach hinten gegangen und stellte fest, dass der Verdächtige offenbar nicht zu Hause war, da in der Wohnung kein Licht brannte. Wenig später gab Carsten Dombrowski durch, dass sich eine männliche Person in diesem Augenblick dem Hauseingang näherte. Er gab eine

Personenbeschreibung durch. Da der Mann eine Basketballmütze trug, war sein Gesicht nicht richtig zu erkennen. Dann meldete sich Früh. In der Wohnung des Verdächtigen wurde das Licht eingeschaltet. Er konnte den Mann nun schemenhaft hinter der Gardine sehen. So wie er sich bewegte, legte er sich gerade auf ein Bett. Dann stand der Verdächtige wieder auf und zog die Gardinen zu. Einen kurzen Augenblick sah Früh das Gesicht. Es war eindeutig der gesuchte Mann, der auf dem Phantombild zu sehen war.

»Zielperson eindeutig identifiziert«, gab Willi Früh durch.

Im nächsten Augenblick alarmierte Kriminalhauptkommissar Gerhard Meininger alle notwendigen Einheiten. Der Zugriff würde erfolgen, sobald der Hubschrauber aus Stuttgart eingetroffen war. Dies sollte etwa zwanzig Minuten dauern. Alle anwesenden Kripobeamten machten sich auf den Weg nach Rommelsbach.

Da die Geschäfte immer schlechter gingen, entschloss sich Barny, seinen Wirkungskreis zu verändern. Er war soeben aus Tübingen zurückgekommen, wo er gerademal zwei Beutel mit Stoff unter die Leute bringen konnte. Außerdem fand er keinen verlässlichen Geschäftspartner, der seine Ware dort verkaufen konnte. In Reutlingen war der Markt ganz weggebrochen. Die örtlichen Händler hatten ihn schon auf dem Kieker. Er musste vorsichtig sein, mit denen war nicht gut Kirschen essen. Also entschloss er sich in die Schweiz zu gehen, um dort geschäftlich aktiv zu werden. Das hatte den großen Vorteil, dass er das geraubte Geld dort besser unterbringen konnte. Schon am Nachmittag hatte er das ganze Geld in einen Rucksack gestopft, der nun ziemlich prall gefüllt war. Er zog sich eine Cargo-Hose an, die in Tarnfarben gehalten war. In der Tasche am Oberschenkel trug er die Pistole. Er legte sich zunächst auf das Bett, dann bemerkte er, dass er die Gardinen nicht zugezogen hatte. Als er dieses erledigt hatte, legte er sich unter das Bett und wechselte durch den Mauerdurchbruch in die andere Wohnung. Diesen verschloss er wieder mit einem großen Brett. In der anderen Wohnung machte er kein Licht, brauchte er auch nicht, denn er musste sowieso nur noch den Rucksack anziehen, dann war er fertig. Er ging zur Terrassentür und öffnete sie vorsichtig. Zu der Terrasse der anderen Wohnung gab es keinen direkten Blickkontakt, da sie um neunzig Grad versetzt war. Als er auf dem Rasen stand, bemerkte er, dass er vergessen hatte, das Licht auszuschalten. Da er nicht vorhatte, wiederzukommen, ließ er es einfach brennen. Er ging nicht zum Gehweg hinüber, sondern über die weitläufige Grünanlage zwischen den Wohnhäusern. Da es dort viele Büsche gab, nutzte er diese als Tarnung, um nicht gesehen zu werden. Da er sein Auto niemals vor der Haustüre parkte, dauerte es einige Minuten, bis er es erreichte. Der Rucksack war im langsam schwer geworden. Bevor er in sein Auto einstieg, sondierte er noch einmal die Umgebung. Alles schien normal zu sein. Also wuchtete er den Rucksack auf den Nebensitz und startete den Motor. Dann fuhr er über die Alemannenstraße zur Württemberger Straße. Als er in die Straße einbiegen wollte, fielen ihm die vielen Fahrzeuge auf, die mit erhöhter Geschwindigkeit zum Kreisverkehr hinunterfuhren. Er durchfuhr ebenfalls den Kreisverkehr und bog in Richtung Bundesstraße ab, die ihn nach Tübingen führte.

Kriminalhauptkommissar Gerhard Meininger fuhr hinter einem Sprinter her, in dem Beamte der Bereitschaftspolizei Göppingen saßen. Sie sollten die eingesetzten Kräfte bei einer etwaigen Flucht des Verdächtigen unterstützen. Über Funk hatten sowohl Carsten Dombrowski als auch Willi Früh keine Veränderung der Situation vor Ort gemeldet. Nach und nach trafen die Einsatzkräfte ein und postierten sich in der weiteren Umgebung. Der angeforderte Hubschrauber war schon kurz vor Rommelsbach. Meininger gab nun den Befehl zum Zugriff. Hinter den mit Körperschutz ausgerüsteten SEK-Beamten ging Meininger in das Haus hinein. Dann klingelte er an der Wohnungstür des Verdächtigen. Auf dem Schild stand der Name Huber. Sie waren also richtig. Da sich im Inneren nichts regte, gab Meininger das Zeichen die Tür aufzubrechen. Zeitgleich drangen ebenfalls SEK-Beamte über die Terrasse in die Wohnung ein. Nach einem kurzen Kracher gab die Wohnungstür nach. Sofort stürmten die SEK-Männer hinein. Meininger folgte ihnen in Abstand und mit gezogener Waffe. Es dauerte nur wenige Augenblicke, da meldete der Gruppenführer des SEK-Kommandos das Unfassbare. Keine Person vorgefunden. Wie konnte das sein? Willi Früh hatte den

Kerl doch gesehen, wie er sich auf das Bett legte. Enttäuscht ging Meininger aus der Wohnung hinaus und gab der Hubschrauberbesatzung Bescheid, dass sie auf verdächtige Personen achten sollten, die sich in der Nähe versteckt hielten. Er setzte sich auf eine Stufe im Treppenhaus und überlegte.

»Der hat uns schon wieder gelinkt. Aber wie ist der unerkannt aus der Wohnung gekommen? Der Willi war doch direkt davor!«, sagte Christian Fromm, der sich neben Meininger gesetzt hatte. Inzwischen war das ganze Haus wach geworden. Der Hausverwalter erkundigte sich bei Meininger, was denn vorgefallen war. Der sah ihn nur an und dann kam ihm eine Idee.

»Wer wohnt eigentlich in der Wohnung da?«, fragte er und deutete auf den Eingang zur Nachbarwohnung.

»Da? Da hat die Frau Müller drin gewohnt. Die hat vor einigen Tagen der Herr Huber dazugemietet. Er hat mehr dafür bezahlt, als der Mietspiegel es eigentlich vorsieht.«

»Haben sie zufällig einen Zweitschlüssel dabei?«

»Ja, aber da dürfen wir eigentlich ohne Zustimmung von Herrn Huber nicht hinein!«

»Schließen Sie auf! Wir dürfen schon!«, befahl Meininger dem Mann.

Der steckte den Schlüssel so aufgeregt in das Schloss, dass man fürchten müsste, er breche ihn ab. Zwei SEK-Beamte stürmten auch dieses Mal in die Wohnung. Dann kamen sie wieder mit derselben Meldung heraus, wie zuvor. Keine Person anwesend. Meininger ging in die Wohnung hinein und sah sofort das große Loch in der Wand. Das war also der Grund, warum der Kerl entkommen konnte. Ein SEK-Mann teilte außerdem mit, dass die Terrassentür offen gestanden habe. Meininger ging wieder hinaus und fragte über Funk nach, ob eine Kfz-Anfrage über diesen Huber oder wie der sonst noch hieß, gemacht worden war. In der Hektik war dies noch nicht veranlasst worden. Nach wenigen Minuten kam die Nachricht, dass auf einen Bernd Mischke ein Porsche Boxter, Farbe schwarz, angemeldet sei. Meininger gab diese Meldung sofort als Fahndung an alle Dienststellen durch. Weiterhin veranlasste er eine bundesweite Fahndung nach Bernd Mischke. Dann verständigte er die Pressestelle des Polizeipräsidiums in Reutlingen, mit der Bitte, die Fahndung sofort in allen Medien durchzugeben. Zu viel Zeit war inzwischen verloren gegangen. Sollte der Mann mit dem Auto auf der Flucht sein, so war er inzwischen weit gekommen. Je nachdem, in welche Richtung er davonfuhr. Inzwischen war über eine Stunde vergangen, seitdem der Zugriff erfolgte.

Auf der Autobahn gab Barny seinem Porsche die Sporen. Bis er die Autobahnauffahrt bei Bondorf erreicht hatte, wurde er mindestens viermal geblitzt. In jedem dieser Käffer von Tübingen in Richtung Autobahn standen Blitzer, die die Dreißig-Kilometer-Zonen überwachten. Da der Verkehr es um diese Zeit zuließ, fuhr er mit mehr als siebzig. Jetzt, da er auf Höhe Engen bei Singen war, zeigte die Tachonadel über zweihundert. Sein heutiges Ziel war Schienen. Dort plante er, wie der Alte, den er erschossen hatte und mit dessen Geld er nun unterwegs war, über die Grenze zu gehen. Sein Auto wollte er dort im Wald zurücklassen, wo er den Golf damals beim Überfall abgestellt hatte. Barny verließ nun die Autobahn 81 und fuhr weiter auf der Bundesstraße 33 in Richtung Konstanz. Auch hier fuhr er viel schneller, als erlaubt war. Sein Navi wies ihn an, die Bundesstraße zu verlassen und über Überlingen am Ried und Böhlingen nach Schienen zu fahren. Das war ihm auch lieber, denn im Radio hörte er plötzlich, dass er gesucht wurde. Offenbar war er wieder einmal einem Zugriff durch die Polizei nur knapp entgangen. Zufrieden lächelte er, als die Moderatorin seine verschiedenen Namen aufzählte, mit denen er unterwegs war. Dabei waren das bei Weitem nicht alle, er hatte noch mehr gefälschte Papiere in seinem Rucksack. Die Fahrt durch die Dörfer ließ er wieder etwas langsamer angehen, denn er war kurz vor dem Ziel. Nur noch die Steige hinauf auf den Schiener Berg, und nach dem Ortsende, rechts ab in den Wald. Zehn Minuten später bog Barny in die Zufahrt zu einer Pferdepension ein. Langsam durchquerte er den Hof. Dann bog er rechts ab und fuhr in den anschließenden Wald hinein. Er hoffte, dass um diese Zeit kein Jäger oder irgendwelche Jogger im Wald unterwegs waren. Dies war aber zu seinem Glück nicht der Fall. Er fand sogar sofort die Stelle wieder, wo der Überfall auf den Alten stattgefunden hatte. Jemand hatte am Wegrand ein Holzkreuz angebracht, wohl zum Gedenken an die beiden Opfer. Barny interessierte das nicht. Er fuhr langsam rückwärts in den Waldweg hinein, bis die Forststraße nicht mehr eingesehen werden konnte. Dann stieg er aus und vergewisserte sich, dass das Auto vom Forstweg aus nicht zu sehen war. Zufrieden kehrte er zurück und holte den Rucksack aus dem Porsche. Dann streifte er sich diesen über und machte sich auf den Weg Richtung Schweizer Grenze. Dabei vermied er es direkt auf dem Forstweg zu gehen, um nicht aus der Ferne sofort erkannt zu werden. Beinahe hätte er noch ein Lied gepfiffen, denn alles lief nun viel besser, als zuvor.

Auf der Dienststelle der Kripo in Reutlingen hatte sich ein Lagezentrum im großen Besprechungsraum eingerichtet. Dort wurden alle Informationen zur Fahndung nach Bernd Mischke gesammelt und ausgewertet. Inzwischen wurde auch bekannt, das Mischke tatsächlich der uneheliche Sohn von Claudia Heidecker war. Mischke war der Name des leiblichen Vaters vom gesuchten Mörder. Auch der Vater war ein Krimineller, war aber vor Jahren an Krebs gestorben. Bernd Mischke wurde nach seiner Geburt in ein Kinderheim gegeben, da die Familie Hörmann mit dem Kind eines Kriminellen nichts zu tun haben wollte. Sekündlich kamen Meldungen über irgendwelche Sichtungen des Verdächtigen, aufgrund des Fahndungsaufrufes in den Medien herein. Alle diese Meldungen mussten auf den Wahrheitsgehalt überprüft werden. Gerhard Meininger saß nachdenklich an seinem Schreibtisch.

»Weiß man etwas über eine Freundin oder Frau von diesem Mischke?«, fragte er in die Runde.

»Bisher ist nichts darüber bekannt«, antwortete Fromm.

»Wo kann der Kerl unterschlüpfen?«

»Bei seiner Mutter nicht, die wird beschattet«, sagte Carsten Dombrowski.

»Der hat mit Sicherheit das Geld dabei. Das ist doch schwer! Und mit einem Koffer fällst du doch jedem auf«, brummte Meininger.

»Also, ich würde es in einen Rucksack stopfen. Dann ginge ich zum Bahnhof und würde mich zu den anderen Fahrgästen stellen. Da fällst du bestimmt nicht auf!«

»Jeder Bahnhof wird doch auch observiert. Schon gleich, nachdem die Fahndung rausging, waren da Beamte vor Ort«, fügte Carsten Dombrowski hinzu.

»Rucksack! Ja, Mann! Der hat doch zwei Millionen Schweizer Franken dabei. Wo gehst du hin, wenn du das Geld ausgeben willst, ohne aufzufallen?«, schrie Meininger plötzlich.

»Na klar, in die Schweiz«, fügte Christina Fromm hinzu.

»Und wo gehst du über die Grenze, ohne ein Risiko einzugehen?«, fragte Meininger nach.

»Du meinst, der ist so kaltschnäuzig, und geht dort über die Grenze, wo er den Mann erschossen hat?«

»Ist mir egal, was ihr darüber denkt. Ich rufe in Konstanz an, die sollen die Schweizer Grenzbeamten alarmieren!«

Meininger rief seinen Kollegen Tränkle an und erläuterte ihm seine Theorie. Tränkle seinerseits alarmierte die Polizeiposten in Öhningen, Radolfzell und die Kantonspolizei in Stein am Rhein. Wenig später kam die Nachricht, dass tatsächlich im Wald von Schienen der abgestellte Porsche von Bernd Mischke gefunden worden war. Die Polizeibeamten vor Ort nahmen nun die Verfolgung von Mischke in Richtung Schweizer Grenze auf.

Eigentlich musste er schon längst die Grenze passiert haben, denn nach einer Waldlichtung tauchte plötzlich die Silhouette einer Burg auf. Das konnte nur die Burg Hohenklingen sein. Langsam wurde der Rucksack lästig. Barny verspürte Schmerzen in beiden Schultern. Der Weg ging nun bergab. Wenige Meter noch, dann musste es über Treppen hinunter nach Stein am Rhein gehen. An einer Grillstelle saßen mehrere Männer und hielten Stecken in ein Feuer, offenbar um Würste zu grillen. Als Barny die Männer passiert hatte, sah er im Augenwinkel, wie sie sich an seine Fersen hefteten. Instinktiv drehte er sich herum und zog seine Waffe. Er sah, dass die Männer ebenfalls bewaffnet waren. Sofort schoss Barny auf sie und warf sich auf die Seite in den Wald. Dann plötzlich ratterte eine Maschinenpistole los. Die Geschosse trafen Barny mehrfach, sodass er auf der Stelle tot war.

Gerhard Meininger trank gerade einen Kaffee, als ihm von seinem Konstanzer Kollegen die Meldung durchgegeben wurde, dass es in unmittelbarer Nähe zur deutschen Grenze, auf Schweizer Seite eine Schießerei zwischen der Polizei und einem Verdächtigen gegeben habe. Der Mann war bei dem Zwischenfall ums Leben gekommen. Die Beamten konnten bei dem Getöteten eine große Geldsumme in Schweizer Franken sicherstellen. Meininger nickte zufrieden und sagte zu seinen Kollegen nur: »Jetzt haben wir ihn, der richtet keinen Schaden mehr an!«

Ich danke

Eva Focht-Rabel
und
Dr. Peter Brause
für
ihre Mithilfe,

WERNER KEHRER

Bisher sind von Werner Kehrer erschienen:

Der Tote vom Seeburger Tal
ISBN 978-3-88627-897-8

Holzmichels Tod
ISBN 978-3-88627-695-0

Tödliche Erinnerung
ISBN 978-3-88627-333-1

Blechschaden
ISBN 978-3-88627-372-0

Höllenlöcher
ISBN 978-3-88627-916-6

Stromschlag
ISBN 978-3-88627-928-9

Werner Kehrer,

ist in Reutlingen geboren und lebt mit seiner Familie in Metzingen-Neuhausen. Er arbeitet als Ausbildungsmeister für Elektroniker, ist Hobby-Wengerter und schreibt seit 2007 Schwabenkrimis mit Hauptkommissar Gerhard Meininger als leitendem Ermittler.

Dieser Kriminalroman spielt an realen Schauplätzen. Alle Personen und Handlungen sind frei erfunden. Sollten sich dennoch Ähnlichkeiten mit lebenden oder verstorbenen Personen ergeben, so sind diese rein zufällig und nicht beabsichtigt.

Postfach 1642 · 72706 Reutlingen

Titelbild: © fotolia, Schlierner; Angela Hammer Fotografie
Gestaltung: PMP Agentur für Kommunikation, Reutlingen
Satz: Uhl + Massopust, Aalen
Druck und Bindung: CPI books GmbH, Leck
Printed in Germany
ISBN 978-3-88627-586-1